Warum Leben und Sterben

André Raguse

BuS Verlag

www.bus-verlag.com

Ein Buch aus dem **BuS** Verlag

2. Auflage

ISBN: 978-3-944909-01-1

Die Rechte für die deutsche Ausgabe liegen beim

BuS Verlag

Pankstraße 11

13357 Berlin

Das Werk ist einschließlich aller seiner Teile urheberrechtlich geschützt. Jede Verwertung und Vervielfältigung des Werkes ist ohne Zustimmung des Verlages unzulässig und strafbar. Alle Rechte, auch die des auszugsweisen Nachdrucks und der Übersetzung, sind vorbehalten! Ohne ausdrückliche schriftliche Erlaubnis des Verlages darf das Werk, auch nicht Teile daraus, weder reproduziert, übertragen noch kopiert werden, wie z.B. manuell oder mithilfe elektronischer und mechanischer Systeme inklusive Fotokopien, Bandaufzeichnungen und Datenspeicherungen. Zuwiderhandlung verpflichtet zu Schadenersatz.

Der BuS Verlag ist eine eingetragene Marke.

Alle im Buch enthaltenen Angaben, Ergebnisse usw. wurden vom Autor nach bestem Wissen erstellt. Sie erfolgen ohne jegliche Verpflichtung oder Garantie des Verlages. Er übernimmt deshalb keinerlei Verantwortung und Haftung für etwa vorhandene Unrichtigkeiten.

Coverentwurf: **Maurice Raguse**
Bilder von Fotolia LLC

ID 51102793   © ɔic Fetus
ID 29130832   © ɪrin Rinder Senior Man

Druck und Vertrieb
Books on Demand GmbH
BoD
In de Tarpen 42,
22848 Norderstedt

Vorwort

Kann es sein, dass wir fortwährend leben und uns manche Dinge so vertraut sind, weil wir mit diesen immer wieder konfrontiert werden? Vielleicht nach einer Gesetzmäßigkeit zur Entwicklung des Bewusstseins. Ist es sogar möglich, dass wir immer wieder mit Menschen zusammenkommen, die für uns eine wichtige Rolle spielen? Im Positiven wie im Negativen. Bestehen vielleicht klare Gesetzmäßigkeiten, die wir nur noch nicht in der Lage sind zu erkennen? Sind uns manche Dinge, Orte oder auch Menschen so vertraut, weil wir diese immer wieder erleben müssen, um durch diese zu wachsen?

Ist es ferner möglich, dass wir durch eine besondere Geschichte an unsere eigene Vergangenheit erinnert werden? Quasi einen Rück-blick erfahren können und dieser uns verständlich werden lässt, warum wir die eine oder andere Angst vor etwas haben. Wie z.B. die Höhenangst oder die Angst vor engen Räumen, wie vor Feuer oder Wasser und andere Ängste, die uns im Leben begleiten.

Unzählige Träume konfrontieren uns immer wieder mit nicht beschreibbaren Gefühlen. Jeder erfährt des Öfteren, dass er Situationen erlebt, die einem ein unbeschreibliches Gefühl der Vertrautheit geben. Man fühlt, dass man diesen Ort oder solch eine Situation kennt und zwar zu 100%. Fast wie ein Déjavu fühlen wir das „Wieder-Erlebte". Nicht in Worten zu beschreiben, aber vom Gefühl sind wir uns sicher wie noch nie. „Das kenne ich".

Sind unsere Interessen und Neigungen, aber auch unsere Ängste geprägt durch unsere Erlebnisse aus vergangenen Leben? Welche Rollen spielten unsere Eltern für uns? Gibt es wirklich Freunde fürs Leben, die immer an unserer Seite sind? Und gibt es auch Gegner, mit denen wir ständig konfrontiert werden? Haben Namen viel mehr Bedeutung, als wir ihnen zuordnen? Namen von Familienangehörigen, Freunden und Feinden.

Diese Geschichte schrieb ich aus dem Bauch heraus, völlig intuitiv, vielleicht ist es ja meine eigene Geschichte. Vielleicht ist es jedem möglich, seine eigene Geschichte zu schreiben, diese sollte jedoch nicht geplant sein, sondern sie muss aus dem Bauchgefühl entstehen. Warum ich am Anfang der Geschichte mit diesem Jahrhundert und diesen Ort beginne, weiß ich nicht, auf jeden Fall bekam ich diese Gedanken eingegeben. Nun aber zur (wahren) Geschichte?!

Warum Leben und Sterben

Mit schwerem Atem und völlig gehetzt renne ich die karge Ebene in Richtung Wald hinunter. Immer wieder drehe ich mich nervös nach hinten, um mir sicher zu sein, den Vorsprung zu halten. Letztendlich geht es um mein Leben. Der trockene Boden hat zumindest den Vorteil dass ich keine Spuren hinterlasse. Noch ein paar Meter und ich erreiche den Wald, in dem ich mich bestens auskenne, eigentlich kenne ich so gut wie alles hier in diesem Gebiet, denn seit meiner Kindheit bis heute habe ich nie eine andere Gegend kennengelernt. Hier ist meine Heimat, hier bin ich geboren. Ich kenne hier quasi jedes Loch, jeden Schlupfwinkel. Was für ein Vorteil für mich, zumindest in solch einer Situation. Doch die Pferdehufgeräusche meiner Verfolger werden deutlich lauter, sie kommen immer näher. Ich muss diesen Hügel neben der dicken Eiche erreichen. Kaum gedacht, springe ich auch schon über ihn rüber und verschwinde in einem Loch direkt hinter dem großen Farnkraut. Vielleicht hauste hier einmal vor langer Zeit eine Dachsfamilie, wer weiß, aber zumindest ist es groß genug, sich dort zu verstecken. Nun als Mann bin ich sowie so recht klein und dünn. Daher ist es mir überhaupt möglich, in solch ein Loch kriechen zu können, und welch ein Glück, dass direkt davor das Farnkraut in seiner Größe und Pracht steht. Nun heißt es, sich absolut still und bewegungslos zu verhalten. Die Pferdehufe und Stimmen der Verfolger sind nun in unmittelbarer Nähe, vielleicht nur ein paar Meter entfernt. Mein Herz schlägt rasend schnell, so laut, dass ich glaube, man könne es wie Trommelschläge hören. Ich versuche nicht zu atmen, was aber nach kurzer Zeit zu einem leichten, hörbaren Seufzer führt. Ich drücke mich voll angespannt in das Innere des Loches und lausche, was draußen passiert. Die Sprache meiner Feinde oder auch Söldner, die mich suchen, kann ich nicht verstehen, ich weiß nur, dass sie mich töten werden, wenn sie mich zu fassen kriegen. Ihre Worte sind für mich eher wie ein Grunzen, das mit dem Klappern ihrer Waffen und Lederriemen gespenstisch klingt. Ein lautes Stampfen und Scheppern verrät, dass einer von denen gerade vom Pferd gesprungen sein muss und nun unmittelbar vor dem Loch auf dem Hügel steht.

Was ist geschehen, dass ich in solch eine Situation geraten musste? Ich bin gerade mal so alt, dass ich ein Weib und einen Sohn hatte, vielleicht bin ich 28 Jahre alt oder so, ich weiß es nicht genau. Meine Weib und mein Sohn sind schon mehr als neun Monate tot, sind beide im letzten Winter erfroren. War ein verdammt kalter Winter. Nun ja, ich hatte nicht das Glück, ich soll wohl weiterleben, weiterleben in einem Land, in dem schon wieder irgendwelche Feinde einzogen, um unseren schwachen König mit seiner Gefolgschaft zu besiegen. Wir werden ständig geknechtet. Der ewige Hunger nagt ständig an einem und es bleibt uns nichts anderes übrig, als zu stehlen und zu wildern. Ich stahl auf dem Markt in Ludwigsburg eine Henne und ein Kohlrabiknolle. Dafür wird man mich töten, wenn man mich fasst. Genau wie meinen alten Freund Stephan, wegen vier Eiern und einem Laib Brot durchbohrte man seine Brust mit einer Lanze. Er hatte einen kaputten Fuß und konnte, zu seinem Unglück, nicht schnell genug laufen. Ich verstehe nicht viel von „Gottes Gesetz", aber der ständige Hunger scheint einem den Verstand zu rauben. Alles dreht sich nur um das nackte Überleben, was für ein Dasein!

Plötzlich werde ich aus meinen Gedanken herausgerissen und ich fühle, wie mein Gesicht von spritzenden Tropfen getroffen wird. Ein von oben kommender Strahl prasselt direkt auf die großen Blätter des Farns nieder. Ich finde mich wieder in diesem Loch und halte die Luft an. Einer der Krieger steht auf dem Hügel und pinkelt sich aus. Wie gelähmt verhalte ich mich völlig ruhig. Mich nicht bewegend, verweile ich noch unzählige Minuten, bis ich langsam verstehe, dass die Verfolger weitergezogen sind. Die Angst im Nacken lässt mich noch lange in diesem Loch hocken. Es wird zu einer Zeit der Besinnung, einer Zeit des Nachdenkens. Ich hatte nie Zeit zum Denken, irgendwie war ich ständig damit beschäftigt, zu überleben, schon das war mir nie wirklich bewusst. Immer auf Nahrungssuche oder nach einem Unterschlupf zu suchen sowie im Winter nicht zu erfrieren, dies sind meine Beweggründe.

Drei Wochen später: Ich habe fast vergessen, dass ich überhaupt in diesem Loch steckte und über mein Leben nachgedacht habe. Nun sitze ich hier in der Hütte meines Freundes Jan, mit seinem Bruder Klaus. Wir trinken gerade gebrannten Obstler und schimpfen über Gott und die Welt. „Unser Konrad ist ein Schwächling und ein Lappen und macht sich beim Anblick der Welfen in seine königliche Buxe", lallt Klaus sabbernd vor sich hin und fuchtelt dabei mit seinen Armen hin und her. „Wenn ich könnte, würde ich ihn am liebsten in seinen königlichen Arsch treten, und du…du solltest vielleicht wieder in dein Loch kriechen, aus dem du kamst." Klaus starrt mich mit seinen vom Suff glasig gewordenen Augen an und piekt mir dabei mit seinem dreckigen Zeigefinger fast ins Auge. „Es ist genug jetzt, Klaus, lass Thomas in Ruhe, jedes Mal das Gleiche mit dir, wenn du zu viel gesoffen hast, musst du mit ihm stänkern." Jan stellt sich zwischen uns und schiebt seinen Bruder zur Seite. Ich habe mich inzwischen schon daran gewöhnt, der Prellbock für Klaus zu sein. Es bleibt mir auch letztendlich nichts anderes übrig, solange ich hier übernachten darf. Jans Hütte liegt am äußeren Rande unseres Ortes und ist gleichzeitig die Dorfschmiede. Da ich selbst kein eigenes Heim mehr besitze, wohne ich seit knapp drei Wochen bei Jan und seinem Bruder. Jan ist der Dorfschmied und sehr beliebt, weil sein Humor und Verstand bei uns gefragt ist.

Großgewachsen und kräftig gebaut, stellt er einen Mann von Respekt dar. Klaus dagegen ist eher der, den man einen Hitzkopf nennen würde. Sein Temperament ist mit einem Vulkan zu vergleichen, nie weiß man, wann er ausbricht. Sein Aussehen erinnert an einen rothaarigen Bären mit Locken und breiten Schultern. Was er aber dennoch gut kann, ist Bogenschießen, was ihn zu einem hervorragenden Jäger macht. Dies weiß jeder hier im Dorf zu schätzen. Doch seitdem unser König versagt hat und wir von den Welfen regiert werden, wird das Jagen mit Wilderei gleichgesetzt und mit dem Tode bestraft. Nun es ist weit nach Mitternacht und wir alle haben mal wieder zu viel getrunken. Klaus stänkert noch ein bisschen weiter, aber langsam kehrt Ruhe ein, das Einzige, was noch zu hören ist, ist das Knistern des Feuers im Kamin und Klaus' Schnarchen. Während ich das langsam runter brennende Feuer noch betrachte, springen meine Gedanken hin und her. Kann keinen mehr festhalten….

Es gibt solche und solche Tage, heute ist ein besonderer Tag. Alle sind aufgeregt und bereiten sich auf das heutige Fest vor. Das ganze Dorf ist auf den Beinen. Jan hat sich ein Weib zur Frau genommen und heute ist seine Vermählung, ein großer Tag für das ganze Dorf. Der Dorfplatz wird hergerichtet und alle helfen mit. Die Männer bringen lange Bänke und Tische, um sie in Reih und Glied aufzustellen. Die Frauen, ob jung oder alt, bringen Tücher und selbst gebastelte Blumengestecke herbei, um den Platz zu einem Festplatz zu gestalten. Maria, die Weberin, gibt Anweisungen, an die sich die Frauen und Männer halten müssen. „Die Tische weiter nach rechts, die Bänke haben so mehr Platz und die Gestecke etwas höher, damit sie mehr gesehen werden, kommt, beeilt euch! Die Blumen kommen hierhin!" Marias Erscheinung ist sehr dominant, sie ist groß, gut beleibt und ihre Augen zeigen deutlich, was sie will. Ihre Stimme lässt keine Zweifel aufkommen. Was sie sagt, wirkt überzeugend. Was Maria entscheidet, wird von allen respektiert, sie ist so etwas wie das Gesetz, zumindest wenn es um Festlichkeiten, Geburten und Vermählungen geht. Jan und seine Zukünftige sind während der Vorbereitungen nicht anwesend.

Ich bin gerade dabei, Marias Anweisungen zu befolgen und Holz für das Feuer zu besorgen.

Jedes geeignete Holzstück landet in meinem auf den Rücken geschnallten Korb. Während des Suchens höre ich noch leise Marias Stimme und den Gesang der Kinder. Das Wäldchen, in dem ich gerade Holz suche, liegt oberhalb unseres Dorfes, von hier aus kann ich sogar unsere Kirche, die direkt am Dorfplatz steht, sehen. Wie klein und malerisch schön unser Dorf doch ausschaut. Ich steh hier auf einem Hügel und schau mir mit Wehmut alles von oben an. Wie Maria die Anweisungen gibt und die Männer und Frauen hin und her rennen. Am Rande des Platzes spielen die Kinder und versuchen sich gegenseitig zu fangen.

Wie zu oft in solchen Situationen muss ich an mein geliebtes Weib und meinen Sohn denken. Ich stelle mir vor, wie Friedrich jetzt gerade mit den anderen Kindern fangen spielt und wie meine Julia mit größter Freude an den Vorbereitungen teilhaben würde. Julia war eine lebenslustige und ehrliche Frau. Wir waren uns schon als Kinder bewusst, dass wir für einander bestimmt sind. Julia war schlank und klein, wie ich. Ihre Körperhaltung war aufrecht und stolz. Ihre Haare waren lang und glänzten im Sonnenlicht wie Bronze. Als sie mir damals erzählte, dass wir ein Kind bekämen, zeigte sie ein nie da gewesenes Lächeln und ihre Augen glänzten wie Diamanten. Ich habe natürlich nie einen echten Diamanten gesehen, aber nur so kann ein Diamant aussehen. Als Friedrich zu Welt kam, ließ er für uns jeden Tag die Sonne scheinen, wir waren glücklicher als glücklich. Für kurze Zeit vergaßen wir das Elend, das uns umgab. Julia arbeitete täglich bei Maria, der Weberin, und ich machte mich nützlich, indem ich Holz für Jan, den Dorfschmied, sammelte. Wir hatten eine kleine, aber gemütliche Hütte, zwei Schweine, sechs Hühner, eine Ziege und einen Muli. Unser Leben war hart, aber wir gaben uns gegenseitig Kraft und Mut. Das Dorf und die Gemeinde waren unser Zuhause. König Konrad verlangte regelmäßige Abgaben von uns, die von Jahr zu Jahr schwerer zu begleichen wurden. Wir hatten selbst nicht genug, aber immer häufiger kamen Konrads Soldaten, um die Abgaben, die man Steuern nannte, einzuklagen. Jan musste hart arbeiten, um des Königs Aufträgen gerecht zu werden. Er sollte unzählige Lanzen- und Pfeilspitzen schmieden. Maria dagegen sollte Unmengen Stoffe für die Soldaten weben und färben. Für unsere eigenen Anliegen hatten wir so gut wie nie Zeit und mussten deshalb oft bis in die Nacht arbeiten. Erst nahm man uns ein Schwein und drei Hühner sowie die Ziege, alles zum Wohle des Landes, und später, als der Krieg tobte, verloren wir noch unseren Muli, als Lastentier für die Soldaten. Die restlichen Hühner schlachteten wir vorsichtshalber selbst. Dann kam der Winter, der noch nie so hart war wie dieser. Er wollte einfach nicht aufhören und war bitterkalt. Ich wurde eines Tages ganz unerwartet von Soldaten aus unserer Hütte gezerrt, um mich am Krieg zu beteiligen. Konrad brauchte jeden Mann. Da ich zu schwach war, brauchte ich nicht zu kämpfen, aber für die Versorgung der Soldaten war ich gut genug. Ich versuchte mich zu wehren, hatte aber keine Chance. So musste ich meinen kleinen Friedrich, der an schwerem Husten litt, sowie meine geliebte Julia zurücklassen. Der Krieg dauerte an, ich brauchte fast ein halbes Jahr, bis ich am Ende auf der Flucht wieder nach Hause kam. Vom oberen Wäldchen sah unser Dorf müde aus, einige Hütten waren verbrannt oder zerstört. Die Anzahl der Bäume war gesunken, sie wurden wohl Opfer des strengen Winters. Unsere Kirche hatte den Krieg überstanden, sie war auch das einzige aus Stein gebaute Gebäude. Unsere Hütten waren alle aus Holz und Lehm gebaut. Ich lief über den Dorfplatz, an der Kirche vorbei und war völlig aufgeregt, endlich meine geliebte Julia und Friedrich in die Arme nehmen zu können. Da kam mir Stephan entgegen. Stephan, mein alter Freund und Weggefährte. Er wurde schon vor mir abgeholt, um für Konrad zu kämpfen. „Mein Freund, ich muss dir…" Stephan sah ziemlich mitgenommen und gealtert aus, er kam hinkend auf mich zu. Ich hörte nicht auf seine Worte, ich wusste sofort, was er mir zu sagen versuchte. Stephans Tränen in den Augen sagten mehr als tausend Worte. „Thomas sie sind tot, beide sind tot".

Lautes Wiehern und stampfende Pferdehufe lassen mich wieder zurückkehren. Ich sitze hier auf einem Baumstamm im Wäldchen über unserem Dorf, um eigentlich Holz für das Fest zu suchen. Ich höre wieder leise die Stimme von Maria, wie sie Anweisungen gibt, und das Lachen der spielenden Kinder. Erschrocken stehe ich auf, um zu sehen, wer sich zu Pferd mir nähert. Doch bevor ich auch nur einen Schritt machen kann, stehen bereits drei Soldaten der Welfen vor mir, zwei weitere nähern sich von hinten. „Dich kenne ich", höre ich nur noch von dem vor mir stehenden und es wird mir schwarz vor Augen.

Langsam werde ich wach, ich fühle starke Schmerzen an meinem Kopf. Automatisch fährt meine Hand zum Hinterkopf, um zu ertasten, was die Ursache sein kann. Eine klaffende Wunde, die zumindest nicht mehr blutet, lässt sich mit den Fingern ertasten. Ich öffne meine Augen und sehe, dass ich mich in einem ziemlich dunklen, muffigen Steinverlies befinde. Ich liege auf feuchtem modrigen Boden und taste vorsichtig mit meiner rechten Hand über meinen mit Blut verklebten Kopf. Mit der anderen Hand streife ich, wie von selbst, über meinen Körper. Die einzige Lichtquelle ist ein kleines vergittertes Fenster oben rechts in der Ecke. Ein schwacher Schein von Tageslicht gibt mir die Möglichkeit, diese Hölle, in der ich gelandet bin, zu sehen. Wie lange ich hier schon liege, weiß ich nicht; ich fühle, wie eine immer stärker werdende Übelkeit in mir hochkommt. Mein Darm muss sich schon vor längerer Zeit entleert haben, ein furchtbarer Geruch steht in der Luft. Ich fühle mich völlig fertig, alles dreht sich, ich verliere das Bewusstsein…

Mein Mund ist so trocken, er lässt sich kaum noch öffnen, alles ist schwarz-dunkel, die totale Stille.
Die Schmerzen am Hinterkopf und am Rücken lassen mich nicht schlafen. Meine Hände suchen die schmerzenden Stellen, als könnte ich sie damit lindern. Gedanken rasen durch meinen Kopf, wo war ich noch?

Ach ja, „Stephan, erzähl mir, was ist mit Julia und Friedrich?" Ich befand mich wieder auf dem Dorfplatz vor der Kirche. Stephan, mein einziger Freund, der durch den Krieg stark gezeichnet ist. Sein Bein wurde von Pfeilen kaputt geschossen. Er kam hinkend auf mich zu und versuchte mich darauf vorzubereiten, dass Julia und mein kleiner Friedrich im Winter erfroren sind. Dass meine Hütte nicht mehr steht und ich alles verloren habe. Stephan erzählte mir, dass niemand ihnen helfen konnte, weil jeder mit sich selbst zu tun hatte. Maria verlor ihren Mann und einzigen Sohn. Jan arbeitete unter Druck für den König, ohne Pause und anschließend für die Welfen.

Sein Bruder Klaus muss ständig gebremst werden, um nicht durch sein ständiges Schimpfen auf die Welfen aufzufallen. Jan hatte Mitleid mit mir und ließ mich in seiner kleinen Hütte, die er schon mit seinem Bruder Klaust teilte, übernachten. Klaus gefiel das nicht und er zeigte mir dies fast regelmäßig, wenn er gesoffen hatte. Stephan ist größer und kräftiger als ich, deswegen musste er, im Gegensatz zu mir, im Krieg kämpfen. Von Schlachten gezeichnet, kam er als entkräfteter Krüppel zurück. Seine schlanke und sportliche Figur sowie seine gesunde Ausstrahlung verlor er durch diesen Krieg. Seine lange Nase und die tiefliegenden Augen zeigten ein ausgezehrtes, fast verlorenes Gesicht. Nach dem Krieg war der Hunger am schlimmsten. Es gab so gut wie nichts mehr zum Essen. Es gab weder Vieh noch Äcker, die Nahrung geben konnten. Der Hunger trieb uns zum Jagen von Wild, was wiederum als Wildern mit dem Tode bestraft wurde. Da blieb für uns nur noch der Markt in Ludwigsburg. Dort konnte man immer noch, wenn man schnell genug war, das eine oder andere mitnehmen. Ich erinnere mich noch ganz genau, wie Stephan nach dem Diebstahl versuchte zu entkommen und ihn zwei Händler festhielten, was vor dem Krieg nie möglich gewesen wäre. Die Soldaten waren sofort da und als Stephan versuchte, sich zu wehren, durchbohrte man mit einer Lanze einfach seine Brust. Ich sah ihn sterben. Ich sah, wie seine Augen panisch hin und her rasten. Sein letzter Blick traf direkt meine Augen und seufzend sank sein Kopf. Niemals werde ich diesen Moment vergessen können.

Ich liege jetzt auf der linken Seite, denn meine ganze rechte Rückenseite schmerzt von oben bis unten. Immer noch kein Licht oder vielleicht schon wieder keins, ich weiß es nicht. Verspüre hämmernden Schmerz in meinem Kopf. Ich muss mich übergeben haben, alles riecht säuerlich, bin völlig verklebt. Ich frage mich, was ist mit Jans Hochzeit, sind sie alle noch am feiern, nein, ist nicht möglich, liege hier schon zu lange. Julia, Friedrich, ich glaube, wir werden uns bald sehen und in die Arme nehmen. Plötzlich fällt mir das Gesicht meiner Mutter ein, wie sie mich tröstete, als ich vom Baum fiel und mir mein Bein brach. Mutter, ich…

Ich zittere am ganzen Körper, ich höre etwas, wie pulsierende Trommelschläge.

Weiß nicht, bin schon wieder weg gewesen… Als Kind war ich der schnellste Läufer von allen… schneller als Wolfgang. Ach ja, der ist schon lange tot, Wolfgang, mein großer Bruder, du hast mich immer vor den Großen beschützt. Ein kurzes, aber kräftiges Schütteln durchfährt meinen ganzen Körper, plötzlich entspannt sich alles. Ich höre ein Rhythmus von weit entfernten Trommeln, habe keine Schmerzen, spüre keine Kälte mehr. Ich fühl mich total entspannt, stelle fest, dass ich nicht mehr atme, keine Luft hole, kein Verlangen zu atmen, kein Zwang… alles ist so leicht.

Losgelöst von allem, sehe ich mich am Boden liegen und entweiche dem Ganzen. Alles löst sich auf in Wohlgefühl, der Kampf hat ein Ende. Ich betrachte meinen leblosen Körper und habe ein Gefühl der Befreiung. Wie eine leere Hülle liegt mein geschundener Körper auf dem Boden, bewegungslos und tot. Ich fühle, dass etwas an mir zerrt, ich werde nach hinten gezogen, weg von diesem Ort. Was passiert mit mir? Wo bin ich, wer ist ich? Wohin? …

Es ist ein heißer Sommertag und ich erinnere mich sehr gut daran, wie Luc immer wieder versuchte, mich im Spiel zu fangen. Luc und ich waren die besten Freunde. Obwohl Luc der Größere und Stärkere war, war ich stets schneller. Wir leben in Moutech, so heißt unser Städtchen, sagt mir mein Papa. Luc und ich sind sieben Jahre alt und die besten Freunde. Inzwischen sind einige Jahre vergangen und Luc und ich sind bereits elf. „Maurice, schnell… schnell, beeil dich, wir haben keine Zeit, die Engländer kommen! Lass deine Sachen zurück, komm endlich!" Mein Vater meint es wohl sehr ernst, sein Gesicht sieht sehr besorgt aus. Mein Vater greift sich zwei Bündel, die er wie von selbst zusammenpackt, und zerrt an meinem Arm. „Komm, mein Sohn, komm…" Alles ist in Aufruhr, das ganze Dorf, alle sind in Bewegung. Wir treten aus dem Haus und ich sehe, wie die Menschen schnell ihre Häuser verlassen und den Hauptweg hinunter laufen. Einige versuchen ihren Esel, andere ihren Muli zu bewegen. „Nun lauf, du alter Sturkopf!", schreit unser Müller und zieht verzweifelt an der Eselsleine. An den sorgevollen Gesichtern der Leute erkennt man die Angst, die sie antreibt. Wir besitzen keinen

Muli, Esel und auch keinen Ochsen. Wir sollen nach Toulouse laufen, dort sind wir in Sicherheit, hat man uns gesagt. Manche besitzen einen Ochsen und Karren, mit dem sie ihr ganzes Hab und Gut mitnehmen können. Wir leider nicht. Ich drehe mich immer wieder um, um nach Luc Ausschau zu halten, ich kann ihn nicht sehen. Er hat mir versprochen, mit uns zusammen zu laufen. Ich sehe auch nicht seine Eltern oder Marie, Lucs Schwester. Erst durch das Rufen meines Vaters bemerke ich, dass ich weit zurück bin, unsere Kolonne hat sich doch ziemlich rasch aus dem Dorf bewegt. „Maurice, komm endlich, du bleibst jetzt an meiner Seite", schreit mein Vater. Immer wieder drehe ich mich um, in der Hoffnung, dass Luc sich uns anschließt. Luc ist mein bester, eigentlich mein einziger Freund, den ich überhaupt habe. Ihn zu verlieren, wäre unvorstellbar. Als meine Mutter vor langer Zeit von uns ging, hat mein Vater mir gesagt, sie sei jetzt an einem Ort, der wunderschön und friedlich sei. Luc war der, der mir sagte, dass auch wir solch einen Ort finden könnten. Wenn wir uns nur auf die Suche machen würden. Das taten wir fast jeden Tag. Mein Vater war seitdem sehr schweigsam und besonders vorsichtig, wenn es um mich ging.

Jetzt laufen wir schon den ganzen Tag, meine Füße tun mir weh und der Hunger beißt meinen Magen. Irgendwie sieht unsere Kolonne jetzt kleiner aus, ich glaube, dass viele von uns zurückblieben oder schon Rast machten. Mein Vater sagt aber dauernd, dass wir noch weitergehen sollten. Inzwischen ist es bereits dunkel geworden. Mücken, überall Mücken die nervig sind, hinzu kommen meine schmerzenden Füße, „Ein bisschen hältst du noch aus, mein Sohn, ja", höre ich aus meines Vaters Munde. Ich möchte es kaum glauben. Inzwischen sind nur noch wenige mit uns auf der Flucht, vielleicht zwei Dutzend, nicht mehr. Endlich machen wir Halt. Wenn nicht einige Männer Fackeln angemacht hätten, würden wir nichts mehr sehen. Es ist inzwischen finstere Nacht. Mein Vater hält mich die ganze Zeit an meinem Arm fest. Langsam beginnt das Feuer, das von Männern aus unserem Dorf gemacht wurde, lichterloh zu brennen an. Einige Frauen sitzen mit ihren Kindern im Arm, eingewickelt in ein Tuch, um das Feuer herum und reden leise auf die noch wachen Kinder ein. Andere werfen kleine Äste in das lodernde Feuer. Der Himmel ist finster. Es sind keine Sterne zu sehen. Ich starre auf das Feuer und genieße seine Wärme, die sich langsam vor mir ausbreitet. Ein leichtes Anstoßen mit dem Ellenbogen meines Vaters reißt mich aus dem Anstarren der Flammen. „Iss, mein Sohn". Mein Vater reicht mir ein Stück Brot mit Speck. Für einen kurzen Moment habe ich meinen Hunger und die schmerzenden Füße vergessen, werde aber durch diesen Anblick wieder daran erinnert und beiße mit großem Appetit in mein Brot. Während ich so dasitze und vor mich hin kaue, betrachte ich die Anderen. Die meisten sitzen um das Feuer und essen, andere sind mit Fackeln unterwegs, um weiteres Brennholz zu finden. Manche liegen eingerollt in ihren Decken und schlafen bereits. Die zwei Ochsen und der einzige Esel stehen etwas weiter weg von uns, unweit von dem Vieh brennt ein zweites Feuer. Dort wird heftig diskutiert. Die Männer fuchteln aufgeregt mit ihren Armen hin und her. „Du isst und legst dich anschließend hier auf diese Decke und schläfst dann, wir müssen morgen früh schnell weiter, hast du verstanden, Maurice"? „Ich gehe noch zu den anderen Männern, schlaf gut, mein Sohn". Mein Vater küsst mich auf die

Stirn und bewegt sich rüber zum anderen Feuer. Ich antworte nur mit einem „ja Papa", sehe noch, wie mein Vater sich drüben hinsetzt und in die Diskussion mit einsteigt, gleichzeitig bemerke ich, wie es um unser Feuer herum immer ruhiger wird. Das Knacken und Knistern des Feuers ist das Letzte, was ich noch höre, dann verliere auch ich das Bild dieser Nacht.

„Maurice, komm, steh auf, wir müssen weiter, nun komm schon, mein Sohn", höre ich dumpf und leise. Ich öffne meine Augen und sehe leicht verschwommen meines Vaters Gesicht. Ich finde mich zusammengerollt in einer Decke vor dem ausgebrannten Feuer wieder. Die Anderen sind bereits schon im Aufbruch und räumen alles Mögliche zusammen. Die Wolken am Himmel haben sich aufgelockert und vereinzelt dringt auch mal ein Sonnenstrahl durch. Alles das, was im Dunkeln verborgen war, wird jetzt bei Tage sichtbar. Wir befinden uns in einem Tal, nahe eines Waldes in Richtung Toulouse. Zumindest höre ich das von den Männern, die vorne weg laufen. „Los, bewegt euch, wir haben keine Zeit zu verlieren", schreit einer der Männer, der die Gruppe anspornen will. Die Ochsen werden angetrieben und der ganze Zug wird in Bewegung gebracht. Der Rest der Gruppe, zu der mein Vater und ich gehören, schließt sich den anderen an. Eine alte Karre, auf dem ein paar Säcke stehen und eine alte Frau sitzt, wird vom Esel des Müllers gezogen. „Papa, wie weit ist es bis Toulouse?" Ich schaue meinen Vater an, aber der hat meine Frage wohl nicht verstanden, zumindest zeigt dies sein Gesicht. „Papa, Papa, wie weit ist es bis nach Toulouse? Was ist mit den anderen, die nicht mit uns gekommen sind? Was machen die Engländer mit uns, wenn sie uns kriegen"? Mein Vater schaut mich an, „Sie werden uns nicht kriegen, in Toulouse sind wir sicher. Wir werden vor Sonnenuntergang in Toulouse sein, mach dir keine Sorgen, mein Sohn".

Wir laufen also weiter und weiter und ich betrachte die Anderen. Ein Baby will einfach nicht aufhören zu schreien. Die Mutter versucht alles Mögliche, um es zu beruhigen. Schon kommt eine Frau und bietet ihre Hilfe, mit Tipps und Ratschlägen, an. Mit jedem Schritt wird es wärmer, die Sonne steht jetzt direkt über uns. Ich schwitze und habe großen Durst. „Die Engländer werden uns einholen", schreit eine Frau weiter vorne". „Beruhig dich Pia, wir werden es schaffen". „Nein, wir sind viel zu langsam, wir haben keine Chance". „Sei jetzt still, du verbreitest Unruhe, Weib", schreit ihr Mann. Ich verstehe nicht, warum alle so verängstigt sind. Dennoch fühle ich die Gefahr und bemerke, wie meine Beine plötzlich, wie von allein, schneller werden.

Wir befinden uns jetzt in einem Wald und es ist, Gott sei Dank, etwas schattiger. Das Baby scheint zu schlafen, denn das Geschrei hat aufgehört. Plötzlich wird mir bewusst, dass alle still sind, es wird nicht mal mehr geflüstert. Die Gruppe verhält sich so leise wie möglich. Natürlich hört man unsere Schritte auf dem Waldboden, sowie die Hufe der Ochsen und des Esels. Besonders fällt das Quietschen der Räder von der alten Karre auf. Wie aus dem Nichts höre ich das unterdrückte, lautstarke Rufen, „Halt, keiner bewegt sich". Alle erstarren und lauschen in den Wald. Einer unser Männer war es, der Halt gerufen hat. Jeder schaut jeden an und sucht mit Blicken den Wald ab. „Papa, was ist…" „Pst, Maurice, sei still", flüstert mein Vater mir zu und zieht mich zu sich heran. Der Moment wird zur Ewigkeit. Auf einmal höre ich etwas, Pferde, weit weg, aber auf uns zukommend. „"Wie viel Zeit haben wir noch", ruft mein Vater, lässt mich ganz unerwartet los und bewegt sich auf den Mann zu, der weit vorne steht und unsere Kolonne bis jetzt anführte. „Wenig, wir müssen uns verstecken, es ist das Einzige, was wir machen können. Alle runter vom Weg, lasst uns in die Büsche schlagen, die Ochsen hinter dem Hügel dort, die Karre auch". Alle bewegen sich so schnell sie können. Die Karre macht Probleme, sofort tauchen vier Männer auf, um sie zur Seite zu schieben. Ein paar andere Männer versuchen mit langen, dünnen Ästen die Spuren auf dem Boden zu beseitigen. Andere legen große Blätter auf den Karren und die Mütter versuchen eingehend ihre Kinder zur Ruhe zu bringen. Der größere Teil von uns schlägt sich links in die Büsche, ein paar rechts. Jetzt heißt es absolut still zu sein. Ich hocke mit meinem Vater hinter einem großen Farnkraut und beobachte, wie die Müllers noch ein paar Blätter und Zweige auf ihren Karren nachlegen. .Ängstlich sind ihre Gesichter, die nervös in die Richtung schauen, aus der wir gekommen sind. Auf dem Weg rückwärts laufend, werden immer noch unsere Spuren mit dünnen Ästen beseitigt. In den Augen der Leute sieht man die nackte Angst. Mein Vater hält mich an meinem Arm fest und legt den anderen über meine Schulter. „Es wird alles gut, mein Sohn, verhalte dich ganz ruhig, hast du verstanden"? Dabei drückt er mich an sich heran. Eigentlich verspüre ich keine Angst, eher eine unbeschreibliche Anspannung, die mich fast lähmt. Ich würde gerne so viel fragen, aber ich versuche es erst gar nicht. Totenstille! Ich halte meinen Atem an und würde am liebsten nicht mehr atmen, was aber in einem Seufzer endet. Die Pferdehufe werden immer lauter. Mein Vater drückt mich nach unten, so dass ich nichts mehr sehen kann. Das Einzige, was ich jetzt noch sehe, ist der Boden. Ich drehe meinen Kopf so, dass ich wie aus der Sicht einer Maus über den Boden entlang alles betrachten kann. Ich würde am liebsten aufspringen und weglaufen. Sowieso bin ich sehr schnell, warum renne ich nicht einfach los? Das Schnaufen der Pferde und das Klappern ihrer Waffen ist nun in unmittelbarer Nähe zu hören. Ich halte wieder meine Luft an. Mein Vater drückt mich fester nach unten. Ich öffne meine Augen und schaue unter den großen Blättern des Farns den Waldboden entlang. Vielleicht einen Steinwurf entfernt sehe ich aus dieser Perspektive unzählige Pferdefüße mit weißen Gamaschen. Ohne Zweifel, es sind die Engländer. Einige von denen springen stampfend von ihren Pferden und fangen an, sich in einer Sprache zu unterhalten, die ich nicht verstehe. Andere wiederum schlagen mit ihren Schwertern zischend in die Sträucher und Büsche, als würden sie ahnen, dass wir hier sind.

Kurz wage ich einen Blick und schaue meinem Vater in die Augen. Noch nie zuvor habe ich so einen Blick gesehen. Seine Augen zeigen große Sorge, Hilflosigkeit, Verzweiflung und merkwürdigerweise den Blick einer sorgenden Mutter, meiner Mutter. „Papa", bewegen sich meine Lippen, ohne ein Geräusch von mir zu geben. Für einen kurzen Moment verliere ich meine Angst, mein Papa und ich tauschen etwas aus, das zu erklären mir unmöglich ist. Die Zeit bleibt für einen Moment stehen.

Dennoch richtet sich unsere Aufmerksamkeit nun wieder auf die langsam sich uns nähernden drei Rot-Röcke, die mit ihren Schwertern im Gestrüpp stochern. Vielleicht noch 15 Schritte, dann werden sie uns erreichen. „Maurice, du musst jetzt auf mich hören, hast du verstanden? Du wirst jetzt gleich laufen und zwar so schnell du kannst, ohne dich umzudrehen, hast du verstanden? Du wirst dich nicht umdrehen und du rennst, wenn ich dir ein Zeichen gebe, ist das klar, mein Sohn?", flüstert mein Vater mir ins Ohr und drückt mich an sich heran. „Vergiss nicht, wir finden uns wieder, du musst in Richtung Osten laufen, da wo die Sonne aufgeht. Hast du verstanden, Maurice?" „Papa, ich…" mein Blick in seine Augen zeigt Tränen. Papa hält mich fest am Arm. „Warte noch einen Moment". Die Engländer kommen langsam näher, sie werden immer lauter. Plötzlich, ein Schreien, das Baby, es schreit aus vollem Leib und es schreit und schreit. Es ist das gleiche Baby, das vorhin schrie. Sofort drehen die Rot-Röcke ab und entfernen sich von uns. Fast zeitgleich grunzt der Ochse und ein anderes Kind reiht sich ein ins Geschrei. „Gott hat uns diesen Moment geschenkt, mein Sohn, laufe jetzt, laufe!" Mein Vater schubst mich weg und dirigiert mit seinem Finger die Richtung. „Lauf!" Ich schaue ihm noch einmal tief in die Augen und fange an zu laufen, schneller als der Wind. Jetzt tue ich das, was ich am besten kann, laufen. Ich renne so schnell ich kann, dabei wird das gerade entstandene Gebrüll und Getöse hinter mir immer leiser. Meine Augen erfassen blitzschnell den Boden unter meinen Füßen, um zu sehen, wo meine Füße auftreten können. Ich sehe nur noch den Waldboden, bestehend aus Wurzeln, Steinen und Sträuchern. Ich springe über quer herumliegende Baumstämme und kleine Flüsse und Bäche. Ich habe keine Zeit zum Denken, muss mich voll und ganz auf das Rennen konzentrieren. Ich weiß nicht, wie lange ich jetzt schon renne, aber an meinem Atem erkenne ich, dass ich schon sehr weit gelaufen sein muss. Meine Schritte werden langsamer und erst jetzt schaue ich das erste Mal nach hinten. Ich drehe meinen Kopf, um zu sehen, ob mich jemand verfolgt. Nichts, außer Bäumen, ist zu sehen. Keine Verfolger, keine Engländer. Ich versuche leise und langsam zu atmen, um evtl. näherkommende Pferde zu hören, denn zu Fuß kann mich keiner so schnell und lange verfolgen, davon bin ich überzeugt. Ich atme mit weit geöffnetem Mund, um jedes Geräusch zu vermeiden. Nichts, keine Pferde, kein Schreien, nur Vögel die zwitschern.

Jetzt muss ich mich ausruhen, ich setze mich auf einen umgekippten Baum und versuche mich zu beruhigen. Meine Atmung wird langsamer, was ist mit Vater? Ach, er wird es irgendwie schon geschafft haben, denke ich mir. Immerhin wurden die Engländer ja vom schreienden Baby und dem Vieh abgelenkt, so dass Vater gute Chancen hatte zu fliehen. Was für ein Glück, dass es schreiende Babys gibt! Ich erinnere mich gut daran, wie mein Vater mir öfter versuchte zu erklären, dass alles einen Sinn macht, egal ob es einem in dem Moment gefällt oder nicht. Jetzt in diesem Moment verstehe ich, was Vater damit meinte. Ich danke Gott für solch eine Situation und freue mich auf unser Wiedersehen.

Etwas erholt und guter Dinge stehe ich auf und mache mich auf den Weg nach Toulouse. Das Wetter ist schön, es ist warm und sonnig. Der Wald wirkt richtig friedlich. Was hat mir Vater zugeflüstert, ich soll mich in Richtung Osten bewegen, in die Richtung, wo die Sonne aufgeht. Was bedeutet, ich muss mich in entgegengesetzter Richtung des Sonnenuntergangs bewegen. Denn die Sonne beginnt langsam zu verschwinden. Vater sagte, Toulouse sei maximal einen Tagesmarsch entfernt, demnach müsste ich Toulouse bald erreicht haben. Langsam lichtet sich der Wald und vor mir zeigen sich ein paar große Rübenfelder. Rechts unten stehen die ersten Hütten, vor denen Kinder spielen. Irgendwo bellt ein Hund und es riecht nach Kuhmist, ein herrlicher Geruch, denke ich so. „Kinder, kommt rein, es ist spät", ruft eine Mutter durch eine geöffnete Tür. Jetzt, wo ich an den Hütten vorbei laufe, sehe ich über den Hügel hinweg Toulouse. Es kann nur Toulouse sein, denn so viele Hütten und Häuser habe ich noch nie gesehen. Der Weg, auf dem ich mich gerade befinde, führt mich direkt dorthin.

Die Sonne verschwindet langsam hinterm Horizont und das Gewirr von Menschenstimmen, Ochsen und Karren sowie Pferdehufen wird immer lauter. Je mehr ich mich der Stadt nähere, desto mehr sehe ich aus allen Richtungen Soldaten kommen, die anscheinend Patrouille reiten, um die Stadt vor den Engländern zu schützen. Deswegen wollten wir nach Toulouse flüchten, weil wir hier sicher sind. Fast jedes Haus oder jede Hütte hat eine große Fackel an der Außenwand befestigt, so dass alle Straßen und Gassen von Toulouse beleuchtet sind. Obwohl es inzwischen schon spät sein muss, sind die Menschen noch so lebendig und die Straßen so voll. In den Schenken wird teilweise gesungen und gelacht. Überall dringen Licht, Rauch, Stimmen und Geruch von Essen aus den Häusern. Ich war noch nie in einer Großstadt. In Moutech ist alles viel kleiner und vor allem ruhiger. Wenn dort die Sonne untergeht, geht man zu Bett, ausgenommen bei Festen. In Toulouse ist alles anders, ich stehe jetzt hier auf einem großen runden Platz, auf dem sich mittig eine riesige Steinfigur befindet. Ich weiß nicht, wer das sein soll, aber so wie dieser Mann stark und stolz mit seinem Schwert dasteht, muss das ein großer Krieger oder gar ein König sein. Die vielleicht vier Männer hohe Figur zieht mich in ihren Bann. Bewegungslos stehe ich vor ihr, um sie zu betrachten. Stolz, mit erhobenem Haupt, hält die Figur ein Schwert in die Luft. In der anderen Hand hält sie einen Schild. Der Blick und das Kinn verraten Mut und Tapferkeit. Noch nie habe ich so etwas gesehen. Jedoch überkommt mich die Müdigkeit und meine Augen werden langsam schwerer. Irgendwo muss ich mich hinlegen können, denke ich mir, hier in Toulouse fühle ich mich jedenfalls sicher. Meine müden Augen halten Ausschau nach einem geeigneten, vor Regen sicheren Platz. Vor dem Eckhaus links neben dem Platz steht eine Holzbank, die überdacht ist. Eignet sich gut, denke ich und bewege mich dorthin. Die Nacht wird nicht kalt werden, es ist jetzt noch angenehm warm. Ich glaube, da liege ich gut, dort werde ich übernachten. Zusammengekauert schließe ich die Augen und lasse die letzten Eindrücke durch meinen Kopf rasen.

Ich sehe mich durch den Wald rennen, auf der Flucht vor den Engländern. Ich sehe meinen Vater, der mir mit seinem Finger die Richtung zeigt. Plötzlich verfolgt mich lachend Luc, der mich sowieso nicht fangen kann. Absolute Stille…

Dumpf nehme ich ein Gewusel um mich herum wahr. Während ich meine Gliedmaßen strecke und mich etwas steif aufrichte, öffne ich langsam meine Augen. Mittig auf dem Platz steht die, von mir bewunderte, große Figur. Auf ihr sitzen ein paar Tauben und gurren vor sich hin. Um mich herum tobt das Leben. Menschen laufen hin und her und bieten ihre Waren an.

„Kohl, Radieschen", schreit eine Frau, die hinter Körben unweit von meiner Bank steht. Zehn Schritte weiter verkauft eine alte Frau Eier und selbst geflochtene Körbe. Ich befinde mich mitten auf einem Marktplatz. Einfache Leute laufen durch den Markt und tasten mit ihren Fingern die angebotenen Früchte ab. Vereinzelt befinden sich hier auch Soldaten oder andere Krieger, um nach günstigen Angeboten Ausschau zu halten. Was sich nun ganz deutlich bemerkbar macht, ist mein Hunger. Das letzte Mal habe ich gestern Mittag etwas gegessen. Wie von selbst denke ich an meinen Vater und die Flucht, doch der Hunger lenkt mich ab. Ich sehe weiter hinten einen Stand mit wunderschönen Laiben Brot, große wie kleine, gleich daneben Honigfässchen und Rübenmost.

Mein Hunger lässt es nicht zu, andere Gedanken aufkommen zu lassen. Ich habe nichts, womit ich tauschen könnte. Also entschließe ich mich, zu betteln. Ich bewege mich auf den gut riechenden Stand zu und frage mit unsicherer Stimme nach ein bisschen Brot und evtl. ein wenig Rübenmost.

„Kannst du bezahlen Junge?", fragt mich die alte Frau, die den Eindruck erweckt, kein Mitleid mit hungernden Kindern zu haben. Ihre Augen wirken eher wie zwei Schlitze, die über einer großen Hakennase liegen. Ihre Hand zeigt gleich die Geste des Nehmens. „Nein, ich habe keinen einzigen Taler", antwortete ich. „Ich habe nur Hunger, wir wurden gestern…." „Scher dich weg, wenn du nicht zahlen kannst", schreit die alte Frau mich an und zeigt mit ihrem knöchernen Zeigefinger in die Richtung, in die ich wohl nach ihrer Meinung gehen soll. Sie interessiert sich nicht für meine Not. Etwas eingeschüchtert drehe ich mich um und denke, mein Glück an einem anderen Stand zu finden. Der Hunger treibt, ich überwinde mich und frage an einem anderen Stand. „Verschwinde Junge, ansonsten komme ich vor", antwortet ein dicker Glatzkopf, der viel zu langsam wäre, um mich zu kriegen. Und da fällt mir ein, wie schnell ich bin, mich kann niemand fangen, wenn ich will. Ich muss mir lediglich den Weg anschauen, den ich zur Flucht benötige. Ich schaue mich um, um den geeigneten Stand zu finden. Es muss sich lohnen, ich habe großen Hunger. Ich weiß nicht warum, es schleichen sich Gedanken meines Vaters in meinen Kopf.

„Denke immer daran, mein Sohn, es kann Situationen geben, in denen du Dinge tun musst, die du sonst niemals tun darfst; was heute gut ist, kann morgen schlecht sein, ich hoffe, du wirst in solch einem Moment das Richtige tun".

Das war eine seiner Aussagen. Mache ich in solch einer Situation das Richtige? Handle ich jetzt korrekt, frage ich mich mit knurrendem Magen und beobachte den nächsten Stand. Mein Magen ist davon überzeugt, es gibt kein Zurück mehr, ich muss stehlen. Also versuche ich ganz unauffällig zu sein. Dabei entdecke ich auch andere, die sich genauso verhalten wie ich, ob Kinder oder Erwachsene. Jetzt verstehe ich, warum die alte Hexe und der Glatzkopf so reagieren, weil es zu viele Hungernde gibt. Egal, ich bin der schnellste und der hungrigste von allen, also bewege ich mich langsam auf den Stand zu und versuche ganz normal auszusehen. Das Misstrauen der Händler steht ihnen ins Gesicht geschrieben. Jetzt gibt es kein Zurück mehr, blitzschnell greife ich mir einen Laib Brot und ein anständiges Stück Käse, weil beide ziemlich dicht beieinander liegen. Jetzt heißt es laufen und laufen. „Halt, du Dieb, haltet den Jungen, haltet den Dieb", schreit der dicke Händler. Ich renne so schnell ich kann, mal in Zickzack, mal springe ich über irgendwelche Körbe. Ich weiß nicht, ob mich jemand verfolgt oder nicht, ich laufe und laufe, bis ich den Marktplatz und noch mehr verlassen habe.

Irgendwo in einer kleinen Gasse werde ich langsamer und bleibe stehen. Ich schaue mich nervös um und beiße, wie von allein, in das Brot und den Käse. Niemand außer mir ist in dieser Gasse. Gott sei Dank. Mein Hunger schwindet mit jedem Biss. Ein Rascheln lässt mich schnell nach hinten schauen, aber außer einer Ratte, die im Abfall herumstöbert, habe ich nichts zu befürchten. Endlich satt, ein wunderbares Gefühl, denke ich mir und wage mich langsam wieder in den Trubel der Menschen. Natürlich halte ich etwas Abstand vom Markt. Ich glaube, ich habe noch nie so einen guten Käse gegessen und genieße die letzten Krümel in meinem Mund.

Es ist Mittag und die Sonne steht direkt über mir. Ich gehe so durch die Gassen und Straßen und betrachte Toulouse, ohne Hunger, bedeutend entspannter. Wie wird es weitergehen? Wann und wo werden Vater und ich uns wiedersehen? Ein anderer Gedanke, der mich erfasst, ist Luc. Werde ich meinen besten und einzigen Freund jemals wiedersehen? Das Plätschern eines kleinen Baches, der links neben mir den Weg begleitet, erinnert mich daran, dass ich durstig bin. Ich knie mich nieder und halte meine Hände, wie eine

Schale, in das kühle Nass. Kühles, klares Wasser fließt an meinen Händen vorbei. Ich trinke mehrere Hände voll des kalten Nasses und genieße jeden Schluck. Nicht weit entfernt höre ich Stimmen.

„Woher kommen die?" „Soweit ich weiß, aus Moutech, der Engländer rückte immer näher, die armen Schweine hatten keine Chance". „Gibt es Überlebende"? Ich schaue die Straße hinunter, in Richtung der Worte, die ich vernehme. Ich sehe fünf Reiter und zwei Männer, die vor einer Karre stehen. Beim genaueren Hinschauen bemerke ich, dass in der Karre Menschen liegen. „Sie brauchen sofort etwas zu essen und ihre Wunden müssen versorgt werden. Kommt, beeilt euch!", schreit einer vom Pferd herunter. Habe ich richtig gehört, aus Moutech? Wie von allein fangen meine Beine an sich zu bewegen. Ich muss sehen, wer die sind, die da auf dem Karren liegen. Am Ende der Straße steht der Karren vor einer große Hütte. Eine Frau tritt heraus und schaut sich die Verletzten an. „Bringt sie rein, zuerst das Mädchen, aber schön vorsichtig", diktiert die Frau. Sie ist etwas kräftiger gebaut und macht einen sehr dominanten Eindruck. Sofort hebt einer der Männer das Mädchen vorsichtig aus dem Karren und trägt es ins offene Haus. Meine Schritte werden immer schneller. Nicht ganz angekommen, sehe ich gerade, wie ein Junge ins Haus getragen wird. Auf dem Karren liegen noch drei Männer, sie sehen völlig geschwächt aus. Ihre Verletzungen wurden notdürftig mit alten Tüchern, die jetzt voll gesaugt sind mit Blut, verbunden. Habe sie schon öfters in Moutech gesehen. Ich drehe mich um und laufe langsam zum Haus. Ich fühle, wie mein Herz schneller schlägt und meine Sorge wächst. Unsicher schaue ich durch die halb offene Tür ins Innere des Hauses. Mein noch vor Kurzem sattes und zufriedenes Gefühl verwandelt sich schlagartig in eine Mischung aus Übelkeit und Angst. Ich muss unbedingt wissen, wer die beiden Kinder waren, die rein getragen wurden. „Das Mädchen wird es vielleicht schaffen, aber der Junge wird die Nacht nicht überstehen", flüstert die Frau voller Anteilnahme. „Lasst uns die anderen anschauen; der eine sagt, sie kommen aus Moutech und die meisten seien abgeschlachtet worden". Mir wird plötzlich schlecht, alles dreht sich, es wird alles schwarz.

Ich öffne meine Augen und sehe diese Frau vor mir, wie sie mir gerade etwas zu trinken gibt, das ich in großen Zügen herunterglucke. „Du kommst aus Moutech, stimmt`s meine Junge?" „Ja, stimmt", antworte ich und schaue mich neugierig dabei um. Ich will wissen, wo ich bin. Ich befinde mich in der Hütte, in die man die Verletzten gebracht hat. Ich richte mich langsam auf und sehe hinter der fürsorglichen, liebevollen älteren Frau zwei Strohlager, auf denen ein Mädchen und ein Junge schlafend liegen. Ich muss schon etwas länger hier gelegen haben, denn es ist inzwischen schon fast dunkel geworden. Zwei kleine Kerzen spenden dem Raum etwas Licht. Daher kann ich auch nicht erkennen, wer diese Kinder sind. „Wo ist deine Familie?", fragt die Frau und reicht mir ein Stück Brot. „Weiß nicht, ich bin, weil es mein Vater so wollte, allein losgerannt". „Kennst du die beiden hier?", fragt sie mich und gibt mir endlich die Möglichkeit, die beiden näher zu betrachten. Die Frau hält eine Kerze zum linken Strohlager und ich erkenne die kleine Marie, ihr Gesicht ist ungewöhnlich blass. „Ist sie tot?", frage ich etwas unsicher. Ich schwenke meinen Kopf zum anderen Strohlager. „Nein, sie ist nicht tot, sie wird überleben", flüstert die Frau mir zu und leuchtet mit der Kerze das andere Lager aus. „Er dagegen wird es leider nicht schaffen, er wird diese Nacht wohl nicht überstehen", dabei legt sie, als wüsste sie, dass ich ihn gut kenne, ihre Hand auf meine Schulter. „Es ist Luc, mein bester Freund, mein einziger Freund", sage ich mit zittriger Stimme und berühre seine Hand. Die mir sonst so vertraute Hand ist kalt und leblos. Ich fühle mich plötzlich so leer und hilflos, da ich meinen besten Freund verloren habe. „Wer ist das Mädchen?", will die Frau wissen und nimmt meine Hand. Tränen der Verzweiflung und Trau-er schießen in meine Augen, ich denke an meinen Vater und die anderen, mit denen ich auf der Flucht war.

„Das Mädchen?", fragt sie noch einmal vorsichtig nach. Ich schaue sie unsicher an. „Es ist Marie, die kleine Schwester von Luc", antworte ich mit gesenktem Kopf. „Sie ist sieben Jahre alt". Viele Gedanken schießen durch meinen Kopf. Sie ist vier Jahre jünger als Luc und sie wollte oft mit uns mitspielen, obwohl wir es nicht wollten. Denke ich und erinnere mich, wie wir auf der Suche nach einem alten Schatz waren. Marie lief uns ständig hinterher und wollte immer dabei sein. „Luc, ich werde es Mama sagen, wenn du mich nicht mitspielen lässt", waren fast immer ihre Worte. Sie war einfach zu klein und nervig für unsere Spiele. Jetzt liegt sie hier und ich betrachte sie.

„Sie wird jemanden brauchen, an den sie sich halten kann, sie wird überleben. Verstehst du, mein Junge?" Mit beiden Händen dreht sie meinen Kopf zu sich und schaut mich an. „Du musst jetzt für sie da sein, verstehst du? Du bist der einzige Mensch, den sie ab jetzt haben wird."

„Maurice, komm schon, beeile dich, du bist immer der Letzte", ruft Marie und fuchtelt mit ihren Händen aufgeregt hin und her. Dass Marie jedes Mal so ein Theater machen muss, werde ich wohl nie verstehen können. Sie muss immer die erste sein. Dabei haben wir, aus meiner Sicht, noch genug Zeit. Das Fest hat noch nicht einmal begonnen und Marie drängelt wie immer. Mit 17 müsste sie eigentlich erwachsener sein, denke ich so. „Du hast es mir versprochen, Maurice, du wirst sie alle besiegen". Marie steht vor mir und reißt ihren Kopf zur Seite, so dass ihre Haare wie eine Welle in einer Richtung wehen. Sie peitschen dicht an meinem Gesicht vorbei und der Duft ihrer frisch gewaschenen Haare bleibt in meiner Nase hängen. „Marie, ich habe es dir versprochen, ich werde sie schlagen", antworte ich fast automatisch. Gut, ich muss zugeben, Marie und ich sind zum einen wie Geschwister, aber andererseits muss ich gestehen, bin ich verrückt nach ihr. Claude hat immer gesagt, dass wir für einander bestimmt sind.

Die gute alte Claude, denke ich so vor mich hin. Ich weiß noch, wie sie mir damals offenbarte, dass ich nach Lucs Tod für Marie verantwortlich sei und ich der einzige bin, den sie hat. Ich bin für ihre Zukunft verantwortlich. Claude wusste damals, dass ich sie genauso brauchte. Sie wusste viele Dinge, die andere nicht verstanden. Sie starb leider viel zu früh, vor zwei Jahren ließ sie uns einfach allein, keiner weiß, woran sie starb. Wie eine Mutter stand sie uns zur Seite und half uns, hier in Toulouse Fuß zu fassen. Seit ihrem Tod leben Marie und ich in ihrer Hütte. Bis zum heutigen Tag haben wir es allein geschafft, naja, fast allein. Nun ist es wieder soweit, heute ist der große Tag, jedes Jahr findet hier in Toulouse das große Erntedankfest statt. Wie immer mit den unterschiedlichsten Spielen. Ich bin zwar nicht der Größte, aber mit Sicherheit der Schnellste, davon bin ich überzeugt. Meine Stärken sind das Schnelllaufen, das Springen sowie das Pfahlklettern. Dies ist meine zweite Teilnahme an diesem Fest und deren Wettspielen. Letztes Jahr habe ich nichts richtig verstanden und deshalb verloren, heute bin ich davon überzeugt, zu gewinnen.

Inzwischen sitzen Marie und ich auf unserem Karren, der von unserem Joseph, dem alten Muli, gezogen wird. Marie zuppelt immer wieder mit ihren Fingern an den Schleifen ihres weißen Kleides, während sie unentwegt redet. Ich dagegen halte die Zügel und sitze aufrecht und stolz auf unserem Karren. Ich höre nicht wirklich zu, was Marie da erzählt, den größten Teil habe ich schon zigmal gehört, es geht meistens um andere Mädchen und deren Aussehen oder das, was die anderen gesagt oder getan haben. Natürlich tue ich so, als höre ich zu. Meine Gedanken kreisen aber um das Turnier.

„Maurice, ist das nicht unmöglich, was Sofie gesagt hat? Maurice, hörst du mir überhaupt zu?" Sie zieht an meinem Hemd und wiederholt meinen Namen zum dritten Mal. „Ja Marie, ja, das ist unmöglich, was sie gesagt hat." „Ach, du hörst mir sowieso nicht zu, vergiss es", zischt Marie und dreht ihren Kopf demonstrativ zur

Seite. Endlich nähern wir uns dem großen Festplatz am Rande der Stadt. Von hier oben aus kann man sehr gut den Platz überschauen. Auf der Ostseite stehen viele große Tische, Bänke und kleine Stände mit Essen und Getränken. Auf der Westseite sind freie Flächen in unterschiedliche Bahnen aufgeteilt. Auf manchen stehen senkrechte Baumstämme, um an ihnen hochklettern zu können. Die Wettkämpfe finden auf der westlichen Seite des Platzes statt. Im Norden und Süden steht das Vieh. Alles ist vertreten, Ochsen, Pferde, Schafe, Ziegen, Schweine und Kleinvieh, wie Hühner, und sie stehen da zum Handeln. Der riesige Haufen aus Holz und Stroh ist wie jedes Jahr in der Mitte des Platzes schon aufgebaut, um am Abend ein anständiges Feuer zu entfachen.

Endlich sind wir angekommen und stehen mitten drin. Den Karren mussten wir selbstverständlich vor dem Platz stehen lassen. Es ist ziemlich voll dafür, dass es noch nicht mal Mittag ist, denke ich mir gerade. „Habe ich dir doch gesagt, dass wir früher los müssen", zischt Marie. „Ja, du hattest mal wieder Recht, wir müssen jetzt die anderen finden." Ich greife ihre Hand und wir laufen über den Platz voller Menschen.

„Hey Marie, wo willst du mit deinem kleinen Bruder hin, komm doch lieber zu uns rüber", ruft ein kräftig gebauter, rothaariger junger Mann, der unweit von uns steht. Seine Freunde lachen laut und winken mit ihren Händen Marie zu, dass sie kommen soll. Das ist Peer, wer sonst? Seine roten Locken hängen quer im Gesicht. Er ist quadratisch und dumm, er versucht mich dauernd zu provozieren und macht sich ständig an meine Marie ran. Seine Freunde sind drei Idioten, die in Peer einen Anführer sehen. Dass er mich als Maries kleinen Bruder bezeichnet, liegt daran, dass ich nicht so groß und kräftig gebaut bin wie er. Was kann ich gegen solch einen Idioten, der auch als jähzornig bekannt ist, unternehmen? Ich kann ihn nur im Turnier besiegen und das werde ich, ich habe es mir vorgenommen. Also ignoriere ich sein Gelaber und gehe einfach weiter. Marie dagegen zeigt ihm einen Vogel und schreit rüber, „Du kannst mich mal!" Wir laufen weiter und halten Ausschau nach unseren Freunden. „Mann, kommt ihr spät, wir haben schon gedacht, ihr kommt überhaupt nicht mehr", sagt Ernault, der auf uns zukommt und uns durch das Gewühl zieht.

„Was ist los mit dir, Maurice, wir sind gleich dran?" Ernault ist unser bester Freund, er ist fast fünf Jahre älter als ich, ein Kraftpaket und eine ehrliche Haut. Er war damals der erste, der mit mir freundschaftlichen Kontakt gesucht hat, als wir völlig fertig in Toulouse ankamen. Claude machte uns einst miteinander bekannt. Durch Ernault lernte ich auch Leon und seine Freundin Bapdies kennen. Nachdem wir uns alle freundlich umarmt haben, ziehen sich Marie und Bapdies zurück, um ihre Neuigkeiten auszutauschen. Ernault, Leon und ich setzen uns auf die Bank, um Genaueres über den Ablauf der Spiele zu besprechen. „Ernault, Peer ist ein harter Brocken, du solltest dich nicht auf einen zu langen Bodenkampf einlassen. Versuch ihn fix aus dem Stand zu werfen und mache, so schnell du kannst, einen Haltegriff. Nur so hast eine Chance", sagt Leon und fuchtelt mit seinen Armen herum. „Wird schon irgendwie klappen", antwortet Ernault. Er nimmt an einer Disziplin teil, die nichts für mich ist, ich bin zu schwach für das Ringen. Meine Stärken sind das schnelle Laufen. Leon liegt das Bogenschießen, aus meiner Sicht ist er darin unschlagbar.

Heute ist ein sehr warmer Tag für diese Jahreszeit, wunderbar! Ich sitz hier auf einem Stein und schaue den beiden zu, wie sie miteinander diskutieren. Die Sonne scheint mir mitten ins Gesicht. Der Trubel auf dem Platz nimmt deutlich zu. Immer mehr Menschen laufen über den Festplatz und versammeln sich langsam auf der Westseite, weil dort die Wettkampfspiele stattfinden. Langsam fühle ich die immer größer werdende Anspannung mit einem Kribbeln in meinem Bauch. Ich glaube, Ernault und Leon geht es aber auch nicht besser. „Männer, ihr werdet siegen", schreit Bapdies, die gerade mit Marie aus der Menschenmenge erscheint und Leon auf die Schulter haut. Eine Hornfanfare signalisiert, dass die Wettkämpfe beginnen. Die Menschen sind in Aufruhr. Wir drei stehen schlagartig auf und bewegen uns zu den Wettkampfflächen. Wir als Teilnehmer müssen nun durch die Absperrungen, quer über die Kampfflächen, hin zum Turm laufen. Dort ist der Start. Das Schreien der Zuschauer wirkt mutmachend und zum anderen macht es einen ganz schön nervös. Trotzdem lassen wir uns nichts anmerken. Wir gehen aufrecht und stolz zum Start. Erst jetzt sehe ich die große Anzahl der Teilnehmer. Vor uns läuft ein kleiner, schlanker, aber gut durchtrainierter Mann, der mit Sicherheit am Rennen teilnehmen wird. Ich habe ihn noch nie zuvor gesehen. Weiter vorn sehe ich auch Peer und andere kräftige Athleten und hinter mir kommen weitere. Ich weiß, es wird hart, aber stopp, ich darf nicht an mir zweifeln. Ich bin der Schnellste, rede ich mir erneut ein. Nun stehen wir Teilnehmer auf einer großen Holztribüne und vor uns das Volk, die Zuschauer jubeln uns zu. Unerwartet schnell werden die ersten aufgerufen, die Läufer, ich habe keine Zeit nachzudenken. Also begebe ich mich mit den anderen an die Startlinie. Ich habe nicht gedacht, so viele Konkurrenten zu haben. Auch Peer, der aus meiner Sicht keine Chance hat, nimmt am Lauf teil. Ein Trommelschlag signalisiert den Start, ich schließe meine Augen und laufe, als wären die Engländer hinter mir her. Zwischendurch öffne ich nur kurz meine Augen, um auf der Strecke zu bleiben. Das Laufen ist mein Element, die Strecke ist für mich keine Herausforderung, sie ist viel zu kurz. Als ich vor den Rotröcken floh, rannte ich den halben Tag. Ich glaube ins Ziel zu fliegen und ich bin Sieger. Trotz der lauten Menschenmenge höre ich meine

Marie heraus, wie sie „Hurra, Ja", schreit. Ich bin gerade als Sieger angekommen, da höre ich schon, wie andere Teilnehmer beim Ringen sind. Natürlich muss ich Ernault sehen und kämpfe mich durch die Menschenmassen, um einen guten Platz zu ergattern. Ernault ist ein ehrlicher und fairer Mensch, er sieht in einem Kampf die Herausforderung und niemals etwas Böses darin. Schon nach kurzer Zeit geht Ernault als Sieger hervor, sein Gegner war einfach zu unerfahren. Ernault beendet den Kampf mit einem gekonnten Wurf und einem festen Haltegriff. Stolz, aber nicht hochmütig steht Ernault auf und hilft seinem Gegner dabei noch auf die Beine, indem er ihm unter die Arme greift, ihn hochzieht und ihm seine Hand reicht. Der Verlierer kommt wankend auf die Beine, verbeugt sich und verlässt die Kampffläche.

Obwohl wir jeweils woanders standen, sind Leon und ich zeitgleich bei Ernault. „War nicht schlecht, deine Vorstellung", schreit Leon. Mit einem Schulterschlag zeigen wir ihm Respekt und Freude. „Die richtigen Gegner werden erst noch kommen", antwortet Ernault und zeigt mit seinem Finger auf eine Gruppe kräftig aussehender Männer, die uns anstarren. Besonders der eine rechts stehende sieht richtig böse aus. Nicht nur dass er besonders groß ist, nein, der strahlt das Böse aus. Seine Augen sind hasserfüllt und seine langen schwarzen Haare hängen quer über sein vernarbtes Gesicht. Ein übler Bursche, denke ich mir. Sein vorstehendes Kinn erinnert an einen wilden Stier. Die anderen wirken eher sportlich kräftig, aber nicht so gefährlich wie dieser da. Unabhängig von dieser Gruppe steht weiter links Peer, der mich sauer betrachtet, vielleicht weil er gegen mich im Rennen verloren hat. Er sieht aus wie ein rothaariges Wollnashorn. Breit, kompakt und jähzornig, seine Blicke treffen eher mich als Ernault. Um uns herum ist ein Getümmel von Menschen, die alle durcheinander schreien. Sie rennen von einer Darbietung zur nächsten. Auf der östlichen Seite des Festplatzes erklingt Musik und beim genauen Hinschauen sieht man tanzende Mädels. Wieder völlig überraschend und unerwartet heißt es, das Stammklettern sei angesagt. Ich bewege mich zügig zur Startlinie, indem ich an den verschiedenen Kampfflächen vorbeilaufe. An der Startlinie angekommen, stehen bereits mehr Leute, als ich glaubte. Schätze mal, so 20 Teilnehmer werden das schon sein, ich bin sehr aufgeregt.

Wenn ich die alle betrachte, schleicht sich in meinen Kopf der Zweifel ein. Habe ich gegen die eine Chance? Ich sehe da ein paar richtig durchtrainierte Kerle, wenn ich mich da so betrachte? Ich darf nicht an mir zweifeln. „Maurice, du hast es mir versprochen, du besiegst sie alle, hast du gehört?" Marie steht plötzlich vor mir, greift meine Haare und zieht mich an sich heran. „Ich möchte, dass du gewinnst für mich, für uns, hast du verstanden? Wenn du gewinnst, werde ich dich heiraten." So wie sie gekommen ist, ist sie auch schon wieder verschwunden. Was hat sie gesagt? Sie will mich heiraten, wenn ich gewinne? Ich wusste es, sie gehört zu mir, denke ich. Ich muss nur vier lange Pfähle raufklettern und die dort hängenden Schleifen abnehmen, dann habe ich gewonnen und sie heiratet mich. Plötzlich habe ich das Gefühl, dass es keine Gegner mehr gibt. Ich habe nur noch ein Ziel, Marie. Es durchflutet mich ein Gefühl der Wärme und mein Brustkorb wächst ins Unermessliche. Ich kann es kaum abwarten, loszurennen, wann ertönt endlich das Startsignal? Endlich, wie eine Erlösung, der Trommelschlag als Startzeichen.

Fast wie von allein rase ich auf den ersten Stamm zu und erklimme ihn, um die erste Schleife ganz oben zu entfernen. Ich drehe mich nicht einmal um, um zu sehen, wie schnell die anderen sind, ich verfolge nur ein Ziel, Marie. Irgendwann entdecke ich mich, wie ich vom letzten Stamm klettere und die letzte Schleife in meiner Hand halte. Fast fliegend rase ich zum Ziel, um die Schleifen in den Korb zu schmeißen. Alles schreit und tobt. Ich bin der Erste, der das Ziel erreicht hat, erst jetzt drehe ich meinen Kopf, schaue nach den anderen und sehe, wie einige sich noch auf dem dritten Stamm befinden. Nur zwei sind auf dem Weg zum Ziel. Ich bin eindeutig der Schnellste von allen.

Wo ist Marie, ich kann sie nicht sehen, meine Augen durchforsten das Publikum. Ich kann sie nirgends finden. Ein zweites Mal wird mein Name lautstark vorgestellt, ich, der Sieger. Viele Zuschauer drängen sich nach vorne, um mich sehen zu können. Alles ist vertreten. Kinder, Alte, Männer und auch hübsche Mädchen die mir zuwinken. Ein tolles Gefühl, aber wo ist Marie? „Maurice, komm schnell, beeile dich, Leon ist dran", ruft Ernault und packt mich an meinem Arm. „Du bist verdammt schnell, mein

Freund, tolle Leistung!" Ernault klatscht mir dabei auf die Schulter und wir bewegen uns auf die Ausschreitungsfläche der Bogenschützen zu. Ich halte dabei nach wie vor Ausschau nach Marie, wo kann sie nur sein? Nach ihrem Versprechen müsste sie jetzt unbedingt bei mir sein. Jetzt stehen wir vor dem Platz der Bogenschützen. Die Menschen drängen sich nach vorne, jeder will die beste Sicht ergattern. Ein Dutzend Männer messen sich im Bogenschießen. Leon läuft gerade über einen langen Baumstamm, während er auf das Ziel schießt. Es müssen mindestens drei Pfeile abgeschossen werden, bevor man das andere Ende des Baumstammes erreicht hat. Die Zielscheibe ist ca. einen Steinwurf weit entfernt. Leon ist gut in der Zeit, nur wenige sind so schnell und treffsicher wie er. Die nächste Disziplin besteht darin, auf hochgeworfene, mit Wasser gefüllte Schweineblasen zu schießen. Da die Blasen ziemlich schnell hintereinander hochgeworfen werden, bleibt den Schützen wenig Zeit, sie müssen schnell und treffsicher sein. Leon ist einer der hervorragendsten Bogenschützen, von vier Pfeilen treffen drei die Schweineblasen und das Wasser spritzt zu Boden. Ein anderer, uns unbekannter Teilnehmer, ein sehr großer und dünner Mann mit langen blonden Haaren, ist etwas schneller am Ziel als Leon. Auch er brauchte vier Pfeile, die anderen hinken weit hinterher und stellen keine Konkurrenz dar.

Ganz überrascht steht jemand hinter mir und hält meine Augen zu. Ich vernehme den mir bekannten Duft mit großer Freude. Marie strahlt mich an, „War nicht schlecht, deine Vorstellung, Maurice." Bapdies steht neben ihr und grinst, „aber Leon ist auch nicht schlecht, oder?" Ich freue mich, endlich Marie zu sehen, und nehme gleich ihre Hand. „Was hast du mir vorhin gesagt, du willst…" sie hält meinen Mund zu und flüstert mir zu, dass wir später darüber reden werden. „Leon ist noch nicht fertig, lass uns seinen Wettstreit zu Ende schauen", sagt sie zu mir.

„Ja, du kannst es schaffen, Leon" schreit Bapdies und schaut uns beide an, „er muss nur noch den langen Blonden besiegen", sagt sie und zappelt aufgeregt hin und her. Inzwischen sammeln sich mehr und mehr Zuschauer, um das Finale zu sehen. Es wird immer mehr gedrängelt und geschubst. Gut, dass wir ganz vorne an der Absperrung stehen. Die besten vier Bogenschützen stehen jetzt nebeneinander. Dazu gehören Leon, der lange Blonde, Peer und ein kleiner Dicker mit schwarzen Locken. Die letzte Hürde ist es, über viele Hindernisse zu springen und dabei mindestens drei Pfeile auf eine drehende Zielscheibe abzuschießen. Ein wirklich schweres Unterfangen. Marie hält dabei meine Hand und ruft laut Leons Name. Bapdies unterstützt sie dabei und schreit dauernd „Liebling, du gewinnst!" Ernault fasst beiden auf die Schulter und sagt: „Was er jetzt braucht, ist die Konzentration, stört ihn nicht!" Die Frauen werden leiser und voller Spannung schauen wir auf das Finale. Die vier Schützen springen rennend über ihre Hindernisse und schießen dabei ihre Pfeile ab. Das Schwierigste dabei ist, die drehende Scheibe zu treffen. Die meisten Pfeile gehen am Ziel vorbei. Leon scheint gut im Rennen zu sein, aber am Ende zählt die Anzahl der verschossenen Pfeile zum Verhältnis der Treffer. Einige schossen sehr sparsam, andere wiederum nicht. Es ist nicht einfach, bei vier Schützen gleichzeitig zu sehen, wer nun der Gewinner sein wird. Das Bogenschießen ist zu Ende, die vier Schützen begeben sich zur Startlinie und stellen sich sichtbar für die Zuschauer auf eine Holztribüne Die Auszählung zieht sich in die Länge und die Spannung steigt. „Ernault, was glaubst du?" Ich lege meine Hand auf seine Schulter und schaue ihn fragend an. „Sieht verdammt eng aus", antwortet Ernault. Ich schaue mir die anderen Zuschauer an, alle labern vor sich hin und erwarten endlich die Entscheidung.

Bevor ich eine vernünftige Lösung erfahre, signalisiert mir Ernault, dass er seinen nächsten Kampf antreten muss und zwar gleich jetzt. Mein Kopf dreht sich von der einen Seite zur anderen. Ich bin hin und her gerissen vom Geschehen. Wann kommt endlich die Entscheidung, welcher Bogenschütze hat nun gewonnen? Gleichzeitig entfernt sich Ernault von mir, er kann nicht abwarten, er muss rüber zu den Ringern. Kurzentschlossen folge ich ihn, weil mein Gefühl mir sagt, ich muss Ernault beistehen. Marie lässt mich los und bleibt mit Bapdies stehen, was ich auch verstehen kann. Nicht weit entfernt finden die Ringkämpfe statt. Der Boden ist extra aufgelockert und die Kampffläche markiert.

Als wir ankommen, stehen bereits die Kämpfer auf der Tribüne. Ernault springt locker und schnell rauf und stellt sich zu den anderen. Kurz danach reiht sich auch Peer mit ein, er ahnt vielleicht, dass er nicht der Sieger im Bogenschießen sein wird, jedenfalls ist er beim Ringen dabei, das wussten wir. Obwohl Peer ein Arschloch ist, muss man ihm zugestehen, er ist ein echter Kämpfer. Er nimmt an fast allen Disziplinen teil. Ich drängele mich bis zur Absperrung durch. Der erste Kampf ist langweilig, zwei unerfahrene Kämpfer wirken eher tollpatschig, sind mir auch beide nicht bekannt. Der dickere von beiden gewinnt irgendwie mit einem schlechten Haltegriff. Die anderen Kämpfer stehen nach wie vor auf der Tribüne und beobachten den Kampf von oben. Dieser Riese, mit den langen schwarzen Haaren, fixiert mit einem bösen Blick Peer und Ernault, als wüsste er instinktiv, wer seine wirklichen Gegner sind. Peer schaut wie ein aufgebrachtes Nashorn zurück. Ernault zeigt keine Reaktion, er verhält sich neutral oder tut zumindest so, als würde er den laufenden Kampf beobachten.

In solch einem Moment bin ich richtig stolz, solch einen Freund wie Ernault zu haben. Ich weiß noch, wie er damals Claude seine Hilfe anbot und sich mit mir anfreundete. Die gute alte Claude wusste, dass ich, nach Lucs Tod, einen guten Freund brauchte. Ich war damals gerade elf Jahre alt, Ernault fast fünf Jahre älter. So bekam ich einen neuen Freund, aber auch einen guten Berater und Weggefährten. Von meinem Vater habe ich leider nie wieder etwas gehört. Bis zum heutigen Tag träume ich immer wieder von ihm, dass er plötzlich vor mir steht und einfach aus dem Nichts erscheint.

„Wie schaut es aus, mein Freund", fragt mich völlig überraschend Leon. „Äh, was, ach so, ja, Ernault ist noch nicht dran", antworte ich, aus den Gedanken gerissen. „Ich habe den 2. Platz gemacht", sagt Leon und grinst mich an. Hinter ihm stehen Marie und Bapdies. „Hatte diesmal echt starke Gegner, werde wohl noch ein bisschen üben müssen."

Wenn ich Leon so betrachte, sehe ich einen schlauen Kopf vor mir, seine großen blauen Augen zeigen so etwas wie, na ja, er ist eben nicht so wie die meisten. Seine langen blonden Haare hängen ihm auch nicht schmierig ins Gesicht. Seine ganze Erscheinung ist sehr angenehm.

„Hey, du bist super", antworte ich ihm und reiche ihm die Hand. Um uns herrscht große Aufregung, die Zuschauer sind nicht mehr zu halten. Der nächste Kampf ist angesagt, Peer und dieser Riese sind dran. Wie zwei Raubtiere stehen sie sich gegenüber und starren sich in die Augen. Der Riese ist mindestens einen Kopf größer und seine Hände sind wuchtig und zum Greifen offen. Der Trommelwirbel beginnt und beide warten, bis er aufhört.

Der Kampf beginnt. Peer rast auf den Riesen zu, um ihn von unten hochüberzuwerfen. Unerwartet schnell packt der Riese Peer und schleudert ihn zu Boden. Peer rollt sich aus und springt fast genauso schnell wieder hoch. Sieht so aus, dass Peer erkannt hat, dass der Riese nicht so langsam ist, wie er dachte. Nun wartet er auf einen Gegenangriff vom Riesen. Brüllend bewegt dieser sich mit fuchtelnden Händen auf Peer zu. Seine Bewegungen wirken sehr unorthodox, aber gefährlich. Mit einer gekonnten seitlichen Bewegung springt Peer zur Seite und packt den Riesen von hinten um den Hals und würgt ihn zu Boden. Der Riese sackt runter auf die Knie und strampelt mit seinen Armen hin und her, er versucht mit seinen Händen Peer zu greifen. Der schmierige Quadratschädel schwillt an und brüllt wie ein Tier. Peer lässt nicht locker, er drückt weiter zu. Langsam bewegt er sich nicht mehr, seine Arme hängen nur noch herunter und seine Augen schließen sich. Peer lässt ihn los und der Riese fällt bewegungslos nach vorne auf den Boden. Die Menschen toben, Peer reist seine Arme hoch und genießt seinen Sieg. Wenn ich ehrlich bin, wollte auch ich nicht, dass dieser Riese den Kampf gewinnt. Er strahlt nur Böses aus, Peer dagegen ist nur ein jähzorniger Angeber. Irgendwie freue ich mich für ihn.

Der nächste Kampf wird angesagt. Ernault tritt gegen einen jungen Mann an, den wir alle kennen; es ist Gerald, ein beliebter, lustiger Ringer aus Toulouse. Er ist bekannt für seinen Humor und inzwischen auch schon zweifacher Vater. Gerald ist etwas kleiner als Ernault, aber dafür sehr muskulös und kräftig. Seine positive Erscheinung ist für jeden eine Erheiterung. Schon bei Beginn des Kampfes spüren die Zuschauer die Heiterkeit der beiden Kämpfer. Gerald und Ernault stehen sich gegenüber und machen, wie die Leute es gewohnt sind, Faxen. Der Kampf beginnt und die beiden stehen sich beobachtend gegenüber, langsam bewegen sie sich im Kreis, um im richtigen Moment, eine Gelegenheit zu finden, den anderen zu packen. Es dauert jedoch nicht lange und Ernault gelingt es, seinen Gegner zu schnappen, ihn auf den Boden zu schmeißen und einen Haltegriff anzusetzen. Der Kampf ist aus, das Publikum hatte seinen Spaß.

Nach drei weiteren Kämpfen stehen sich nun Peer und Ernault gegenüber. Die Spannung wächst und die Unruhe im Publikum nimmt zu. Peer zeigt sich böse, indem er mit einem finsteren Blick Ernault tief in die Augen schaut, Ernault dagegen wirkt irgendwie gelassen. Beide stehen sich gegenüber und warten, bis der Trommelwirbel aufhört.

Plötzlich die absolute Stille, die Zuschauer warten schweigend ab, wer den Kampf eröffnet. Derweil schaue ich mir die Menschen um mich herum an und sehe in ihren Augen so etwas wie eine gierige Sensationslust, sie geifern nach dem Kampf der anderen. Wieder entdecke ich an mir dieses Denken, ich wundere mich erneut, dass ich überhaupt solche Gedanken auffange. Was bewegt mich dazu?

Ich werde aus meinen Gedanken gerissen, weil ein paar Drängler versuchen, mich wegzuschubsen, um meinen Platz zu ergattern, aber Leon unterstützt mich und die Halbstarken geben auf und drängeln in der anderen Richtung weiter. Ernault und Peer lauern mit angehobenen Armen, indem sie sich umkreisen. Erstaunlicherweise geht Ernault zuerst in den Angriff. Ein unerwarteter Sprung in Peers Beine sorgt dafür, dass Ernault durch eine gekonnte Drehung auf Peer drauf liegt und dessen Arm mit einem Hebel fest im Griff hat. Peer liegt auf seinem Bauch und windet sich wie ein Aal hin und her, er versucht alles Mögliche, um sich zu befreien. Ich glaube, keiner hat erwartet, dass der Kampf so schnell enden würde. Peer schreit und will nicht aufgeben. Aber Ernault lässt nicht locker. Beim Betrachten der beiden sehe ich deutlich Peers überzogene Hartnäckigkeit. Zum einen macht ihn das zum vielseitigen Kämpfer, aber eben zu einem viel zu verkrampften, der auf Teufel komm raus gewinnen muss. Ernault dagegen ist einfach stark und nicht verkrampft, natürlich möchte er auch siegen, aber eben nicht auf koste es, was es wolle. Sein ganzes Gemüt ist wesentlich entspannter. Meine Gedanken schweifen wieder ab. Ein lautes Knacken und Aufschreien unterbricht mich und ich sehe Peer, wie er auf dem Boden sitzt und zittert. Seine Dickköpfigkeit war stärker als sein Arm, er muss so stark gegen den Hebel gedrückt haben, dass sein

Armknochen nachgab und brach. Der Unterarmknochen guckt, zum Erschrecken der Zuschauer, heraus und eine klaffende Wunde tut sich auf. Ernault versucht Peer auf die Beine zu helfen, aber der muss sich gleich wieder auf den Boden setzen, um nicht ohnmächtig zu werden.

„Oh Gott", schreien einige aus der Zuschauermenge, Peers Gesicht wird weiß wie Schnee. Sein ganzer Körper ist am zittern und irgendwie sieht der sonst so bullige Kämpfer jetzt bedauernswert aus. Ich empfinde plötzlich so etwas wie Mitleid für diesen Kerl. Peer wird vorsichtig von zwei Männern seitlich gepackt und von der Kampffläche getragen. Das Volk ist total aufgewühlt. Ernault verlässt die Kampffläche, seine Augen zeigen echte Betroffenheit. Dass der Kampf so endet, wollte er bestimmt nicht.

Inzwischen ist es Mitternacht. Ernault und Leon, der Bapdies im Arm hält, stehen mit Marie und mir am großen Feuer, das dieses Mal noch größer ist als letztes Jahr und lichterloh brennt. Die knisternden Funken fliegen in den schwarzen Nachthimmel und immer wieder kippt irgendein fast abgebrannter Holzstamm in sich zusammen. Mit einem Gefühl der Erleichterung und des Stolzes stehen wir zusammen vor dem großen Feuer und genießen unseren Sieg. Marie umklammert mich von hinten und ich freue mich, sie zu fühlen. „Unser Wein ist alle, wir brauchen Nachschub", schreit Leon etwas angeheitert und sammelt von uns die leeren Krüge ein. „Ich komme mit, mein Freund" und Leon und Ernault machen sich auf den Weg, um Nachschub zu holen. Wir genießen derweil wieter den Anblick des Feuers. Neben mir fangen die Leute an zu singen, der Wein und die Atmosphäre zeigen ihre Wirkung. Andere lassen sich davon anstecken und singen mit.

Ein plötzlicher Schauder durchfährt meinen Körper, ich sehe mitten in der Menschenmenge einen Mann, dessen Gesicht aussieht wie das meines Vaters, und der schaut mich auch noch an. Sogleich verspüre ich das Bedürfnis, ich muss näher an den Mann herankommen. Es sind einfach zu viele Menschen zwischen uns. Kann es sein, dass er es ist, er sah zumindest so aus?

Ich muss mich durch die Menschenmenge drängeln. „Marie, ich komme gleich wieder", sage ich und löse mich aus ihrer Umarmung. An vielen Menschen muss ich mich vorbeidrängeln und ich darf ihn nicht aus den Augen verlieren.

Mein Blick fixiert sich auf diesen Mann, der sich jetzt zu meinem Nachteil von mir wegbewegt. Ich darf ihn nur nicht in dieser Menschenmenge verlieren. Wo ist er geblieben, denke ich mir und durchforste die Meute. Er muss hier irgendwo sein, habe ihn ja gerade noch gesehen. Kann es Vater überhaupt gewesen sein? Ich entferne mich immer mehr vom Feuer und die Geräuschkulisse wird deutlich ruhiger. Meine Gedanken an meinen Vater und meine aufgewühlten Gefühle machen mich plötzlich wieder völlig nüchtern.

„So ein Quatsch, es kann nicht Vater gewesen sein, nach so vielen Jahren hätten wir uns schon längst begegnen müssen. Außerdem hätte er mich gesucht, ganz bestimmt", höre ich mich leise selbst sagen. Da ich ihn nirgends mehr sehe, ist es wohl besser, dass ich umkehre. Noch zögernd drehe ich mich nach allen Seiten um, in der Hoffnung, ihn doch noch zu entdecken. Ich gebe auf und werde zurückgehen, zu Marie und den anderen. Während ich mich umdrehe, um zurückzulaufen, fällt mir eine Gruppe Männer auf, die sich lautstark unterhalten.

„Wir sind hier nicht mehr sicher, die Engländer stehen uns mit einer Streitmacht gegenüber, die viermal so groß ist wie die der Unseren. Sie werden uns niedermetzeln und kein Pardon für Weib und Kind haben. Alle werden sterben. Du Guesclins braucht jeden Mann, habt ihr gehört? Lass die Gemeinen nur saufen und tanzen, die verstehen sowieso nichts und das wird sich auch nie ändern. Wir haben keine Zeit mehr, Toulouse wird bald in Flammen aufgehen."

Was habe ich da gehört? Ich bin neugierig geworden und nähere mich langsam und unauffällig der Gruppe. Die Männer sehen aus wie alte Kriegsveteranen. Jeder von denen wirkt erfahren, als hätten die schon einige Kämpfe hinter sich. Was die erzählen, beunruhigt mich sehr, wie irgendwelche Spinner sehen die nicht aus. Beim Betrachten der vielleicht ein Dutzend Männer sieht man, dass diese schon einige Kriege überstanden haben müssen.

Vernarbt, mit wachen Augen und mindestens 40 Jahre Lebenserfahrung zeigen mir das. Die wissen, wovon sie reden. Ich denke wieder kurz an meinen Vater und entferne mich dabei langsam von diesem unheimlichen Ort. Nachdenklich tauche ich wieder ein in die Menschenmenge und bewege mich langsam zurück in Richtung Feuer. Dahinten sehe ich auch schon Marie, wie sie Ausschau nach mir hält, sowie die anderen. „Wo warst du?" Ernault kommt auf mich zu und hält mir einen Kübel Wein entgegen. „Wir haben schon gedacht, der letzte Wein war zuviel für dich." Leon strahlt vor sich hin und Marie schaut mich fragend an. Ich weiß nicht, was ich sagen soll, das, was ich gehört habe, ist einfach zu viel für mich und ich wüsste nicht, wem ich das gerade jetzt erzählen soll. Für manche Dinge braucht man eben Zeit, muss das erst mal selbst verarbeiten.

„Wo warst du gewesen, was ist los Maurice?". Marie stellt mir eine Frage nach der anderen und ich schweige, meine Siegesfreude habe ich verloren. „Ich glaube, ich habe da jemanden gesehen…" versuche ich zu antworten, erkenne aber gleich, dass ich doch lieber weiter schweige. Ich weiß, dass sie in meinen Augen jede Art von Unsicherheit erkennt, und deshalb schaue ich mehr nach unten, so als hätte ich doch zu viel getrunken. „Ich glaube, wir fahren heim, du hast wohl für heute genug." Marie greift meinen Arm und verabschiedet sich mit einer Umarmung von den anderen. Ich schweige weiter. „Wir sehen uns morgen, Maurice, kommt gut nach Haus, ihr beiden", sagt Ernault und umarmt mich mit seinen langen, kräftigen Armen. „Passt auf euch auf, Marie, ich komme morgen vorbei", ruft Bapdies und winkt uns, während wir uns entfernen, zu. Wir müssen den großen Platz überqueren, um zu unserem Wagen zu kommen. Endlich angekommen, setzen wir uns auf unseren Karren und Joseph, unser Muli, fängt an sich zu bewegen. Meine Gedanken rasen hin und her, ich kann sie nur verstecken, indem ich den Eindruck erwecke, zuviel Wein getrunken zu haben, deshalb meide ich auch jeglichen Augenkontakt. Marie zeigt Verständnis und legt ihren Arm um meine Schulter. Ich atme tief durch und genieße Maries Wärme, dabei halten meine Hände die Zügel fest im Griff.

Wenn die Männer Recht haben, ist alles vorbei mit unserem jetzigen Leben, alles wird sich ändern. Mein Kopf rast von einem Gedanken zum anderen. Gott sei Dank, dass Joseph den Weg nach Hause kennt und ich mich nicht auf den Heimweg konzentrieren muss. Er trottet gemächlich vor sich hin, er kennt seinen Weg nach Haus auswendig. Für einen Moment ist alles ganz harmonisch, ein kristallklarer Sternenhimmel mit einem wunderschönen vollen Mond stellt den Nachthimmel dar. Marie ist eingeschlafen und ihr Kopf liegt auf meiner Schulter, ich muss sie mit meinem Arm stützen. Sie atmet ruhig und tief. Was kann ich, was können wir machen, wenn die Engländer wirklich Toulouse in Asche legen? Haben wir eine Chance, was wird aus meinen Freunden? War das mein Vater vorhin, oder war er, dieser Mann, lediglich dazu da, dass ich diese Dinge hören sollte?

Langsam aber sicher müssen wir zu Hause sein, der nächste Hügel zeigt, dass wir bald daheim sein müssen. Joseph trottet vor sich hin, man braucht sich keine Sorgen zu machen, er will selbst nach Hause, in seinen Stall. Endlich, wir stehen vor unserer Hütte. Ich betrachte Marie, wie sie schlafend so unschuldig wirkt und so wunderschön aussieht. Während ich sie betrachte, empfinde ich ein unbeschreibliches Gefühl. Ich entdecke wieder neu ihren wunder-schönen Mund, ihre Nase und ihren schlanken langen Hals. Ihre langen duftenden Haare liegen wie Seide auf ihren Schultern. Ich trage sie vorsichtig in unsere Hütte und lege sie behutsam in unser Lager. Noch lange liege ich mit offenen Augen, während Marie sich schon lange im tiefen Schlaf wiegt.

Schreiende Menschen rennen hin und her, Gesichter voller Leid huschen an mir vorbei. Überall brennt es und die Menschen zeigen totale Panik. Schweißgebadet werde ich wach. All diese Bilder, was für ein Traum! Ich schlafe weiter, zwischen den Menschen taucht immer wieder mein Vater auf, mal steht er da und dann plötzlich ganz woanders. Ich sehe diese Kriegsveteranen mit ihren vernarbten Gesichtern, wie sie sich anschreien. Hätte ich doch nur nicht dieses Gespräch gehört. Langsam verdichtet sich alles.

„Maurice, komm, wach auf, alte Schlafmütze, es ist bereits Mittag." Ich werde von Marie wachgeschubst. Marie ist schon angezogen und steht vor unserem Schlaflager. Sie schaut mich an und streichelt meine Haare. „Du warst gestern wirklich gut, hast dein Versprechen gehalten und gewonnen. Ich bin stolz auf meinen zukünftigen Mann." Sie strahlt mich mit ihren wunderschönen Augen an, greift meine Hand und sagt, „Du musst jetzt um meine Hand anhalten, oder willst du mich nicht zur Frau?". Dabei zieht sie demonstrativ ihre Hand weg. Noch nicht richtig wach und völlig überrascht, fange ich an zu stottern. „Na…Natürlich mö…chte ich, dass du meine Frau wirst. Marie, ich liebe dich", rutscht mir aus Versehen heraus. Es ist die Wahrheit, aber die habe ich noch nie ausgesprochen. Eine merkwürdige Situation, ich bin total erleichtert, dies gesagt zu haben. Marie schaut mich mit einem Glitzern in den Augen an und umarmt mich. „Mein Maurice, ich liebe dich doch auch, ich glaube, das habe ich schon immer getan." Engumschlungen genießen wir den Moment der Glückseligkeit. Unsere Lippen treffen sich und mein Herz empfängt ein unbeschreibliches Wonnegefühl.

Ein lautes Klopfen an der Tür reißt mich allerdings ganz und gar aus diesem wunderschönen Moment. „Ach nein, nicht jetzt", höre ich mich sagen. Marie strahlt mich an und begibt sich zur Tür, die sie öffnet. „Na ihr beiden, bist du wieder nüchtern, mein Freund? War doch gestern ein toller Tag", höre ich von Leon, der mit Bapdies lächelnd hereinkommt und uns mit einer freundlichen Umarmung begrüßt. Sogleich beginnt auch schon Bapdies sich mit Marie zurückzuziehen, um alles Mögliche zu besprechen. „Bapdies, Maurice und ich werden heiraten, hörst du, und das bald."

„Nein wirklich, ich werde…" Sie reden und reden ohne Pause. „Glückwunsch, mein Freund, aber was war gestern los mit dir" fragt mich Leon, indem er seine Hand auf meine Schulter legt und mich fragend anschaut. Leon schaut mich wie ein echter Freund an, er erkennt gleich, wenn mit mir etwas nicht stimmt. Er weiß, wie ich mich normalerweise verhalte, wenn ich etwas zu viel getrunken habe. Sofort bekomme ich wieder dieses mulmige Bauchgefühl und meine innere Glückseligkeit ist schlagartig verschwunden. Ich drehe meinen Kopf und betrachte Marie, die freudestrahlend mit ihren Händen herumwedelt und sich angeregt mit Bapdies unterhält. Mit ernster Miene schaue ich Leon an, „Leon, gestern glaubte ich in der Menschenmenge meinen Vater gesehen zu haben und als ich auf ihn zugehen wollte, war er in der Meute verschwunden. Ich suchte ihn vergebens, irgendwann gab ich auf und beim Rückweg kam ich dann an einer Gruppe von Männern vorbei, die sich so lautstark unterhielt, dass ich neugierig wurde. Leon, das waren echte Krieger, glaub mir, das sah man denen an. Ich lauschte ihrem Gespräch, in dem sie behaupteten, dass wir bald einer übermächtigen englischen Streitmacht gegenüberstehen würden, die viermal so groß sein soll wie die der unseren. Die behaupten, dass die Engländer Toulouse in Schutt und Asche legen werden und kein Pardon kennen. Leon schaut mich an und versucht mich zu beruhigen. „Maurice, seit über zehn Jahren versuchen die Rotröcke uns einzunehmen, aber hier beißen sie sich die Zähne aus. Heinrich II. mit seiner Armee ist stark, du machst dich verrückt, glaub mir", sagt Leon, der mir tief in die Augen schaut. „Es wär zu schön, um wahr zu sein, aber das, was ich gestern gehört habe, lässt mir keine Ruhe. Die Männer sahen aus, als wüssten sie genau, wovon sie reden. Leon, ich habe Angst, ich werde Marie zur Frau nehmen und wir wollen eine Familie gründen, verstehst du? Was können wir tun, wo können wir hin?" Ich schaue wieder zu Marie, die mit einem Glanz in ihren Augen, glücklicher denn je, wunderschön aussieht. Sie dreht ihren Kopf zu mir und schaut mich strahlend an. Ich versuche ihr ein Lächeln zu erwidern, was mir aber nicht wirklich gelingt, denn sogleich kommt Marie und fragt mich, ob es Probleme gibt. Das Dumme ist nur, dass sie mich so gut kennt, dass ich ihr nichts verbergen kann. „Maurice, was hast du?" Leicht verlegen meide ich den Augenkontakt mit ihr. „Ach, weißt du, Marie, Maurice hat Angst, dass die Hochzeit für ihn zu teuer werden könnte", sagt zu meiner Überraschung Leon, der damit die Situation gut entschärft. Sein Blick mit einem leichten Grinsen signalisiert mir, dass wir uns zur späteren Zeit darüber unterhalten werden. „Maurice, mach dir keine Sorgen, wir werden das beide schon schaffen", flüstert Marie, indem sie mich in ihren Arm nimmt, um mich zu trösten. Ich genieße diesen Moment und danke Leon mit einem Blick. In dem Moment kommt Ernault durch die offene Tür und begrüßt uns mit einer kräftigen Umarmung. „Habe ich etwas versäumt, wenn ich euch so betrachte?" „Maurice und ich werden demnächst heiraten", Marie ist außer sich vor Freude. „Na, wurde ja auch höchste Zeit, ich habe schon lange darauf gewartet." Mit einem Lächeln auf den Lippen kommt Ernault auf mich zu, umarmt mich noch einmal, „Schön für euch, mein kleiner Bruder." Ja, irgendwie hat er Recht, Ernault war für mich so etwas wie ein großer Bruder. Jemand, der stets für mich da war. „Lasst uns gemeinsam über den Markt gehen, wir haben bestimmt vieles

zu besprechen", meint spontan Leon und ergreift die Initiative, indem er zur Tür geht. Marie und Bapdies bewegen sich sofort nach draußen und reden munter drauflos. Wir Männer folgen langsam und ich schließe die Tür. Die Frauen sind inzwischen schon weit vor uns und kichern vor sich hin. Ich laufe bewusst etwas
langsamer, um einen gesunden Abstand zu den Frauen zu halten. So können die Weiber unsere Unterhaltung nicht hören. „Ernault, hast du schon einmal von einem Du Guesclins gehört?" Ernault schaut mich an und erwidert. „Natürlich habe ich von Du Guesclins gehört, er ist ein großer Stratege und Heinrich soll viel von ihm halten. Er ist vor kurzem hier in Toulouse eingetroffen, habe ich gehört. Woher kennst du ihn?" „Freunde, die Männer haben gestern gesagt, dass Du Guesclins jeden Mann braucht, versteht ihr, und du, Ernault erzählst, dass er vor kurzem hier in Toulouse eingetroffen sei." Ich schaue mir die beiden genauer an, um deren Reaktion zu beobachten. Leon sieht nachdenklich aus und Ernault schaut mich fragend an. „Was hast du denn gestern gehört und was waren das für Männer"? Ich erzähle Ernault alles, angefangen mit meinem Vater, bis zum Gespräch der

Kriegsveteranen. Währenddessen laufen wir, mit den Frauen vorne weg, in Richtung Marktplatz. Wir diskutieren über alle Eventualitäten, was wäre, wenn das eintreffen würde? Doch Marie ist diejenige, die unsere Gedanken unterbricht, indem sie auf uns zukommt und von uns verlangt, „Kommt, wir gehen hier rein".

Wir stehen vor der großen Kathedrale Saint Etienne, kurz vor dem Marktplatz. Das Gotteshaus steht weit offen. Vor uns steht Toulouses größte Kathedrale, mit weit geöffnetem Tor. Mit Ehrfurcht und Respekt nähern wir uns deren Tor. Marie und Bapdies unterbrechen ihr Gespräch und mit gesenktem Kopf betreten sie dieses gewaltige Gebäude. Auch wir schweigen und gehen an den beiden Mönchen, die am Eingang stehen, mit leicht gesenktem Kopf vorbei. Nachdem ich mich bekreuzigt habe, hebe ich langsam meinen Kopf und schaue in das Innere der Kathedrale. Fast erschlagen von der Größe und der gigantischen Höhe, staune ich erneut. Denn das letzte Mal war ich vor fast zehn Jahren hier. Damals zeigte uns Claude, wie groß das Gotteshaus ist. Claude erzählte Marie und mir, dass nur der wahre Glaube solch ein

Gebäude erschaffen kann. Die gute alte Claude, denke ich mir. Für uns Gemeine steht das Gotteshaus selten offen. Nur zu bestimmten Anlässen ist es uns erlaubt, dieses betreten zu dürfen. Heute muss wohl so ein Tag sein. Unzählige Holzbänke stehen zur rechten und linken Seite in Reih und Glied. An den Wänden ist die ganze Geschichte unseres Herrn Jesus Christus zu sehen. Wunderschöne Bilder zeigen den Ablauf seines Lebens. Bis zum Ende, an dem Tage, wo er für uns ans Kreuz ging, um für unsere Sünden zu sterben. Mit großer Demut schaue ich mir, nach so vielen Jahren, zum zweiten Mal die Bilder an. Mein Blick wandert zwischendurch nach oben, dort über den Bildern sind gewaltige Fenster aus bunten Gläsern, die unterschiedliche Engel und den Teufel darstellen. Schaue ich ganz nach oben, sehe ich ein riesiges Gewölbe, das Gottes gesamtes Reich darstellt.

Zwangsläufig stellt sich mir die Frage, wie man so etwas überhaupt erschaffen kann. Für einen kurzen Moment treffen sich Ernaults und meine Augen. Ohne Worte verstehen wir einander, wir teilen die gleichen Gefühle der Überwältigung. Weit vorne befindet sich der große Altar, wunderschön geschmückt mit Tüchern und

Kerzen. Darüber befindet sich ein übergroßes Kreuz, an dem Jesus hängt und für uns leidet. Ich fange an, Scham zu entwickeln für alles das, was ich Schlechtes gedacht und getan habe. Ich bin kein schlechter Mensch, aber natürlich habe ich, wie jeder Gemeine auch, schon geflucht und das sollen wir nicht tun. Mein Vater und auch Claude haben immer darauf Wert gelegt und mich aufgeklärt. Ich sehe Menschen, die vor dem Altar liegen und um Verzeihung bitten. Sie wiederholen unendliche Male Verse aus einem Gebet. „Oh, Herr, vergebe mir meine Sünden, vergebe mir meine schlechten Gedanken. Oh, Herr, vergebe mir..." Sie liegen auf dem Steinboden und heben und senken immer wieder ihren Kopf und betteln um Vergebung. Es sind nur in Lumpen gekleidete arme Menschen, eben Gemeine. Hinter dem Altar laufen vereinzelt Mönche herum und tragen unterschiedlichste Gegenstände hin und her. Man sieht, dass sie etwas vorbereiten. Mit braunen Kutten bekleidet, laufen sie von einem Raum in den nächsten. Sie transportieren Kisten, Tücher, Kerzen und lange Stoffe. Weit über dem Altar befindet sich eine übergroße Orgel mit ihren langen goldenen Orgelpfeifen. Was für ein Meisterwerk, denke ich so, gehört habe ich sie leider nie. Ich habe nur von Claude gehört, dass diese Gottesorgel sich wunderschön anhört, denn sie durfte diese einmal hören, zwar nur von draußen, bei offenem Tore, aber Claude war sofort verzaubert von solch einem Klang. Marie tippt mir sanft an meine Schulter und signalisiert mir, dass wir langsam die Kathedrale wieder verlassen wollen. Gemeinsam gehen wir aus dem Haus Gottes. Währenddessen drehe ich mich noch einmal um und betrachte die Kathedrale Saint Etienne von weitem, so kann ich z.B. das riesige runde Fenster sowie den großen Turm noch besser als Ganzes sehen. Meine Gedanken spreche ich aus. „Wie kann man so etwas bauen, frag ich mich. Denkt mal an unsere Häuser, oder soll ich lieber Hütten sagen?" Ernault und Leon schauen mich nur an, jedoch ohne zu antworten. Die Frauen haben auch schon wieder ihr Gespräch aufgenommen und sind vorgelaufen. Unser Ziel ist der Marktplatz, auf den wir jetzt auch zugehen. Mein Gott, denke ich so, ich betrachte von weitem die große Figur, Heinrich II. Heute weiß ich, wer er ist, damals stand ich voller Ehrfurcht vor dieser Figur und betrachtete sie mit großem Staunen. Ich erinnere mich noch, wie ich auf diesem Platz nach einem geeigneten Schlafplatz suchte und morgens mitten auf dem vollen Marktplatz aufwachte. Wie ich mich aus Hunger überwand, etwas zu stehlen und wie mir dies auch gelang. Lange ist es her. Ich war zwar inzwischen mehrere Male hier, aber niemals so bewusst wie heute. Wir sind jetzt endlich am Marktplatz angekommen und mein Hunger macht sich deutlich bemerkbar. Natürlich muss ich heute nicht mehr stehlen. Gemeinsam schauen wir uns um, um einen guten Stand zu finden.

„Hey, kommt hier rüber, kommt schon, beeilt euch", ruft Bapdies und Marie, die uns rüberwinken. Sie stehen an einem Stand mit vielen Tischen und Bänken, an denen fleißig gegessen wird. „Na endlich, das lass ich mir nicht zweimal sagen, ich sterbe gleich vor Hunger", sagt Leon, der sogleich die Richtung wechselt und rüber zu den Frauen geht. Wir folgen ohne Worte. Einige essen Schweinshaxe mit Grünkohl und andere Gemüsesuppe mit Brot, der Duft steigt mir in die Nase. Herrlich, denke ich mir und setze mich zu den anderen.

Wir sitzen alle zusammen und nach kurzer Zeit essen wir, was das Zeug hält. Jetzt ist mein größter Hunger erstmals gestillt und ich löffle noch ein bisschen an meiner Suppe, während ich mir das Volk anschaue. Der Markt ist gut besucht, die Gemeinen laufen von Stand zu Stand und die Händler schreien ihre Angebote über den Marktplatz. Ein kühler Wind, der aufkommt, zeigt, dass das Jahr zu Ende geht. Es ist deutlich kühler geworden. Unter den Gemeinen befinden sich viele Soldaten, aber auch sehr viele Bettler. Das Misstrauen steht den Händlern nach wie vor ins Gesicht geschrieben, sobald sich ein Bettler ihren Ständen nähert. Ich weiß, wie das damals bei mir war. Nun betrachte ich das Geschehen von außen, ich würde niemals einen Bettler aufhalten, während er flieht. Es sind eben nur arme, von Gott verlassene Menschen. Irgendwann ist es an der Zeit und wir machen uns auf den Weg.

Marie und ich kommen endlich heim, als erstes mache ich ein Feuer in unserem Kamin und langsam breitet sich die mollige Wärme in unserem kleinen bescheidenen Heim aus. Wir beschließen, in vier Monaten zu heiraten, und reden und planen bis in die Nacht hinein. Irgendwann packt uns die Müdigkeit und wir schließen die Augen.

Wir haben einen ziemlich milden Winter und immer noch keinen Schnee. Es ist Anfang Januar 1367, Marie und ich wollen in zwei Wochen heiraten. Sie ist völlig aufgeregt, na gut, ich gebe zu, ich bin es auch. Wir sitzen beide, in eine Decke gehüllt, auf der Holzbank vor unserer Hütte. Wir betrachten den kleinen Fluss, der einen Steinwurf entfernt an unserem Heim vorbei fließt. Oft sitzen wir hier gemeinsam, eng umschlungen und träumen von unser beider Zukunft. Maries Bauch hat langsam Form angenommen, denn der beherbergt meinen Sohn. Marie vermutet, dass es ein Sohn wird. Ich bin stolz und lege meine Hand schützend darauf. Marie sieht wunderschön aus, sie strahlt mich an und ein Gefühl der Glückseligkeit überkommt mich. „Meine geliebte Marie, ich werde dir alles…." Marie legt ihren Zeigefinger auf meine Lippen und signalisiert mir mit einen „Pssst", dass ich lieber den Moment schweigend genießen soll. Inzwischen sind gute fünf Monate nach dem großen Fest mit dem Wettkampf vergangen. Die Sonne verschwindet langsam in einem orangenen Ton hinterm Horizont. Wir genießen diesen kühlen, aber entspannten Abend. Von weitem höre ich das Plätschern des Baches und vereinzelte Menschen, die in der Nähe unserer Hütte vorbeilaufen. Doch langsam schleicht sich eine immer größer werdende Unruhe ein. Die Stimmen werden mehr und lauter. Marie und ich schauen uns fragend an. Es bewegen sich weitaus mehr Menschen auf den Straßen als gewohnt. Wir richten uns auf, um besser sehen zu können. „Was ist denn bloß los?", höre ich mich sagen. Da kommt auch schon jemand von weitem auf unser Haus zu. Beim Näherkommen erkenne ich Peer, der seit seinem schweren Armbruch, im Kampf gegen Ernault, ein ganz anderer Mensch geworden ist. Peer ist inzwischen oft bei uns, er zeigt sich seitdem von einer völlig anderen Seite, eine, die ich niemals erwartet hätte. Sein Arm, der scheinbar sehr kompliziert brach, hat sich zu seinem Nachteil versteift. Peer dagegen verlor seine versteifte Haltung, immer der Beste sein zu wollen. Er wurde zu einem sehr guten Freund. Ernault, Leon und ich bekamen einen echten Gefährten, von dem wir alle profitieren. Peer hat Humor, einen klaren Verstand und ist sehr hilfsbereit. Keiner hätte sich das jemals vorstellen können, besonders ich nicht.

„Die Engländer, sie kommen in einer gewaltigen Überzahl und sind bald vor unserer

Stadt. Sie sollen von allen Seiten kommen." Peer legt seine Hand auf meine Schulter und schaut mich und Marie an. „Ihr müsst sehen, dass ihr irgendwie verschwindet!" Dabei schaut Peer mitfühlend auf Maries Bauch. Ein Gefühl, das ich schon lange nicht mehr hatte, schleicht sich in mich ein. Das gleiche, das ich damals hatte, als ich auf Anweisung meines Vaters vor den Engländern floh. Auf der Flucht rannte ich um mein Leben, aber jetzt geht es nicht nur um mich, sondern um Marie und meinen ungeborenen Sohn. Ich kann nicht einfach losrennen. Die nackte Angst übermannt mich und mein Herz beginnt wie verrückt zu rasen. Da kommen auch schon Leon mit Bapdies und fast zeitgleich Ernault. Schön, dass man Freunde hat. Bapdies, die sonst so lebenslustige Frau, verhält sich so, wie ich sie noch nie gesehen habe; ihre Augen sehen aus wie die eines gejagten Rehs. „Mein Freund, du hattest wohl doch Recht mit dem, was du gesagt hast, bezogen auf die Rotröcke." Leons Arm um Bapdies wirkt nicht so wie sonst, eher, als würde er sie beschützen wollen. Seine Augen zeigen Sorgen und Furcht. Ernault dagegen versucht gelassen zu wirken, was ihm aber nicht wirklich gelingt, er eröffnet das

Gespräch. „Ihr habt schon gehört, die Rotröcke versuchen mal wieder uns Franzosen Angst einzujagen. Was denen wohl diesmal gelingt. Wir sollten nach einem Ausweg suchen." Ernault versucht die Situation aufzulockern. „Was glaubt ihr, wie viel Zeit wir noch haben und in welcher Richtung wir versuchen sollten zu fliehen?" Frage ich und schaue etwas nervös in die Runde, dabei greife ich fest Maries Hand. Bapdies umarmt Marie. „Es wird alles gut, es wird alles gut." Marie bricht in Tränen aus. „Wir wollten doch bald heiraten und unser Baby." „Hey, das holt ihr nach, wir kommen hier gemeinsam raus", sagt Peer, der sich trotz seines kaputten Arms gleich in die Pose eines Kämpfers stellt. Ernault und Leon versuchen dies mit ihrer äußeren Haltung zu unterstützen. Von weitem hören wir Männer brüllen: „Du Guesclins braucht jetzt jeden Mann, folgt uns und wir treffen uns alle am großen Nord-Tor der Stadt. Sagt allen Bescheid, Du Guesclin braucht jeden Mann!" Überall werden Fackeln gezündet, ganz Toulouse ist in Aufruhr. Noch vor kurzem saßen Marie und ich entspannt auf der Holzbank und wir träumten von unserer gemeinsamen Zukunft. Nun ist das eingetroffen, was ich vor ca. fünf Monaten von den Fremden gehört habe. Als ich glaubte, meinen Vater in der Masse gesehen zu haben. Kurz entschlossen sind wir uns einig, alle in unser Haus zu gehen, um gemeinsam zu beraten. Einige wenige schließen sich uns an, wie z.B. Gerald der Ringer, mit seiner Frau Pia und deren beiden achtjährigen Zwillingen Jaqueline und Beatrice. Außerdem Hans der Rübenbauer, mit seinem 12 jährigen Sohn Thomas. Wir diskutieren bis in die Nacht und gehen alle Eventualitäten durch. Am Ende kommen wir zum Entschluss, keine Zeit vergehen zu lassen und diese Nacht zu nutzen. Jeder holt sich das Nötigste aus seinem Haus und wir sind uns einig, dass wir uns alle vor dem Süd-Tor treffen. Es ist klar, dass wir auf Fackeln verzichten müssen.

Nach einer kleinen Weile sind wir endlich alle zusammen und stehen vor dem großen Süd-Tor. Ernault unterhält sich mit den Soldaten, die die Südseite der Stadt bewachen sollen. Ernault kennt sie sehr gut, ansonsten hätten wir keine Chance, die Stadt zu verlassen. Neben dem Tor befindet sich eine Tür, die nur von innen zu öffnen ist, durch die werden wir gehen und Toulouse den Rücken kehren. Wir sind uns einig, dass es Sinn macht, sich so dunkel wie möglich zu kleiden und zu bewaffnen. Leon hat seinen Bogen und viele Pfeile eingesteckt. Ernault, Peer und Gerald haben Schwerter von den Wachsoldaten bekommen. Hans und ich haben kleinere Schwerter erhalten, es gibt keine anderen Waffen mehr. Die Frauen erhalten alle ein Messer, wir hoffen natürlich, dass unsere Waffen nie zum Einsatz kommen werden.

Südlich von Toulouse befinden sich kleine Berge und ein dichter Wald, der am Garonne entlang läuft; wenn Gott gnädig ist, werden wir es schaffen. Ernault hatte die Idee, dass jeder einzeln durch die Tür geht und bis zum ersten großen Hügel läuft, so dass nicht alle gleichzeitig in Gefahr kommen. Ernault verlässt als erster die Stadt und läuft in geduckter Haltung zum Hügel. Wir alle warten auf sein Zeichen, bis der Nächste losläuft. Der Ton des Uhus verrät, dass Peer kommen kann. Irgendwann hocken wir, endlich wieder, alle zusammen hinter diesem Hügel. Die einzige Lichtquelle ist der Vollmond. Es ist jetzt weit nach Mitternacht und ganz schön kalt. Ich halte Maries Hand, die leicht zittert. Es herrscht höchste Anspannung und jeder von uns verhält sich so leise wie möglich. Schweigend bewegen wir uns langsam weiter. Ich erinnere mich noch ganz genau, wie wir damals aus Moutech fliehen mussten und wir uns im Wald versteckten. Ich sehe die leidvollen Augen meines Vaters vor mir, als er mich zur Flucht aufforderte und sein Zeigefinger die Richtung vorgab. Ich werde nie seinen Blick vergessen. Er schaute mich wie meine Mutter und gleichzeitig wie mein Vater an. Obwohl es so dunkel ist, sehe ich, wie Marie mich beobachtet und in meine Augen schaut, als würde sie teilhaben an meinen Gedanken. „Komm, mein Schatz", flüstert sie mir leise ins Ohr. Wir bewegen uns vorsichtig weiter und unsere Ohren sind gespitzt, wir achten auf jedes Geräusch. Solange wie wir jetzt schon laufen, hätten wir doch schon längst auf die Engländer stoßen müssen, denke ich mir. Kaum gedacht, müssen wir uns auch schon auf den kalten Boden legen. Das Licht eines Feuers und die Stimmen von Männern lassen uns erstarren. Einen guten Steinwurf entfernt sitzen vielleicht zwei Dutzend Männer um ein Feuer herum und reden miteinander. Ganz klar, das sind Rotröcke. Keiner von uns wagt es, auch nur ein Wort zu sagen. Ernault robbt sich auf dem Boden liegend etwas näher heran, um sehen zu können, ob noch mehr von denen da sind. Das Warten auf die Rückkehr von Ernault wird zur Qual. Ich halte Marie fest im Arm und streichele dabei ihre Schulter. Der Boden ist sehr kalt und wir alle zittern, was ein leises Atmen kaum ermöglicht. Endlich kommt Ernault zurück und signalisiert uns, dass wir alle ein kleines Stück zurückrobben sollen. Jetzt, wo wir weiter weg sind, können wir leise miteinander besprechen, was wir als nächstes unternehmen. „Ich habe keine weiteren Engländer mehr gesehen und gehe davon aus, dass die hier den Pass zu den Bergen abdecken sollen. Deren volle Armada steht im Norden vor Toulouse und wird demnächst angreifen, davon bin ich überzeugt. Wir müssen irgendwie an denen vorbeikommen", fährt Ernault fort, dabei streicht er mit seiner Hand durchs Gesicht. „Im Gebirge werden sie mit Sicherheit keine Armee haben, dafür sind die Wege durch das Gebiet viel zu uneben. Wenn wir es packen, an denen vorbeizukommen, haben wir es geschafft. Davon bin ich überzeugt." Peer plustert sich ein wenig auf und ergreift das Wort. „Wir kommen an denen nicht vorbei. Wir warten, bis sie schlafen und dann werden wir zuschlagen, als erstes die Wachen und dann die Schlafenden", er scheint es ernst zu meinen. „Moment mal, wir sind viel zu wenig, das sind zwei Dutzend Rotröcke, wir haben gegen die keine Chance", stottert Hans, dem die nackte Angst im Gesicht geschrieben steht. Marie legt meine Hand sanft auf ihren Bauch und schaut mich so an, als würde sie mir sagen wollen, dass dies ihrer Meinung nach die einzige Möglichkeit ist, hier lebend herauszukommen. „Wir müssen deren Hals von vorne treffen", wir alle schauen mit Erstaunen Leon an. „Ich meine, wenn wir den Hals der Wachen direkt von vorne treffen, dann können sie nicht schreien." Leon zeigt auf seine Pfeile und redet weiter. „Ich muss nur von der richtigen Seite an den Rotrock herankommen." „Und was ist, wenn es zwei oder sogar mehrere sind, die Wache halten?", fragt Gerald und schaut Leon an. „Und denkt daran, es gibt dann kein Zurück mehr, wir müssen sie allen umlegen. Wenn nur einer entkommt, wird uns eine halbe Armada verfolgen." „Mit meinem kaputten Arm kann ich zwar nicht mehr Bogenschießen, aber ihr habt wohl vergessen, dass ich mit dem da gut umgehen kann." Dabei zeigt Peer auf sein Jagdmesser. „Warum können wir nicht einfach an denen vorbei schleichen?", fragt Pia, die Frau von Gerald. „Ganz einfach, der Pass ist gerade mal so schmal, wie die Rotröcke um ihr Feuer sitzen. Nicht umsonst haben sie den besetzt. Wir würden an denen nicht vorbeikommen. Die Gebirgskette ist zu steil, wir müssen aber da durch", fährt Ernault fort. „Wir müssen quasi über die schlafenden Engländer laufen und das wird bei ein oder zwei Wachen nicht gehen". Eine dicke Wolke schiebt sich gerade vor den Mond, so dass wir jetzt absolute Finsternis haben. Nur am Horizont kann man ganz schwach den Lichtkegel des Feuers der Engländer sehen. Für einen Moment schweigen wir alle, als bräuchten wir das wenige Licht, um reden zu können. Dieser Moment der Finsternis und des Schweigens ist der sorgenvollste Augenblick meines Lebens und ich glaube auch der der Anderen. Endlich schiebt sich der Mond wieder frei und ich staune, wie viel Licht der Mond geben kann. Wir besprechen weiterhin sämtliche Möglichkeiten, so dass die Zeit weit fortgeschritten ist. Ernault entscheidet sich, jetzt nachzuschauen, ob die Rotröcke endlich schlafen. „Sollten wir nicht zurückkommen, kehrt ihr um und geht zurück nach Toulouse. Habt ihr verstanden? Peer, Gerald, Leon und ich werden uns jetzt auf den Weg machen. Ihr bleibt hier und wartet bis kurz vor Sonnenaufgang, aber nicht länger. Ihr müsst unbedingt vor dem Sonnenaufgang wieder zurück nach Toulouse, da ist es immer noch sicherer, als hier im Wald, denkt daran." Ernaults Blick ist ernst und entschlossen. Ich hoffte, dass ich nicht mitgehen soll. Meine Angst ist so stark und außerdem möchte ich nicht Marie allein lassen. „Maurice", flüstert Marie mir zu und schubst mich ganz sanft in die Richtung der anderen Männer. Natürlich hat sie Recht, je mehr wir sind, desto mehr Chancen haben wir. Wenn nur diese verdammte Angst nicht wäre. Ich habe noch niemals einen Menschen getötet und jetzt soll ich bei einem Gemetzel dabei sein? Mein ganzer Körper zittert und ein noch nie dagewesenes Gefühl steigt in mir auf. „Ich komme auch mit", sagt völlig unerwartet Pia, die ihr Messer in die Hand nimmt und aufsteht „Nein Pia, du bleibst bei den Mädels, du musst für sie da sein." „So ein Quatsch, wenn ihr es nicht schafft, haben wir alle verloren und außerdem kann ich die Rotröcke sowieso nicht leiden." Mit einem leichten Lächeln und einem selbstsicheren Blick steht Pia vor Gerald und lässt sich nicht von ihrem Standpunkt abbringen. Pia ist groß, schlank und dennoch wirkt sie sehr kräftig. Ihre kurzen schwarzen Haare hängen quer über ihre Stirn. Sie hat dunkle Augen und eine freundliche Ausstrahlung. Jetzt wo ich Pia betrachte, die als Frau mutig dasteht, schäme ich mich meiner Angst. Ich stehe auf und versuche Entschlossenheit zu zeigen. Maries Blick zeigt mir, dass sie stolz auf mich ist. Wir sind uns einig, erst müssen die Wachen mit einem gezielten Schuss und Messerwurf, direkt in den vorderen Hals, ausgeschaltet werden und dann müssen wir schnell und leise den schlafenden Engländern die Kehle durchschneiden. Was für ein Gedanke! Wir sind jetzt zu sechst, jeder von uns muss wenigstens drei bis vier Rotröcke töten. Ich schaue mich noch einmal um und betrachte die, die zurückbleiben. Marie und Bapdies haben ihre Arme um die Kinder gelegt und Hans sitzt schweigend mit seinem Sohn daneben. Wir dagegen bewegen uns leise in die Richtung des Todes, für wen auch immer. Es ist ein „Todes-Weg". Plötzlich steht Hans auf und folgt uns, ohne auch nur ein Wort zu sagen. Ich glaube, dass er genauso wie ich damit nicht klar kommen würde, nicht alles zu versuchen, sich und das Leben seines Sohnes zu retten. Nun sind wir sieben, unsere Chancen wachsen langsam, denke ich mir und ich fühle, wie ein bisschen Mut in mir aufsteigt. Wir schleichen uns leise vor und sind nun fast da. Aus dem Dickicht heraus betrachten wir die Lage. Das Feuer ist inzwischen wesentlich kleiner, es ist fast heruntergebrannt und alle schlafen, außer zwei Wachen, die am Feuer sitzen und sich unterhalten. Der eine von denen, vielleicht 30 Jahre alt und etwas dick, macht noch einen wachen Eindruck. Der andere dagegen sieht aus, als würde er gleich einschlafen. Er hat bestimmt schon 60 Jahre auf dem Buckel. Da sie sich gegenüber sitzen, ist es besonders schwer, beide von vorne zu erwischen. Leon schleicht sich so in Position, dass er den Jüngeren ins Visier nehmen kann. Peer schleicht sich von der anderen Seite heran. Wir lauern im Gestrüpp und warten auf die Treffer von Leon und Peer. Ich betrachte mir die Engländer, die da liegen und seelenruhig schlafen. In Decken gehüllt, schnarchen sie um die Wette. Ernault hat schon im Vorfeld gesagt dass wir uns, wenn es soweit ist, verteilen müssen, damit wir gleichzeitig starten können. Völlig unerwartet, zu unserem Schreck, steht einer von den Schlafenden auf und läuft schwankend zu einem Gebüsch, um zu pinkeln.

Wir verharren in unserer Bewegung. Gott sei Dank legt sich der riesige Kerl wieder hin, ohne ein Wort zu sagen. Wir warten noch ein wenig ab, bis er wieder anfängt zu schnarchen. Während des Wartens fühle ich die Ungeduld in mir, losschlagen zu wollen. Der Moment ist gekommen, Leon und Peer befinden sich anscheinend in der richtigen Position. Er spannt den Bogen, zielt und schießt, fast zeit-gleich fliegt Peers Messer durch die Luft. Ein leises Grunzen und die beiden Wachen sacken, mit dem Pfeil und dem Messer im Hals, zu Boden. Jetzt muss alles blitzschnell gehen. Ernault signalisiert mit seinen Händen, wie wir uns zu verteilen haben. Leise, aber schnell schleichen wir uns zu den schlafenden Rot-röcken. Ernault kniet nieder. Ruckartig zieht er sein Schwert am Hals des Engländers entlang und hält dabei kraftvoll dessen Mund zu. Mit einem langgezogenen Mmmh… endet sein Leben. Jetzt sind wir dran. Ich hocke mich nieder und halte mein Messer an den Hals des Eng-länders, ich komme nicht daran vorbei, ihn näher zu betrachten. Dieser Rotrock ist höchstens 20 Jahre alt und sieht mit seinen langen blonden Haaren völlig harmlos aus. Plötzlich fängt er an sich zu bewegen und öffnet seine verschlafenen Augen, die mich fragend anschauen. Fast panisch stoße ich mein Messer in seinen Hals und lege meine Hand auf seinen Mund. Mit aller Kraft drücke ich seinen Kopf nach unten und halte so seinen Mund zu. Sein Körper schüttelt sich wie verrückt. Endlich hört er auf zu zucken, leblos bleibt er liegen. Keine Zeit zum Denken, ich rutsche zum nächsten Schlafenden und wage es nicht, den zu betrachten, fast wie von allein setze ich mein Messer an seinen Hals und schneide ihm die Kehle durch, wieder muss ich mit aller Kraft seinen Mund zuhalten. Was mir diesmal wesentlich leichter gelingt. Kurz werfe ich einen Blick zu den anderen, die wie besprochen unseren Plan durchziehen. Auch Hans zeigt sich von einer Seite, die man ihm nicht zugetraut hätte. Kraftvoll drückt er sein Opfer auf den Boden, bis dieses nicht mehr zuckt. Plötzlich brüllt einer laut auf. Einer der Engländer ist wach geworden und steht mit gezogenem Schwert vor dem Feuer. Er schreit die anderen wach und rennt auf Gerald zu, der gerade vor einem noch zuckenden Engländer hockt und diesen festhält. Ein totales Chaos bricht aus. Gerald springt hoch und rennt mit gehobenem Schwert auf den

Engländer zu. Ich dagegen stoße mein Messer in den Leib des Engländers, der gerade aufstehen will. Er stöhnt und sackt zu Boden. Auf einmal steht dieser Riese vor mir, der, der vorhin pinkeln war. Der fackelt nicht lange und schwingt sein Schwert nach mir. Blitzschnell bücke ich mich und ramme ihm mein Messer in seinen Unterleib. Schreiend sackt der schwarzhaarige Riese vor mir zusammen. Dabei starrt er mich so an, als hätte er von mir so etwas nicht erwartet. Speichel läuft aus seinem Mund und bevor er den Boden erreicht, versucht er noch mit einer Hand nach mir zu greifen. Ich springe zur Seite, dabei sehe ich, wie einer von den Rotröcken mit schwingendem Schwert auf Pia zu rennt. Ohne nachzudenken, laufe ich dem hinterher und springe ihn von hinten in den Rücken. Er versucht mich abzuschütteln, was ihm aber nicht gelingt. Zu meinem Glück kommt Pia und stößt ihm ihr Messer von vorne in seinen Leib. Der Engländer und ich fallen zu Boden. Beim Aufstehen entdecke ich Hans. Mit abgeschlagener Hand und durchbohrter Brust liegt er zwischen zwei toten Rotröcken. Seine Augen sind weit aufgerissen. Ich stehe auf und schaue mich um, alle brüllen durcheinander. Auf dem

Boden liegen Tote und stöhnende, sich windende Soldaten. Vor mir steht immer noch Pia und schaut mich an. Erst jetzt bemerke ich, dass ein Pfeil in ihrer Brust und ein weiterer in ihrem Hals steckt. Sie sagt kein einziges Wort. Ich reiße meinen Kopf herum und sehe den Bogenschützen, der erneut seinen Bogen spannen will. Ein surrendes Jagdmesser von Peer kommt gerade im richtigen Moment angeflogen und landet in der Brust des Schützen, der daraufhin schreiend zu Boden sackt. Ich drehe mich schnell zurück zu Pia, die inzwischen vor mir auf dem Boden liegt. „Pia, es wird alles gut, du schaffst das", sage ich, ohne mir die Worte in den Mund zu legen. Es war wohl das Letzte, was sie vernommen haben muss. Sie ist bereits tot. „Haltet ihn auf, er darf nicht entkommen", höre ich plötzlich Ernault schreien. Ich drehe mich schnell um und sehe, wie einer der Rotröcke auf ein Pferd springt und losreitet. „Leon, Leon, da!", schreie ich, so laut ich kann, und zeige ihm dabei mit meinem Zeigefinger die Richtung, in die der Engländer fliehen will. Leon scheint verletzt zu sein, es läuft Blut an seinem Arm herunter, aber er zieht schnell einen Pfeil aus seinem Köcher, rennt los und spannt seinen

Bogen. Wie beim Turnier muss er über Hindernisse springen, nur diesmal sind die Hindernisse Leichen. Der Engländer prescht mit seinem Pferd los und versucht zu fliehen. Die Entfernung nimmt deutlich zu. Leon bleibt stehen, zielt und schießt. Der Pfeil zischt durch die Luft und landet im Genick des Flüchtenden. Der Reiter prescht weiter, fällt aber zu unserem Glück doch noch vom Pferd und bleibt, nach kurzem Zucken, liegen. Irgendwie scheint das Gemetzel zu Ende zu sein, ich schaue mich um und sehe, wie Peer herumrennt und mit seinem Schwert einem Rotrock nach dem anderen das Sterben erleichtert, mit einem Stich beendet er deren Leiden. Erst jetzt sehe ich das ganze Ausmaß der Schlacht. Da hinten kniet Gerald, schwer gezeichnet vom Kampf, vor seiner Pia und weint mit gesenktem Kopf. Ernault, Leon, Peer und ich kommen langsam auf einander zu. Keiner sagt auch nur ein Wort. Mit-genommen vom Kampf und doch mit dem Blick eines Siegers stehen wir uns gegenüber und legen uns gegenseitig die Hände auf die Schulter. Um unsere Füße liegen mehr als zwei Dutzend Leichen. „Ich habe dir doch gesagt, du sollst bei den Mädels bleiben", schluchzt Gerald und hält

Pia in seinen Armen. „Kommt, er braucht uns jetzt." Ernault schaut mich an und wir bewegen uns hin zu Gerald. Leon und Peer packen sich Hans, um ihn nicht bei den Rotröcken liegen zu lassen. „Ohne Pia hätten wir es nicht geschafft, Gerald, sie hat drei Engländer getötet, sie war tapfer und wer weiß, wie es jetzt ohne Pia aussehen würde." Peers Worte wollen Gerald trösten, doch für den Moment ohne Erfolg, er bricht weinend zusammen. Wir setzen uns zu ihm und versuchen, ihm mit unserem Dasein Trost zu spenden. Langsam dämmert der Morgen und wir erkennen, dass es an der Zeit ist, wir müssen an die Frauen und Kinder denken. Denn die sollten vor Sonnenaufgang, wenn wir nicht zurückkommen, zurückkehren nach Toulouse. Unsere Blicke signalisieren, dass wir aufbrechen müssen. Ich stehe als erster auf und ergreife das Wort. „Bleibt bei ihm, ich eile zu den Frauen und Kindern und bringe sie her, wir müssen nicht alle zurück, um anschließend wieder herzukommen". Die anderen nicken nur und ich laufe los. Ich brauche nicht mehr zu schleichen, also laufe ich schnell, springe, wie ich es gewohnt bin, über Äste, Stämme und Sträucher. Schon nach kurzer Zeit sehe ich sie auch schon da vorne sitzen, meine Marie und Bapdies, wie sie die Kinder fest im Arm halten und wie verängstigte Rehe im Dickicht aussehen. „Maurice, Maurice", schreit Marie und springt mir entgegen, umarmt und küsst und küsst mich. „Leon, wo ist Leon?" Bapdies springt hoch und schaut mich mit ängstlichen Augen an. „Leon geht es gut, Bapdies, wir müssen jetzt aber schnell los, kommt, nehmt die Kinder." Marie schaut mich so stolz und mit einem Glanz in den Augen an, dass mir wieder das unbeschreibliche Gefühl der Glückseligkeit widerfährt, jedoch diesmal mit viel eigenem Stolz. Zwischendurch höre ich die Kinder, wie sie nach ihren Eltern rufen. „Mama, Papa!". Ich weiß nicht, wie ich mich den Kindern gegenüber verhalten soll. Ich schweige. Marie und Bapdies erkennen an meiner Reaktion, was geschehen sein muss. Schützend legen sie ihre Arme über deren Schultern. Langsam erreichen wir den Ort des Todes und von Weitem erkenne ich meine Freunde. Peer ist immer noch dabei und verhüllt die herum liegenden Leichen mit irgendwelchen Tüchern und Decken. Bapdies rennt in dem Moment los, als sie Leon erblickt. „Leon, Leon, mein Schatz, ich liebe dich so sehr, du…." Sie springt ihn an und umarmt ihn, so dass sie beide zu Boden fallen. „Was ist das für Blut, du bist ja verletzt? Du bist verletzt!". Bapdies hebt ihre, mit Blut verschmierte, Hand hoch und tastet Leon nach Verletzungen ab. Leon bleibt auf dem Boden sitzen und zeigt erst jetzt Anzeichen einer Verletzung. Er wirkt leicht benommen und geschwächt. „Helft ihm doch", schreit Bapdies und bricht in Tränen aus. Sie hält Leon eng umschlungen fest. „Moment, komm, Bapdies, ich kümmere mich um seine Verletzung." Vorsichtig schiebt Ernault Bapdies zur Seite, um sich Leon genauer ansehen zu können. „Ein Schwerthieb muss seine Schulter getroffen haben", meint Ernault, der währenddessen ein Tuch in Streifen zerreißt. „Er hat zwar viel Blut verloren, aber Leon ist stark wie ein Bär, er wird das schon überstehen, Bapdies." Währenddessen rennen weinend Geralds Töchter auf ihn zu. „Mama, Mama!". Sie fallen ihrem Vater, der seine tote Frau im Arm hält, in die Arme und gemeinsam sacken sie jammernd zu Boden. Thomas dagegen bleibt wie versteinert stehen, als er Peer sieht, der seinen Vater vorsichtig in eine Decke rollt. Sogleich kniet sich Peer vor den Jungen und legt beide Arme auf dessen Schulter. „Hör zu, Thomas, dein Vater hat tapfer gekämpft, ohne ihn hätten wir es nicht geschafft, wir werden uns ab jetzt um dich kümmern. Du bist nicht allein." Völlig regungslos und schweigend lässt er sich von Peer umarmen. Marie und ich trösten Bapdies, während Peer dem Jungen erzählt, wie stark sein Vater war. Es vergeht eine Zeit und wir haben inzwischen Pia und Hans unter die Erde gebracht und unseren Herren übergeben. Leon braucht zwar Ruhe und sollte besser liegen, aber wir wissen alle, dass wir weiter müssen. Es ist inzwischen taghell und wir haben keine Zeit zu verlieren. Leon, der inzwischen auch schon wieder etwas spricht, wird jetzt von Ernault und Peer während des Laufens gestützt. Wir sind uns einig, den schwierigen Weg einzuschlagen, und der führt durchs Gebirge. Er ist zwar wesentlich anstrengender, aber gerade deswegen auch sicherer. Die Sonne steht direkt über uns und es ist jetzt im Verhältnis zu den letzten Tagen bedeutend milder. Nach einem sehr langen Fußmarsch beschließen wir endlich zu rasten, denn unsere Kräfte sind am Ende. Keiner von uns hat in letzter Zeit auch nur ein Wort gesprochen. Dieses ständige Bergauf zehrt ungemein. Wir stehen alle vor einem gigantischen Fels mit einer tiefen Einbuchtung, fast wie eine große Höhle. Ideal zum Ausruhen. Geschwächt lassen wir uns alle auf den sandigen Boden fallen. Die Frauen holen aus ihren Bündeln etwas Speck und Brot. „Mein Schatz, du musst etwas essen", dabei hält Bapdies Leon etwas Brot hin. „Später, ich muss schlafen", sind seine einzigen Worte und er schläft ein. Ich bin ebenfalls völlig erschöpft und schaue mich nur noch einmal kurz um. Die beiden Mädels und Thomas sitzen kauend auf dem Boden und schweigen. Weiter vorn sitzen Gerald, Peer und Ernault und flüstern miteinander. Marie dagegen lässt mich nicht los, sie umklammert mich und hält mich fest. Meine Augen fallen immer häufiger zu und der Schlaf übermannt mich.

Ich renne und renne. Irgendjemand verfolgt mich. Ich springe über einen Hügel und verstecke mich in einem Loch, gerade mal so groß, dass ich mich dort reinzwängen kann. Es regnet und ich hocke eine ganze Weile in diesem Loch.

„Maurice, komm steh auf, komm mein Schatz." Marie kniet vor mir und ich betrachte, noch leicht benommen, ihr wunderschönes Gesicht. Die Sonne strahlt direkt auf ihr Haupt und ihre Haare glänzen wie Bronze. „Was ist, wie lange habe ich geschlafen", frage ich Marie. Und was für ein merkwürdiger Traum war das, denke ich mir. Es ist genauso hell und sonnig wie, als wir einschliefen. „Mein Liebling, wir haben einen ganzen Tag und eine Nacht geschlafen." Dabei streichelt Marie mir meine Haare. Ich richte mich auf und schaue mich um. Wir befinden uns unter einem großen Fels. Fast wie eine große Höhle mit weit geöffnetem Schlund, in den die Sonne hinein strahlt. Zur rechten Seite sehe ich Gerald mit seinen Töchtern und Peer mit Thomas, die gemeinsam auf dem Boden sitzen und etwas essen. Weiter links sehe ich Ernault, der gerade um Leons Wunde neue Stoffstreifen wickelt. Bapdies sitzt neben ihm und führt ihm etwas Brot zum Munde. Gerade als ich aufstehen möchte, greift Marie meine Hand und führt diese zu ihrem Bauch. Ich fühle ganz unerwartet eine mir fremde Bewegung unter ihrer Haut. Etwas erschrocken will ich meine Hand wegziehen, als mir plötzlich wieder bewusst wird, dass ich Vater werde. Mit Tränen in den Augen schaue ich Marie, „meine Marie" an. Es gab zu viele Eindrücke die mich so vereinnahmten, sodass ich das Wesentlichste, nämlich meinen Sohn, vergaß.

Alles wird wieder klar und ich verstehe meine Beweggründe. Meine Familie ist der Grund, alles zu riskieren, um zu überleben. Ich bin wach und strahle Marie aus vollem Herzen an.

„Komm, lass uns Leon anschauen." Marie zieht mich an meiner Hand und wir gehen zu Leon, der gerade fertig verbunden ist. „Na, wie geht es dir, mein Freund?", schießt es aus meinem Mund. Leon sieht bedeutend erholter aus. Der lange Schlaf hat ihm scheinbar gut getan. Er steht sogar alleine auf, um mir seinen Arm auf die Schulter zu legen. Bapdies strahlt vor Freude und stützt ihn ein bisschen beim Hochkommen. „Hey, es wird alles gut, habe sehr lange schlafen können und bei so einer Fürsorge kann ich nur zu Kräften kommen." Dabei grinst er seine Bapdies an und gibt ihr einen Kuss auf den Mund. „Und ich", fragt lachend Ernault, „bekomme ich jetzt auch so eine Belohnung?" Wir fangen alle an zu lachen. Was für ein Wunder, nach solch einem Erlebnis überhaupt noch lachen zu können. Aber es ist eben schön, Freunde zu haben, es ist schön zu lieben. Ich danke Gott für solche Momente.

Inzwischen steht Peer vor uns. „Und meinst du, du schaffst einen ganzen Tagesmarsch?", will er wissen. Aber Ernault kommt Leon zuvor. „Wir müssen aufpassen, dass er uns nicht vorne wegläuft, so gut es ihm wieder geht." Ernault lacht dabei und fühlt sich geschmeichelt, als er von Bapdies einen Wangenkuss der Dankbarkeit erhält.

Nun sind wir wieder alle auf dem Weg und marschieren gemeinsam in Richtung Süden. Es geht weiter bergauf durchs Gebirge. Der Weg wird immer steiler, wir scheinen bald den Gipfel des ersten kleinen Berges erreicht zu haben, denn zumindest geht es nicht mehr höher. Von hier oben aus haben wir eine Sicht, die beeindruckend ist. Wir sind den halben Tag marschiert und haben die Bergspitze erreicht. Eine Rast tut gut. Jeder von uns lässt sich aber erst einmal vom Zauber der wunderschönen Aussicht hinreißen. Ich halte Maries Hand und wir beide stehen dicht zusammen und atmen tief durch. Im Moment fühle ich mich unglaublich wohl. Im Süden zieht sich die bergige Landschaft weiter bis in den Westen, entlang der Garonne. Langsam drehe ich mich um und schaue in Richtung Norden, die Richtung, aus der wir gekommen sind, dort kann man durch die Felsen und Baumwipfel sogar ein wenig von Toulouse sehen. Natürlich zu klein, um Details erkennen zu können, aber,... sehe ich da nicht Rauch? „Hey, schaut mal, das sind Rauchschwaden, ganz deutlich zu erkennen. In Toulouse muss es brennen." Die anderen richten ebenfalls ihren Blick auf unsere Stadt. „Ja, du hast recht, Toulouse brennt", sagt Gerald mit ernstem Gesicht. Jedem von uns ist klar, warum unsere Stadt brennt. Niemand sagt auch nur ein Wort. Wie gebannt stehen wir schweigend da und schauen in Richtung unserer Stadt. Weit am Horizont steigen kleine schwarze Rauchschwaden in den Himmel. Mein gutes Gefühl, das ich gerade noch hatte, verwandelt sich zu einem leichten Unbehagen. Wie von allein lege ich meine Hand auf Maries Bauch. Mit einem nie da gewesenen Gefühl denke an unsere gemeinsame Zukunft.

Wehmütig machen wir uns wieder auf den Weg, einen Weg, dessen Ziel niemand kennt. Im Moment schweigen wir alle. Ich glaube, dass jeder von uns jetzt erst erkannt hat, dass es kein Zurück mehr gibt. Das bedeutet, jeder von uns muss sich seine Zukunft neu aufbauen. Wo und wann, bleibt offen.

Langsam ist es an der Zeit, nach einer geeigneten Raststelle zu suchen. Im Moment führt unser Weg nach unten und jeder von uns hält die Augen auf, um einen guten Platz zu finden, der uns vor Regen und Wind schützt. Der Abend nähert sich und langsam verliert sich die Sonne am Horizont. Ein großer Felsvor-sprung über unseren Köpfen scheint gut geeignet zu sein, ein Lager zu errichten. Nachdem wir alle zusammen brennbare Äste gesammelt haben, sitzen wir endlich gemeinsam um ein beruhigendes Feuer. Gerald hatte Glück bei der Jagd und wir essen mit großem Appetit etwas Fleisch. Der erste Abend, an dem wir unsere Gedanken austauschen können. Wir sitzen um das Feuer, essen und beraten, wohin unser Weg führen soll. Schweigend sitzen die Mädels neben ihrem Vater und kauen vor sich hin. Peer versucht Thomas zu überreden, etwas zu essen, denn der hat seit dem Tod seines Vaters jedes Essen verweigert. Leon und Bapdies sitzen direkt neben uns. Sie legt Leon fürsorglich eine Decke über die Schulter. Eine merkwürdige Stimmung umgibt uns. Ich breche dieses Schweigen und frage für jeden hörbar: „Und wo sollen wir hin?" „Wir sollten versuchen, Aragon zu erreichen, dort sind wir erstmal sicher", antwortet Ernault und zeichnet mit einem langen dünnen Stock ein paar

Linien in den Sand. „Wir müssen dem Fluss Garonne immer stromaufwärts folgen, um nach Aragon zu kommen", fährt er fort. „Wie lange brauchen wir bis dahin?", will ich wissen. „Vielleicht zehn Tage, wenn uns nichts aufhält." Gut, dass Ernault sich auskennt, denke ich. Langsam brennt das Feuer herunter, bis es nur noch vor sich hin knistert. Die anderen sind schon eingeschlafen. Ich halte Marie fest im Arm und schaue, wie die Funken vereinzelt nach oben ins Schwarze der Nacht verschwinden…

Ich renne und renne, man verfolgt mich, ich springe über einen Hügel und verstecke mich in einem Loch, in das ich hineinkrieche. Große Blätter eines Farns stehen schützend vor dem Loch. Pferdehufe nähern sich und ich zittere am ganzen Körper. Mein Herz rast wie verrückt. Plötzlich werde ich nass gespritzt.

„Maurice, komm!". Ich öffne meine Augen und sehe Marie, meine Marie, wie sie mich erneut aus meinem Traum befreit. Wir setzen unsere Reise fort, das Ziel ist Aragon. Wir marschieren nun schon sieben Tage. Immer wieder müssen wir uns vor englischen Soldaten verstecken. Das

Gebirge haben wir schon seit Tagen verlassen und die Gefahr entdeckt zu werden, wächst immer mehr.

Ein Tag ist wie der andere, es ist grau, es will nicht aufhören zu regnen. Wir alle sind nass bis auf die Knochen und frieren. Die Kinder sind krank. Dunkle Augenränder und merkwürdige Flecken im Gesicht sowie ständiges Husten lassen nichts Gutes erahnen. Da alles seit Tagen nass ist, konnten wir uns auch an keinem Feuer erwärmen. Unsere Kräfte sind am Ende. Vereinzelt begegnen uns irgendwelche Gemeine, denen es nicht besser zu gehen scheint. Marie sagt mir mit ihren Blicken, dass wir nicht aufgeben dürfen. Bapdies schweigt schon seit drei Tagen, seitdem Leon von Ernault und Peer getragen werden muss. Sein Zustand hat sich verschlechtert. Er sieht schlimm aus. Im Moment sieht es für uns alle nicht gut aus. Wir haben die letzten drei oder vier Tage nichts mehr gegessen. Getrunken haben wir das Wasser aus der Garonne. Thomas hat hohes Fieber und kann nicht mehr laufen. Gerald trägt ihn auf seinen Schultern. Und ich fühle mich mal so, mal so. Denke ich an meinen ungeborenen Sohn, habe ich wieder ein bisschen Kraft, zumindest so viel, dass ich weiter laufen kann. Marie ist erstaunlich stark und das mit unserem Kind in ihrem Leib. Immer wieder fallen meine Augen zu und die Schritte werden langsamer.

„Maurice, Liebling, gib nicht auf. Wir schaffen es. Denk an unseren Sohn", höre ich und drehe meinen Kopf zu ihr. Marie schaut mich an und ich sehe große Verzweiflung in ihren Augen. Ihre nassen Haare hängen ihr quer übers Gesicht. Sie greift meine Hand und führt diese zu ihrem Leib, um mich daran zu erinnern, worum es geht. Ich fühle ihr nasses Kleid und ihren runden großen Bauch; ich fühle etwas, was sich bewegt, meinen Sohn, wie er lebt. In solch einem Moment spüre ich wieder, wie meine Beine sich bewegen und meine Schritte kräftiger werden. Mein Blick gewinnt für kurze Zeit an Schärfe und ich schaue mich ein wenig um. Vor mir läuft Gerald, der Thomas auf seinen Schultern trägt. Neben ihm seine zwei Töchter. Wenn ich sie betrachte, sind wir anscheinend alle an unsere Grenze gekommen. Ich drehe mich schwerfällig um und schaue hinter mich. Schleppend kommen Ernault und Peer, die gemeinsam Leon tragen müssen, es geht zu Ende mit ihm. Er hat seit Tagen kein einziges Wort mehr gesprochen. Bapdies hält unentwegt seine fast bewegungslose Hand und schweigt. Nass bis auf die Knochen und völlig verschmiert mit Schlamm, schleppen wir uns Schritt für Schritt an der Garonne entlang. Es ist an der Zeit zu erkennen, dass es nicht mehr weitergeht. Ernault und Peer sacken völlig entkräftet zusammen und können Leon nicht mehr halten, sodass er auf den schlammigen Boden rutscht. Auch Bapdies fällt auf die Knie und lässt ihren Oberkörper auf Leon fallen. Die totale Aufgabe. Ein letzter Blick zu Marie und ich falle ins Bodenlose.

Ich renne und renne, ohne nach vorne zu schauen, mein Blick ist nur nach unten gerichtet. Ich springe über Wurzeln, herumliegende Baumstämme und Sträucher. Ich bin schneller als jedes Pferd.

Mir ist sehr heiß und die Sonne blendet mich, direkt ins Gesicht. „Maurice, bitte raff dich auf, wir müssen weiter!". Ich öffne blinzelnd meine Augen, schließe diese aber sofort wieder. Geblendet von der Sonne, fällt es mir schwer, etwas zu erkennen. Vorsichtig öffne ich sie erneut und sehe schemenhaft meine Marie, die mich schon unzählige Male weckte und mich aufforderte aufzustehen. Langsam und schwer-fällig richte ich mich auf. Mein Mund ist so trocken und meine Lippen sind aufgerissen. Wenn ich schlucke, schmerzt es in meinem Hals. Wir sind mitten auf dem Weg einfach zusammengesackt und eingeschlafen. Vor mir steht mein alter Freund Ernault. Abgemagert und mit dunklen Augenrändern schaut er mich an und versucht mir zu signalisieren, dass es jetzt um alles geht. Entweder wir verrecken hier oder wir raffen uns noch einmal auf. Auf wackligen Beinen bewege ich mich langsam vorwärts und schaue mich dabei um. Peer und Gerald sind gerade dabei, mit ihren Händen Sand über zwei längliche Hügel zu werfen. Mit gesenktem Kopf sitzt Bapdies vor dem größeren Hügel. Sie hat nicht mal mehr die Kraft zum Weinen, denn Leon hat uns verlassen. Thomas, der Sohn von Hannes, hat ihn begleitet. Ich möchte es nicht wahrhaben, aber wir haben einen wirklichen Freund verloren. Unsere Gruppe ist kleiner geworden. Und um nicht zu verrecken, müssen wir weiter. Schleppend bewegen wir uns entlang der Garonne, nach Aragon. Dieser Tag unter-scheidet sich von den anderen, die Sonne steht über unseren Köpfen und schenkt uns ihre wärmenden Strahlen. Endlich, denn noch einen kalten, verregneten Tag würden wir nicht überleben. Die ersten Hütten und das Bellen von Hunden lassen uns aufatmen. Gott sei Dank, eine Siedlung. Die Landschaft ist auch nicht mehr so karg. Üppige Olivenbäume und saftige Sträucher lassen die Ebene fruchtbar erscheinen. Von weitem kommt uns ein Ochsenkarren, auf dem zwei Männer sitzen, entgegen. Ich glaube, wir haben Aragon erreicht. Mit weit geöffneten Armen geht Ernault auf den Karren zu. Auch unsere Schritte werden etwas schneller. „Bitte, helft uns, wir kommen aus Toulouse und sind auf der Flucht vor den Engländern." Nie habe ich Ernault so reden gehört, aber er hat mit wenigen Worten alles gesagt. Ein kleiner, aber kräftiger Mann mit langen schwarzen Haaren erhebt sich und zeigt mit dem Finger zur Siedlung. „Hier seid ihr sicher, begebt euch ins Dorf und sagt, Rodrigues hat euch geschickt. Man wird sich dort um euch kümmern." Der Mann setzt sich wieder und schlägt mit seinem langen dünnen Stock auf den Ochsen ein und der Karren bewegt sich an uns vorbei. Mitleidsvoll schauen uns die Menschen auf dem Weg durch das Dorf an. Auch die spielenden Kinder verharren in ihrer Bewegung und starren uns an.

„Bitte, ein Mann namens Rodrigues hat uns gesagt, man würde uns hier helfen", sagt Ernault, seine Stimme klingt schwach. Aber der Name Rodrigues zeigt Wirkung. Man nimmt sich unser an und führt uns in eine offene Hütte. Endlich Essen und Trinken, wir werden versorgt, sogar Kleidung bringt man uns und Maries Zustand wird auch sofort erkannt. Sogleich kümmern sich zwei ältere Frauen um sie, man bringt ihr saubere Decken und heiße Suppe. Gott sei Dank, uns wird geholfen.

Gott hat unsere Gebete erhört. Man hat uns versorgt und wir sind jetzt schon den zweiten Tag hier in Pamplona, so nennt sich dieser Ort. Jetzt wird uns der Verlust unserer Freunde erst richtig bewusst und die Trauer umso größer. Immer wieder muss ich an Leon denken, welch ein Freund er war und was ich, aber auch die anderen, ihm zu verdanken haben. Bapdies schweigt weiter, kein einziges Wort ist ihr zu entlocken. Gerald und seine Töchter zeigen ebenfalls große Trauer.

Heute ist ein ganz besonderer Tag. Ganz Pamplona ist auf den Beinen, denn unser Sohn Leon feiert die Vermählung mit seinem auserwählten Weib, Lucia. Marie, Pia, unsere Tochter und ich sind voller Stolz und wohnen der Trauung bei. Pastor Rinaldo segnet sie und erwartet von beiden gerade den Eheschwur. Mein Gott, denke ich, Leon ist jetzt zwanzig Jahre alt und ein kräftiger junger Mann geworden. Was für ein Segen. Ein Blick in die Runde zeigt mir die freudige Anteilnahme meiner Freunde und die der Anderen. Gerald und seine Töchter Beatrice und Jaqueline, mit ihren Männern und deren Kindern sowie Peer mit seiner Frau klatschen in die Hände. Auch Rodrigues mit seiner Familie wohnt dem Anlass bei. Wenn ich mich so umschaue, sehe ich erstmals, wie viele Freunde ich hier in Pamplona gewonnen habe. Wobei ich einen Menschen sehr vermisse, meinen alten Freund Ernault. Vor mehr als zehn Jahren wurde er geholt, um in den Krieg zu ziehen, er kam nie wieder. Ein großer Verlust. Eine Flut von Gedanken übermannt mich. Ich muss an Toulouse und unsere Flucht denken und an unser damaliges Turnier. Auch an meinen Vater, wie wir aus Moutech flüchteten, und an Luc, meinen Freund Luc und wie er starb. Ach ja, Marie, wie sie als Kind sich oft mit uns gestritten hat.

„Papa, was ist?" Ganz unerwartet steht Pia vor mir und schaut mich an. „Es ist alles gut, meine Tochter", ich nehme sie in meine Arme und drücke sie fest an mich. Pia sieht wie ihre Mutter aus, frech, dominant und hübsch. Sie hat wunderschöne lange Haare, die in der Sonne wie Bronze schimmern. Neben mir steht plötzlich mein alter Freund Peer mit seiner Frau Patricia. Auch er schaut mich an, als wüsste er, was in mir vorgeht. Er war stets ein wirklicher Freund. Sein Kampf mit Ernault damals brach ihm zwar seinen Arm, aber öffnete dafür sein Herz. Dass der Arm heute etwas verkümmert ist, fiel niemandem wesentlich auf. Seine langen Locken sind inzwischen grau geworden. Aber man sieht ihm an, dass er mit Patricia glücklich und zufrieden ist. Ich schaue rüber zur Mitte des Dorfplatzes und betrachte meinen Leon, wie er lachend mit seiner Lucia tanzt. Marie nimmt meine Hand und strahlt mich an. Nun ist es weit nach Mitternacht und Gerald, Peer, Luis der Mann von Beatrice, Rodrigues und ich sitzen um das langsam herunterbrennende Feuer. Die anderen haben sich schon zurückgezogen, um zu schlafen. Der Wein und der Obstler zeigen ihre Wirkung. Wie so oft sprechen wir von alten Zeiten und diskutieren über Gott und die Welt. Unsere Worte klingen auch schon etwas lallend. „Ich glaube, alles hat einen Sinn, auch der Tod." Dabei schaue ich Peer an. „Maurice, ich sage dir, alles muss so sein, wie es kommt, mein Freund. Du weißt, wie ich damals war. Was für ein Arschloch bin ich gewesen. Ernault, Gott sei ihm gnädig, ja Ernault hat mir die Augen geöffnet. Als er mir den Arm…, nein, als ich mir, mit seiner Hilfe den Arm gebrochen hatte, war das ein Bruch in meinem Leben. Er brach meinen verdammten falschen Stolz und öffnete mein Herz. Gott sei Dank war ich fähig, dies zu erkennen. Sonst wäre ich jetzt nicht hier und hier bin ich jetzt glücklich", dabei schaut er nach seiner schlafenden Patricia, die eingerollt in einer Decke neben ihm auf dem Boden liegt. Gerald richtet sich auf. „Und was ist mit meiner Pia, warum musste sie sterben, kann mir das einer erklären?" Kaum hat Gerald diese Frage gestellt, sackt er auch schon wieder zusammen, so wie man aussieht, wenn man müde ist. „Ich glaube, wir haben darüber schon unzählige Male gesprochen, Gerald. Ohne Pia wären wir niemals aus Toulouse in die Berge gekommen. Es war Gottes Wille, sie dafür zu nehmen, und ich glaube, es soll für dich, aber auch für uns eine Prüfung sein, jemanden, den man liebt, zu verlieren." Ich musste das sagen, denn ich weiß, dass Gerald nie darüber hinweg kam, seine geliebte Frau zu verlieren. Genau wie Bapdies, sie starb jedoch an dem Verlust ihres geliebten Leon.

Ein klarer Sternenhimmel steht über uns und unsere kleine Gruppe löst sich langsam auf. Ein jeder zieht sich zurück in seine Hütte. Etwas torkelnd schleiche ich mich zwischen meiner schlafenden Familie, um mich in meinem Nachtlager niederzulegen. Mit halb gesenkten Lidern sehe ich, noch in Gedanken, meinen stolzen Sohn mit seinem Weibe, wie sie tanzen und lachen. Meine Marie grinst mich an, ich grinse zurück und schließe meine Augen.

Ich renne und renne und fühle mich gehetzt. Mein Herz rast wie verrückt und in voller Panik springe ich über einen Hügel und verstecke mich in einem Loch. Es ist eng und kalt. Mein Körper drückt sich mit ganzer Kraft an die Innenwand des Lochs und mein ganzer Körper vibriert. Ein unkontrolliertes Zittern übermannt mich und ich liege plötzlich auf einem feuchten, harten Steinboden. Mir ist kalt. Trommeln, ich höre von der ferne rhythmisches Trommeln, das immer näher kommt. Alles verschwimmt und ich finde mich wieder auf einem Dorfplatz. Ich schaue mich um und fast alle Hütten um mich herum sind abgebrannt. Jemand kommt auf mich zu gerannt und schaut mir tief in die Augen. Er versucht mir etwas zu sagen. Ohne Worte verstehe ich ihn und fange an zu weinen.

„Schatz, du träumst, es ist alles gut." Marie sitzt über mir und die morgendlichen Sonnenstrahlen spiegeln sich in ihren Augen wider. „Du hast geweint, Schatz, obwohl unser Sohn sich gestern vermählt hat. Was hast du geträumt?" Leicht benommen vom Aufwachen, schaue ich Marie an. „Ich habe schon lange nicht mehr diese Träume gehabt, weiß nicht …". Maries Hand streicht durch mein Haar und ich fühle mich wieder im Hier und Jetzt. Ganz Pamplona ist inzwischen auf den Beinen. Bevor die beiden vermählt wurden, hat sich das ganze Dorf am Bau der Hütte für die beiden beteiligt. So haben die frisch

Vermählten ihr eigenes Heim. Auch das ist für uns eine neue Erfahrung, Leon lebt nicht mehr bei uns. Unser Sohn lässt aber nicht lange auf sich warten. Ich habe mein Nachtlager gerade verlassen und wasche, vor unserer Hütte mit kaltem Wasser aus einer Holztonne, das Gesicht. „Papa, wir wollten euch fragen, ob ihr mit nach Huesca kommen wollt." Noch nicht richtig wach, schaue ich Leon an. Er ist etwas größer und kräftiger als ich. Seine grünen Augen hat er von seiner Mutter, den Rest, den hat er von mir. Lange blonde Haare und ein kleiner Oberlippenbart schmücken sein ovales Gesicht. „Ich weiß nicht, mein Sohn, aber frag deine Mutter, ich brauch noch ein bisschen Zeit für mich." Leon und Lucia grinsen und rasen an mir vorbei. „Mama…".

Pamplona liegt in einem Tal, das aus saftigen Wiesen und vielen Olivenhainen besteht. Die meisten Hütten sind flach und aus weißem Lehm gebaut. Unterschiedlich hohe Hügel, auf denen die Hütten stehen, sind durch Stufen, die in den felsigen Boden geschlagen wurden, erreichbar. Unsere kleine Kirche, aus Felsgestein gebaut, befindet sich mitten auf dem Dorfplatz. Wenn ich unsere Kirche von unserer Hütte aus betrachte, dann sehe ich hinter ihr die nördliche Gebirgskette. Während Leon an mir vorbeiläuft, atme ich tief durch und betrachte mit großem Stolz meinen Sohn. Natürlich begleiten Marie und ich unser frisch vermähltes Paar.

Auf unserem Ochsenkarren begeben wir uns nun auf den Weg nach Huesca. Leon und ich sitzen vorn auf dem Bock, Marie und Lucia sitzen hinten und reden ohne Pause. Als die Sonne über uns steht, sehen wir schon von weitem die Stadtmauern von Huesca. Viele Menschen kommen und gehen, es herrscht viel Bewegung vor dem Stadttor. In Huesca gibt es einen großen Markt, auf dem mit allem gehandelt wird. Kaum durchfahren wir jedoch das Tor zur Stadt, fühlen wir eine große Aufregung in der Menschenmasse. Das meiste Volk verlässt den Markt und bewegt sich in Richtung Stadtmitte. Von der Neugierde gepackt, lassen wir unseren Ochsenkarren stehen und folgen der Menge. Wir laufen die Straße entlang, die direkt zum Platz Queste de Lore führt, und hören schon, wie die Gemeinen schreien. Als wir endlich den Platz erreichen, sehen wir vor der großen Kathedrale eine Frau, die an einen Holzpfahl gefesselt ist, um deren nackte Füße kleine Flammen von brennendem Holz züngeln. Unweit von ihr steht ein Richter oder Priester, ich weiß nicht genau, wie man solche Menschen nennt. Er schreit die Menge an und weist darauf hin, dass dies das Werk des Teufels sei und „Diese" eine Hexe ist, die es nicht anders verdient hat, als zu brennen. Die Frau ist vielleicht so alt wie meine Marie. Sie ist nur mit einem dünnen weißen Hemd bekleidet. Ihre dunklen Augenränder und ihre Verletzungen, die überall auf ihrer Haut zu sehen sind, zeigen, dass sie schon lange Zeit zu leiden hatte. Erstaunlich ist, dass sie trotz solcher Qualen nicht schreit. Das Volk jubelt und schreit. In den Gesichtern der Gemeinen ist kein Mitleid zu erkennen. Im Gegenteil, sie befürworten diese Hinrichtung und ergötzen sich daran. Mir fällt da sofort unser damaliges Turnier in Toulouse ein, wo das gemeine Volk schrie, wenn andere miteinander kämpften und sich verletzten. Ich schaue Leon an und sehe auch in seinen Augen die Verzweiflung und Ratlosigkeit. Wie kann das gemeine Volk so etwas gut finden? Jetzt fängt die Gepeinigte an, aus vollem Hals zu schreien, ihre Schreie sind für mich so erschütternd, dass ich sofort gehen muss. Ohne Worte verlassen Marie, Lucia, Leon und ich den Platz des Schreckens.

Während wir eilig gehen, sehe ich noch die Augen der verzweifelten, brennenden Frau. Ihr Blick weckt in mir ein unbeschreibliches Gefühl der Sorge und Angst. Noch vom weitem höre ich die Schreie der Frau und die des gemeinen Volkes. Ich möchte Huesca sogleich verlassen und bitte meine Familie um Nachsicht, die scheinbar das gleiche beabsichtigt. Wir verlassen Huesca auf unserem Ochsenkarren und schweigen fast den ganzen Weg bis nach Pamplona. Leon versteht mich, er schweigt mit mir. Marie und Lucia flüstern leise und halten sich zurück. Mir geht es nicht gut, ich habe ein Gefühl, das ich nicht beschreiben kann, ich weiß nur, dass ich dieses Gefühl kenne. Ich weiß aber nicht woher. In Pamplona angekommen, ziehe ich mich zurück. Ich möchte mit niemandem sprechen. Das Gefühl, das mich begleitet, kann ich nicht beschreiben. Eine nicht erklärbare Angst schleicht in mir hoch, mir wird schlecht. Ich muss kotzen. Ich renne aus der Hütte und speie hinten über die kleine Steinmauer neben den Schweinen. Meine weich gewordenen Knie zittern leicht. Marie folgte mir und hält meinen Kopf. „Liebling, nimm es dir nicht zu sehr zu Herzen, das bekommt dir nicht gut. Die Welt ist nun mal so."

Ich schaue Marie fragend an. „Warum, in Gottes Namen ist die Welt so?"

Ich bin alt geworden, es war Gottes Wille. Leon und Lucia sind schon 20 Jahre zusammen und haben inzwischen fünf Kinder. Der Älteste feiert heute seine Vermählung. Leon gab ihm den Namen meines besten Freundes, Ernault. Meine Tochter Pia und ich wohnen dem Anlass bei. Marie hat mich schon vor vier Jahren verlassen. Sie starb mir einfach weg, meine Marie. Der Schmerz hat nie aufgehört. Nur Pia, die ihren Mann im letzten Krieg verloren hat, und ihre beiden Töchter, Bapdies, Claude und ich sind dabei, wie mein Enkel Ernault mit seinem Weib vermählt wird. Immer wieder betrachte ich mit großem Stolz meinen Sohn, der nun selbst mehrfacher Vater ist. Er ist heute im gleichen Alter wie ich damals, als er sich mit Lucia vermählte. Lucia erinnert mich jetzt ein bisschen an meine Marie, die genauso würdevoll und stolz ihren Sohn in die Ehe begleitete. Ganz Pamplona ist wieder auf den Beinen. Nur meine alten Freunde wie Gerald und Peer sind leider nicht mehr dabei. Auch sie wurden Opfer von unzähligen kleinen und größeren Kriegen, die in und um Aragon tobten. Patricia, die Witwe von Peer, wohnt auch der Vermählung bei. Patricia ist eine inzwischen alt gewordene Dame mit würdevollem Aussehen. Mit ihr verstand sich Marie sehr gut.

„Vater, wenn das Mutter noch erleben könnte, schau dir meinen Ernault an, was das für ein Kerl geworden ist." Leon steht vor mir und schaut glücklich in meine Augen. Lucia legt ihren Arm auf meine Schulter und wirft mir einen liebevollen Blick zu. Meine anderen Enkel rennen aufgeregt hin und her und spielen miteinander. Irgendwie fühle ich, wie meine alten Knochen müde werden. Ich habe das Bedürfnis mich zurückzuziehen. Inzwischen wird getanzt und die Stimmung ist auf dem Höhepunkt. Alles bewegt sich um mich herum und als ob ich in einem Boot sitze, fließt alles an mir vorbei. Ich sitze auf einer Bank und betrachte den Werdegang. Wie meine Kinder und Enkel tanzen und lachen, doch die Müdigkeit übermannt mich und ich lasse meinen Kopf hängen. „Papa, möchtest du, dass ich dich Heim bringe"? Fragt mich Leon, der plötzlich vor mir steht und meine Müdigkeit erkannt hat. Er legt seinen Arm auf meine hängende Schulter. Liebevoll schaut er mich an. Ich erkenne große Sorge in seinen Augen. Vorsichtig greift er unter meine Arme und stützt mich, während ich versuche aufzustehen. „Papa, ich bringe dich heim." Ich schaue ihn an und antworte. „Ja mein Sohn, deine Mutter wartet schon auf mich." Während Leon mich stützt, dreht er seinen Kopf weg von mir und schweigt. Sein Schluchzen zu verbergen fällt ihm schwer. Er bringt mich heim und ich lege mich sogleich auf mein Nachtlager. Ich fordere Leon auf, endlich zurück zum Fest zu gehen, schließlich hat sich sein Sohn vermählt. Leon sitzt an meinem Fußende und will mich nicht allein lassen, als würde er ahnen, seinen Vater heute zu verlieren. Denn ich fühle deutlich mein Ende nahen. „Papa, ich liebe dich." Leons Blick dringt in mich ein, so wie damals, als mein Vater mir zuflüsterte, ich solle rennen, egal was passiert. Unsere Augen trafen sich für ein Moment und ich sah meine Mutter und meinen Vater in einem. Ich weiß, was Leon empfindet. „Geh jetzt, mein Sohn, wir sprechen uns morgen", sage ich mit großem Kraftaufwand und zeige mit meinem Finger zum Ausgang. Zögernd verlässt Leon mein Haus. „Ich liebe dich auch, mein Sohn", rufe ich noch mit schwacher Stimme hinterher. Jetzt bin ich allein und ich fühle, dass es an der Zeit ist, zu gehen. Aus der Ferne höre ich die Musik und das Lachen der Menschen vom Fest. Um mich herum ist es dunkel, die einzige Lichtquelle im Raum ist der Schein des Mondes, der durch das offene Fenster dringt. „Herr, ich bin bereit", flüstere ich leise und schließe dabei meine Augen. Mein Herz beginnt, wie von allein zu rasen, wie ein letztes Aufbäumen. Das klopfende Herz lässt mich plötzlich loslaufen…

Ich renne und renne, springe über Wurzeln und Steine und finde mich in einer kargen Landschaft wieder. Ich springe über einen Baumstamm und verstecke mich in einem Loch. Doch mein Herz rast weiter, sodass ich in diesem Loch nicht bleiben kann. Ich laufe also weiter, jedoch jetzt durch einen dichten Wald. Augen, die ich nicht zu beschreiben vermag, starren mich an. Jemand zeigt mir mit seinem Finger die Richtung, in die ich zu laufen habe. Ich renne und renne, bis ich auf einen Ruck hin den Halt verliere und stürze. Ich kann nicht mehr aufstehen, komme einfach nicht mehr hoch. Da ergreifen mich zwei Hände und helfen mir auf die Beine. Marie, meine Marie, steht vor mir und streichelt mein Gesicht. Ich fühle mich so glücklich und geborgen. Gemeinsam schlendern wir durch Straßen, die uns vertraut sind, und fühlen uns wohl. Wie aus dem Nichts geht auf einmal alles in Flammen auf und die Menschen rennen in Panik schreiend durch die Gassen. Marie und ich hocken irgendwo im dunklen Wald hinter einem Gebüsch. Mit dabei sind Ernault, Peer, Gerald, Pia und Leon. Unsere kleine Gruppe, der sich noch ein paar andere angeschlossen haben, versteckt sich tief im Wald. Ein kleines Feuer zeigt uns den Weg, den wir gehen sollen. Als wir uns dem kleinen Feuer nähern, sehen wir viele Löwen, die darum herum liegen und schlafen. Eine furchtbare Angst überkommt mich. Die Löwen stinken und sehen gewaltig aus. Trotz meiner Angst schleichen wir uns langsam an sie heran. Mit einem Messer in der Hand schaue ich dem schlafenden Löwen direkt ins Gesicht. Plötzlich reißt der seine Augen und sein gewaltiges Maul auf, aus Panik und Verzweiflung stoße ich ihm mein Messer in den Hals. Als er röchelnd stirbt, fühle ich plötzlich Mitleid mit dem Löwen, der mich mit verängstigten Augen anschaut. Die Löwen waren nicht so stark, wir haben sie vertrieben. Leon,

Ernault, Gerald, Peer und ich stehen gemeinsam, uns an den Schultern fassend und teilen ein Gefühl des Triumphs. Ein tolles Gefühl. Ein noch viel Größeres übermannt mich, als ich meinen neugeborenen Sohn in den Händen halte. Maries Augen glänzen wie Diamanten und unser Sohn Leon strampelt nackend in meinen Armen. Gottes Glück. Leon ist schon fleißig am rennen und ich halte voller Stolz meine kleine Pia im Arm. Glücklich und mit aufrechter Haltung steht Marie neben mir. Ihre im Sonnenlicht wie Bronze schimmernden Haare wehen ihr durchs Gesicht. Gemeinsam schauen wir, mit einem Gefühl der Geborgenheit, unser Dorf an. Unser Sohn macht gerade einen Wettlauf mit meinem alten Freund Luc. Vom weitem höre ich einen dumpfen Trommelrhythmus, der mich magisch anzieht. Ich lasse mich fallen. Kein rennen mehr, sondern freier Fall, ist das, was ich jetzt noch spüre. Mein Körper zuckt ein letztes Mal, als würde er meine Seele herausschütteln wollen. Kein Atmen, kein Druck mehr. Ich werde an den Füßen herausgezogen. Ein letztes Mal betrachte ich meinen alt gewordenen Körper, der leblos vor mir auf dem Nachtlager liegt. Und mein

Umfeld löst sich auf, in ein warmes, helles Licht...

„Giovanni komm, hilf mir, wir holen Wasser für Mama", ruft Marina und zeigt mit ihrem Finger auf die Eimer, die vor ihr auf dem Boden stehen. „Komm schon." Ich schaue meine große Schwester an und antworte. „Ich will nicht, ich spiele gerade und habe keine Lust." Marina kommt auf mich zu und greift meine Hand. „Ich habe auch keine Lust, aber du bist kein Bambino mehr, du bist schon fünf Jahre alt und kannst auch schon helfen." „Ich will nicht", schreie ich. Aber es hat keinen Sinn, Marina schleift mich mit nach unten zum Fluss. „ Lass mich los, ich will nicht, lass mich los", ich schreie den ganzen Weg, bis nach unten. Mit der einen Hand hält sie mich fest im Griff und mit der anderen Hand trägt sie die zwei leeren Eimer. Angekommen am Fluss, füllt sie beide Eimer und muss mich jetzt loslassen, um die beiden Eimer tragen zu können. Ich nutze die Gelegenheit und laufe ein Stück weg von ihr. „Du hast mich gezwungen, jetzt bleibe ich hier, geh allein nach oben", rufe ich ihr aus sicherer Entfernung rüber. Marina aber läuft einfach weiter, sie trägt die schweren Eimer und tut so, als würde sie nichts hören. Sie entfernt sich immer mehr von mir. „Marina, warte", schreie ich ihr nach, sie läuft einfach weiter. Sie ist gemein, denke ich und fange an zu laufen. „Warte", schreie ich ihr hinterher. Marina läuft aber immer noch weiter. Ich beeile mich, denn irgendwie habe ich Angst ohne meine große Schwester. „Marina du bist gemein", ich fange an zu weinen. Marina tut weiter so, als würde sie mich nicht hören. Sie trägt die schweren Eimer allein nach oben, ohne mich. Ich trotte ihr hinterher. Sie ist zuerst oben und stellt die Eimer vor unsere Hütte und begibt sich hinein. Ich beeile mich, denn ich will auch mit rein.

Mama liegt im Bett. Sie ist krank. Sie hat Fieber und auf ihrer weißen Haut sind schwarze Flecken. „Marina, du musst jetzt besonders stark sein." Mama flüstert nur noch, sie hat keine Kraft mehr, laut zu reden. „Giovanni, du musst auf deine Schwester hören, hast du mich verstanden?" Sie winkt mir zu, ich habe aber Angst, zu ihr zu gehen. Mama sieht so anders aus. Marina will mich am Arm greifen, aber Mama sagt, „Ist schon gut, lass ihn. Pass auf ihn auf." Das waren die letzten Worte, die ich von Mama gehört habe. Mama schaut mich mit weit geöffneten Augen an und lässt ihren Kopf ins Kissen fallen. Marina stellt sich vor mich und schiebt mich aus unserer Hütte. „Mama hat uns verlassen", Marina schaut mich an und umarmt mich. Normalerweise mag ich das überhaupt nicht, aber jetzt verhalte ich mich ruhig und höre nur das Weinen meiner großen Schwester.

Heute ist ein kalter Tag, Marina und ich sind im Wald auf der Suche nach brennbarem Holz. Wir haben beide einen großen Weidekorb auf dem Rücken. „Giovanni, beeil dich, es wird langsam dunkel, wir müssen heim." Marina eilt mir voraus. Ich bin nicht so schnell wie sie, aber ich bemühe mich, denn ich weiß, dass wir im Dunkeln nicht nach Hause finden werden. Die Schatten werden immer länger und dunkler. Wir haben noch einen langen Weg vor uns. „Warum mussten wir auch so weit weg gehen", rufe ich ihr zu. Marina läuft ohne zu antworten weiter. Die ersten Schneeflocken rieseln durch die Luft und ein frischer Wind weht uns entgegen. Wir befinden uns jetzt auf einer kleinen Anhöhe, von der man unser Dorf vom weitem sehen kann. „Ich kann San Giuliano schon sehen, es ist nicht mehr so weit, komm Giovanni, die Dunkelheit holt uns sonst ein. Beeilen wir uns." Unsere Körbe sind voll und schwer. Das Holz ist nicht so trocken, wie wir es bräuchten, aber ohne Holz werden wir den Winter nicht überleben. Wir müssen die nächsten Tage weitersuchen, sagt Marina. Gerade noch rechtzeitig erreichen wir unsere Hütte. Es ist inzwischen schon so dunkel, dass man nicht mehr viel sehen kann. Gott sei Dank schoben sich die Wolken beiseite und das Licht des Mondes leuchtete uns den Rest des Weges.

Mama ist jetzt schon ein Jahr tot und wir, Marina und ich, leben seitdem allein. Marina macht sogleich Feuer und unser Ofen beginnt lichterloh zu brennen. Ich bin müde vom vielen Laufen, habe aber noch Hunger. Marina reicht mir einen Napf mit kaltem Hirsebrei. „Iss und leg dich dann hin, Giovanni." Wortlos verschlinge ich den Brei. Dabei betrachte ich die Flammen im Ofen. Wie Mama schafft Marina alles, geht mir so durch den Kopf. Sie näht, kocht und macht sauber. Sie sorgt sich um mich und manchmal frage ich mich, wann sie überhaupt schläft. Oder wie sie es schafft, dass wir immer etwas zu essen haben. Manchmal wird sie auch abends, wenn ich eigentlich schlafen soll, noch abgeholt. Ich tue dann so, als ob ich schlafe. Einmal hat sie sogar der Herr Pastor abgeholt. Er wartete draußen und Marina schlich sich leise aus unserer Hütte. Beide verschwanden dann in unserem Stall. Warum ich darüber nachdenke, weiß ich nicht, aber langsam werde ich müde und ich umklammere mein von Mama genähtes Kissen und schließe die Augen.

Ich öffne meine Augen und sehe wieder einen neuen Tag, ich springe aus meinem Bett und schaue mich um. Marina scheint schon draußen zu sein. Ich lege mir meine warme Decke über die Schultern und öffne die Tür. Es ist kalt und es schneit, unser Dorf ist irgendwie anders. Es ist so laut und die Menschen laufen aufgeregt hin und her. Wo ist nur meine große Schwester? Ich werde neugierig, denn ich sehe dahinten Feuer, ziehe meine Schuhe an und mache mich auf den Weg. Ich laufe die Straße hinunter, dorthin, wo die meisten Menschen sich aufhalten. Ein großes Feuer brennt mitten auf dem Dorfplatz und ich sehe in Decken eingehüllte Menschen, die lichterloh brennen. Es werden immer mehr, in Decken verhüllte Menschen, in Karren herangebracht und ins Feuer geworfen. Weiter hinten schreien Menschen, die in ihren Hütten eingesperrt werden. Man nagelt einfach ihre Türen mit Holzlatten zu. Die Gemeinen da drinnen schreien und wollen heraus, aber man lässt sie nicht. Ich fange an zu weinen und laufe zurück zu unserer Hütte. Als ich unsere Hütte erreiche und hinein laufe, steht Marina auch schon da und umarmt mich sogleich. Nachdem ich mich aus ihrer Umarmung befreit habe, setzt sie sich auf mein Bett. Sie hat ein langes weißes Tuch um ihren Hals gewickelt und schaut mich aus unsicheren Augen an. Sie ist weiß und hat ein paar dunkle Flecken im Gesicht, ähnlich denen, die Mama hatte. Nur Mama sah schlimmer aus. Ich schaue Marina an und fange wieder an zu weinen. Marina lässt mich los und schleicht zur Tür, um diese sofort zu schließen. Von draußen dringen laute Stimmen in unsere Hütte.

„Es ist Gottes Strafe, wir müssen alle Hütten durchsuchen, nur so können wir dem Herrn gerecht werden. Alles Unreine muss brennen." Diese Männerstimme klingt für mich unheimlich und ich ducke mich mit Marina hinter unserem Tisch. „In Venedig ist jeder Dritte durch den Schwarzen Tod bestraft worden. Es ist Gottes Gericht, ich sage dir, es ist Gottes Gericht. Wir schreiben das gottgewollte Jahr 1632, es scheint das Jüngste Gericht zu sein." "Nein, ich bin überzeugt, Gott will von uns die Buße, wir sollen ihm dienen und aus unseren Fehlern lernen." Diese Stimme klingt weniger angsteinflößend, ich kenne sie, das ist unser Herr Pastor. Plötzlich klopft es an unsere Tür. Ich habe Angst und fühle die Anspannung, die auch von Marina ausgeht, ich verhalte mich völlig ruhig. Meine große Schwester schaut mich an und legt ihren gestreckten Zeigefinger auf ihre geschlossenen Lippen. "Pssst", ihre ängstlichen Augen schauen mich an. Marina wirkt so hilflos, ich bin erst sechs Jahre alt, aber ich fühle und weiß, dass ich solch einen Blick schon einmal gesehen habe. Ich habe Angst. Es klopft wieder, nur diesmal lauter. "Wenn die Türe von innen verschlossen ist und man nicht öffnen will, muss er etwas zu verbergen haben. Vernagelt die Türen und Fenster und brennt das ganze Gehöft nieder." Das war wieder diese angsteinflößende Stimme. Ich fange an zu schreien und will raus, aber Marina hat mich fest im Griff und streichelt dabei meine Haare. Währenddessen hämmern die da draußen immer mehr Bretter vor die Fenster und vor unsere Tür. Es wird langsam dunkler im Haus. Marina fängt an zu singen. "Giovanni, Giovanni,

Giovanni, es wird alles gut, Giovanni, Giovanni, Giovanni, hab noch ein bisschen Mut. Bald sind wir bei Mama und Papa." Marina hält mich fest und wiegt mich singend hin und her. Langsam höre ich auf zu strampeln und lasse mich von meiner großen Schwester streicheln. „Giovanni…", die Luft wird immer rauchiger und das Atmen fällt mir schwer. Jetzt wird es heller und Flammen züngeln langsam an den Wänden empor. Ich kann kaum noch atmen, aber Marina hat mich fest im Griff und wiegt mich singend weiter.

„Giovanni…hust…". Ich kann nicht mehr atmen. Ich hebe meinen Kopf und schaue meine große Schwester an, in dem Moment treffen sich unsere Blicke. Mein Gott, denke ich, ich kenne dich, du bist Mama, Papa, Marina…, Maria. Ein letztes Husten, Zucken, ein Schütteln meines Körpers, aber dieser Blick begleitet mich. Ein leichter Ruck, der mich erst nach unten, dann merkwürdigerweise nach draußen zieht. Außerhalb meines Körpers. Ich habe mich verlassen. Sehe mich in Marinas Armen. Jetzt ist alles ruhig und ich fühle mich so erleichtert. Für einen kurzen Moment verweile ich noch an diesem Ort, um ihn gemeinsam mit ihr zu verlassen.

„Hansilein, mein Schatz, komm! Wir müssen uns beeilen. Papa wartet unten auf uns. Heute ist ein ganz bedeutender Tag." Ich schaue Mama an und lächle. „Nun lass uns uns anziehen, essen werden wir heute mal unterwegs." Mama greift mich und hebt mich aus meinem Bett. Ich habe Hunger und möchte essen. „Mama, ich möchte Brei." Wir wollen uns erst einmal anziehen, Hans, dann bekommst du deinen Brei und weißt du wo?" Mama schaut mich lächelnd an. „Heute wirst du deinen Brei in unserem Wagen essen. Ist das nicht spannend?" Weiß nicht, denke ich.

Nachdem mich Mama angezogen hat, befinden wir uns jetzt in unserem Wagen. Vor mir sitzt Papa. Er sieht heute anders aus und aufgeregt ist er auch. „Papa, wohin fahren wir?" „Mein Sohn, wir fahren nach Innsbruck zum Kaiser Leopold. Er gibt uns die Ehre, vor ihn treten zu dürfen. Da müssen wir uns von der besten Seite zeigen. Verstehst du, mein Sohn?" Ich verstehe Papa nicht wirklich, aber ich weiß, dass es für ihn sehr wichtig ist. Mama schaut Papa ganz stolz an. „Liebling, es wird alles gut, du siehst hervorragend aus." Während Mama sich mit Papa unterhält, esse ich meinen Brei und schaue dabei aus dem Fenster. Unserer Kutschwagen fährt so vor sich hin und ich lausche immer mehr auf das Stampfen der Pferdehufe. Mama sagte mir, von Mayrhofen bis nach Innsbruck sei es eine knappe Tagesreise. Also muss ich mich in Geduld üben. Mama schaut mich an und will mir die lange Fahrt verkürzen, indem sie mir verschiedene Fragen stellt. „Hans, welches Datum haben wir heute?" Ich schaue Mama an und überlege, ich bin jetzt immerhin schon fünf Jahre alt und sehr schlau, sagen Mama und Papa. „Heute ist Montag, der 15. Oktober 1669, Mama." „Richtig Hans und wo fahren wir heute hin?" Ich bin etwas verlegen. „Nach Innsbruck?" Mama schaut mich glücklich an und nimmt mich in ihre Arme. „Ja mein Sohn, ich bin sehr stolz auf dich." Mama hat mir das nämlich schon ganz oft erzählt, sodass ich das nicht mehr vergessen kann. „Weißt du auch, warum wir zum Kaiser Leopold fahren?" Wieder schaue ich Mama an und gebe ihr die Antwort, die sie von mir hören möchte. „Papa ist Mathematikprofessor und soll in der neuen Universität Innsbruck unterrichten." Mama strahlt mich an. „Sehr gut, mein schlauer Hans, sehr gut." Papa schaut aus dem Fenster und ist in Gedanken versunken.

Endlich sind wir angekommen. Zuerst, sagt Mama, werden wir uns im Hotel Goldener Adler erst mal richtig frisch machen, bevor wir vor den Kaiser treten. Unser Gepäck wird von einem Pagen, der eine rote Uniform mit goldenen Knöpfen und weißen Handschuhen trägt, bis nach oben zu unserer Etage getragen. Vater ist sehr angespannt und Mama versucht ihn zu beruhigen. Ich laufe dem Pagen hinterher, der vorneweg mit unserem Gepäck läuft. Jetzt bleibt er stehen, stellt das Gepäck ab und schließt eine Tür auf. „Sehr geehrte Gäste, ich wünsche ihnen einen angenehmen Aufenthalt im Hotel Goldener Adler." Verbeugend bleibt er vor der offenen Tür seitlich stehen, bis wir in unseren Räumen verschwinden. Nachdem wir uns frisch gemacht haben, darf ich endlich die Zimmer verlassen und ein wenig in den Gängen herumrennen. Ich renne so gerne und muss leider zu oft warten, bis ich darf. Papa sagt, ich muss meinen Verstand trainieren und ich soll lernen, mich zu zügeln. Mama lässt mich aber, wenn Papa nicht da ist, öfter mal rennen und springen. Ich fühle mich dann so anders, ich kann dieses Gefühl nicht beschreiben. Obwohl Papa immer sagt, dass man alles Gedachte auch in Worte fassen können muss. Aber wenn ich richtig schnell renne, habe ich ein unbeschreibliches Gefühl, für das ich einfach keine Worte finde.

Wir sind jetzt schon den zweiten Tag hier in Innsbruck und heute sollen wir uns mit Kaiser Leopold treffen. Papa ist total aufgeregt und läuft im Zimmer hin und her. Mal bleibt er vor dem Fenster stehen und dann beginnt er wieder zu laufen. Ich schaue meinen Papa an, wie er gerade dasteht und seinen Bart mit den Fingern zwirbelt. Er wartet auf Mama. Endlich, unser Wagen steht vor dem Hotel und wir steigen ein. Mama sieht wunderschön aus. Sie trägt ein rosaweißes Kleid mit vielen Schleifen. „Wie sehe ich aus", will Mama von Papa wissen. „Wilhelmine, du siehst gut aus, aber wir müssen uns beeilen." Dabei schaut er auf seine Taschenuhr, die er nervös aus seiner Tasche herauskramt. Ich spüre eine Unruhe, die mich ansteckt, und hoffe nur, dass wir bald vor dem Kaiser stehen.

Wir leben jetzt schon seit 15 Jahren hier in dieser Stadt und Vater unterrichtet immer noch Mathematik an der Universität Innsbruck. Oft fahren wir gemeinsam mit unserem Wagen dorthin, denn ich bin inzwischen selbst ein Student. Ein gewisser Stolz begleitet mich schon, wenn wir gemeinsam vor der Uni aus unserer Kutsche steigen. Vater ist ein sehr beliebter Professor. Ich erinnere mich noch heute gerne daran zurück, als Vater damals vor den Kaiser trat, als diese Universität eröffnet wurde. Ich bewunderte damals des Kaisers Erscheinung, mit seinen langen gelockten Haaren und seinem aristokratischen Aussehen. Heute sehe ich die Dinge schon ein bisschen anders. Vater ist ein treuer Anhänger des Kaisers, ich dagegen bin schon seit längerer Zeit ihm gegenüber sehr skeptisch. Das liegt natürlich daran, dass ich mit anderen Studenten und Freunden viele Diskussionen führe. Vater sagt nur, ich soll nicht so rebellischen Gedanken nachgehen. Wir wohnen am Rande der Stadt in einem ziemlich großen Haus. Mutter ist mit großer Freude, fast täglich, mit den Pflanzen auf unserem Grundstück beschäftigt. Obwohl wir einen Gärtner haben, der dafür zuständig ist. Ich studiere fleißig und wenn es die Zeit erlaubt, treffe ich mich mit meinen Freunden Ernst und Peter. Ernst kenne ich schon mehr als fünf Jahre. Er ist ein wirklich guter, vor allem ehrlicher Freund, der etwas mehr als drei Jahre älter ist als ich. Heute ist so ein Tag, Ernst und Peter sind bei mir und wir diskutieren mal wieder über die Ungerechtigkeit dieser Welt. Das sind genau diese Diskussionen, die mein alter Herr nicht mag. Wir sitzen in unserem Teehaus, hier ist es wenigstens schattig; heute ist es besonders heiß. Während wir diskutieren, beobachte ich Mutter, wie sie gerade kniend die Rosenhecken stutzt. Bert, unser Gärtner, hockt auf der anderen Seite der Hecke und lächelt Mutter an. „Eines Tages setzt sich der Wille des Volkes durch, davon bin ich überzeugt", nickend schaut mich Peter an, als erwarte er eine Bestätigung von mir. Peters lange roten Locken hängen ihm quer über die Augen. Peter ist eine sehr robuste, kräftige Person. Nicht jeder kommt mit Peter klar, das liegt daran, dass er so laut und direkt ist. Ich mag seinen Verstand und seine Treue zur Sache. „Die meisten können nicht mal lesen und schreiben, wie sollen die jemals als Volk entscheiden können", erwidert Ernst und schaut dabei Peter an, gleichzeitig legt er seinen Arm auf meine Schulter und holt mich so wieder zurück in die Diskussion. Noch ein kurzer Blick zu Mutter und unserem Gärtner und ich steige wieder voll ein, Gedanken auszutauschen. Was für mich inzwischen zu einem Muss geworden ist. Peter ist mal wieder in seinem Element und springt ungeduldig auf, gestikuliert mit seinen Händen hin und her, dabei wird er immer lauter. „Das Volk verdient Bildung, es muss für die Gemeinen eine Schule geben. Stellt euch mal vor", mit diesen Worten verwandeln sich Peters Augen zu nachdenklichen Schlitzen, „wie sich alles verändern würde, die Obrigkeiten könnten nicht mehr machen, was sie wollten. Jeder würde Bildung genießen." Ernst provoziert Peter in diesen Diskussionen gerne, er möchte ihn dann so richtig hochpeitschen mit seinen Argumenten. „Ich bezweifle, dass die Gemeinen alle lesen und schreiben wollen. Wer sagt überhaupt, dass es gut für alle ist, gebildet zu sein?" Peter springt sofort darauf an. Er ereifert sich so sehr, dass er gleich hochspringt und aufgeregt mit seinen Händen wild gestikuliert. Seine Aussagen werden immer revolutionärer. Manchmal setze ich noch einen drauf und behaupte, dass die Bildung vielleicht nur etwas für die Privilegierten sei. Was Peter natürlich noch mehr anstachelt. Aber heute halte ich mich zurück, es ist eh schon zu heiß und ich verfolge die Diskussion lieber. Ich liebe solche Tage mit meinen Freunden.

Inzwischen ist es schon spät am Abend und wir haben doch schon zwei Karaffen Wein getrunken, deren Wirkung wir deutlich fühlen. Auch Vater leistete uns für kurze Zeit Gesellschaft, was immer zu generationsübergreifenden Gesprächen führt. In solchen Momenten halten wir uns alle schon etwas zurück mit unseren Meinungen. Ziemlich angeschlagen verbringen wir drei den Rest des späten Abends im Teepavillon. Dieser befindet sich etwas weiter entfernt von unserem Wohnhaus. Auf einem kleinen Hügel, fast versteckt durch große Rosenhecken, ist er kaum von draußen zu sehen. Zwei kleine Öllampen spenden uns Licht. Angezogen vom Licht flattern Motten und Mücken um uns herum. Ich beobachte eine Mücke, die ständig versucht, sich auf Peters Stirn oder Hals zu setzen. Er wehrt sich dagegen immens, indem er ständig mit seinen Händen zuckend versucht, dies zu verhindern. „Hey, was glaubst du, wissen diese Mücken überhaupt, was sie tun, sind sie sich dessen überhaupt bewusst?" Ich schaue dabei besonders Peter an und weiß nicht einmal, ob ich jetzt noch irgendeine Reaktion von ihm erwarten kann. Aus dem Augenwinkel heraus sehe ich, dass Ernst schon fast am einnicken ist. Peter dagegen überrascht mich total, solch eine Antwort hätte ich von ihm nicht erwartet. „Ich bin davon überzeugt, dass alles, was lebt, sich dessen auch bewusst ist." Er schaut mich mit seinen glasigen, aber in diesem Moment sehr wissenden Augen an. Für einen Augenblick verliere ich die Betrunkenheit und halte diesen Gedanken fest. Es ist jetzt kurz vor dem Morgengrauen, wir verabschieden uns und ich falle in mein Schlafgemach.

Heute ist Sonntag und ich befinde mich in der Fechthalle in Innsbruck. Sonntags ist immer, seit mehr als fünf Jahren, Waffenlehre. Ich bin ziemlich müde nach der letzten Nacht, habe höchstens vier Stunden geschlafen. Der Wein steckt noch in meinem Kopf. Peter und Ernst sind noch nicht da und ich beobachte die anderen, die schon sehr aktiv miteinander fechten. Ihre Stiefel gleiten über den leicht aufwirbelnden Sand und das Zischen der Degen und Säbel erzeugt eine eigene Atmosphäre. Vater sagt immer, ein gesunder Geist braucht einen gesunden Körper. Heute habe ich das Gefühl nichts von beidem zu besitzen, ich bin völlig schlapp. Und ausgerechnet an solch einem Tag kommt Franz auf mich zu, er ist jemand, dem man nicht gern begegnet. Er ist ein unangenehmer Wichtigtuer. „Wie sieht es aus, du hast heute keinen Partner, ich auch nicht, meiner hat nach dem letzten Mal seinen Schwanz eingezogen. Wie wäre es, wenn du mal einen richtigen Gegner ausprobierst?" Seine schmierigen schwarzen Haare hängen quer über das Gesicht. Seine nach oben gewachsene Nase und sein schmaler Mund lassen diesen langen dünnen Mann äußerst unangenehm erscheinen. Mit Franz will niemand etwas zu tun haben und das nicht ohne Grund.

„Komm schon, lass uns ein bisschen üben, weil mehr kannst du sowie noch nicht", dabei fuchtelt er mit seinem Degen vor meinem Gesicht herum und grinst mich überheblich an. Natürlich habe ich keine Lust auf Franz, aber Luc Gerald, unser Fechtmeister, sagt immer, jeder Gegner trägt dazu bei, besser zu werden. „Oh Gott", denke ich laut und gehe auf sein Angebot ein, mit diesem Fiesling, der auch noch um einiges länger ist als ich, zu üben.

Luc Gerald ist ein erfahrener Meister und weiß genau, auf welche Schüler er ein besonderes Augenmerk zu werfen hat; und so nähert er sich uns, zu meinem Glück, denke ich mir. Schon gleich zu Beginn attackiert mich Franz wie wild, sodass jeder Lerneffekt wegfällt. Permanent bin ich nur bemüht, nicht verletzt zu werden, denn obwohl es strenge Regeln in der Fechtkunst gibt, gibt es immer wieder Verletzungen und die meisten durch Franz. Er kann oder will sich nicht kontrollieren. Normalerweise hätte man ihn schon längst der Schule verwiesen; der Einfluss seiner Eltern ist jedoch so groß, dass sie die gesamte Schule schließen lassen könnten, wenn sie wollten. Deshalb konnte Franz bis jetzt, trotz seines Benehmens, fortfahren. Ich bin gezwungen, mich auf das Fechten zu konzentrieren. Luc Gerald sagt uns immer, dass es wichtig ist, während des Fechtens nicht zu denken und keinen Plan zu verfolgen. Reagieren – Antworten. Dies funktioniert natürlich nur, wenn man gut geübt ist und schon entdecke ich, dass ich nachdenke.

Ein brennender Schmerz holt mich zum Fechten zurück, meine Hand blutet. Ich habe einen langen Schnitt quer über meinem Handrücken. „So ein Mist", denke ich laut und möchte damit das Fechten mit Franz beenden und versuche ihm zu signalisieren, dass ich aufhören will. Ich senke meinen Degen. In dem Moment erfahre ich einen weiteren Schmerz, der sich schlagartig in meinem Körper ausbreitet. Franz stach mir in die rechte Bauchseite, ich starre ihn an und kann es nicht fassen. Meine Knie werden weich und ich sacke zu Boden. Mir wird schwarz vor Augen. „Hans…Hans."

Ich höre Stimmen, mir vertraute, ich öffne langsam meine Augen und fühle Schmerzen in meiner rechten Bauchseite. Ich liege auf einem Bett. Vor mir stehen Mutter, Vater und meine Freunde Ernst und Peter. Auch Luc Gerald und ein mir unbekannter Mann sind anwesend. „Es wird alles gut mein Sohn", höre ich aus Vaters Munde, Mutter hält weinend meine Hand und versucht zu lächeln. Ich schaue in die Runde und sehe Angst in ihren Augen. „Mama, es war doch nur ein kleiner Stich in den Bauch, so schlimm kann es doch nicht sein, oder?" Ich sehe, wie Vater diesen Mann, den ich nicht kenne, verzweifelt anschaut und dieser mit besorgtem Blick zurückblickt.

„Dieses Schwein", höre ich von Peter, der von Ernst festgehalten wird. Für einen Moment ist Totenstille, niemand sagt etwas. Ich breche das Schweigen. „Werde ich sterben, Mama?" Mutter bricht erneut in Tränen aus. Vater greift meine andere Hand. „Nur der Herrgott kann dich retten, mein lieber Hans." Tränen zeigen sich in seinen Augen. „Deine Leber wurde durchbohrt." Vater versucht Stärke zu zeigen, aber es gelingt ihm nicht, er dreht seinen Kopf weg und beginnt schluchzend zu weinen. „Wie viel Zeit bleibt mir noch Vater", möchte ich wissen. „So Gott will, wirst du noch drei oder vier Tage unter uns weilen, mein Sohn", antwortet der mir unbekannte Mann. „Drei oder vier Tage?" Wie sich das Leben doch von einer Minute zur anderen ändern kann, denke ich. Ich fühle die Schmerzen in meiner rechten Bauchseite, oder wie man mir sagte, meiner Leber, sehr stark. Ein starkes Kneifen, das sich von der Einstichstelle in allen Richtungen ausbreitet. Ich betrachte meine rechte Hand, die ebenfalls brennt, ich erinnere mich, dass diese auch verletzt wurde. Was für ein Tag, denke ich mir so und dabei fallen mir die Augen zu. Muss ein bisschen schlafen.

„Hans, mein geliebter Sohn, komm, du musst etwas essen, bitte kämpfe. Komm schon, ich werde nicht zulassen, dass mein einziger Sohn einfach aufgibt." Ich öffne meine Augen und sehe meinen Vater, wie er mit sorgenvollem Gesicht vor meinem Bett sitzt und mich mit etwas Brei und Suppe zu füttern versucht. Mir ist es jetzt sehr wichtig, noch die Dinge zu sagen, die mir auf der Seele brennen. „Vater, ich möchte dir danken, dass du mir so viel zukommen lassen hast. Auch wenn du oft keine Zeit für mich hattest, fühlte ich immer deine Liebe zu mir. Ich weiß noch, als ich klein war und du so aufgeregt warst, vor den Kaiser zu treten, ich war so stolz, solch einen Vater zu haben. Wenn wir gemeinsam zur Uni fuhren und vor der Universität ausstiegen, war ich stets glücklich, dich als Vater zu haben. Auch wenn wir oft Meinungsverschiedenheiten hatten, ich bin glücklich, dein Sohn zu sein." Ich greife seinen Arm und ziehe seine Hand an meine Wange. Vater bricht in Tränen aus. „Hans, mein geliebter Sohn, du bist mein größter Stolz, der Kaiser ist mir egal, ich liebe dich so sehr, dass dies mein Herz bricht." Ich lasse mich von meinem Vater füttern und verschweige ihm meine starken Schmerzen. Zwischenzeitlich kommt jemand, um mir neue Tücher um den Leib zu wickeln. Mir wird ein wenig schlecht und ich muss mich übergeben; danach möchte ich nur noch schlafen.

Langsam öffne ich meine Augen, weil ich leise Stimmen höre. Ich sehe meine Freunde Peter und Ernst an meinem Bett sitzen, wie sie gerade flüstern. „Hallo, ihr beiden, wollt ihr mir die letzte Ehre erweisen", sind meine Worte, die vielleicht bewusst theatralisch klingen sollen. „Was denkt ihr über den Tod, wie geht es wohl weiter, wenn man, in Tüchern eingewickelt, aus diesem Raum getragen wird?" Ich versuche noch mal so richtig locker zu wirken. Dennoch machen sich meine Schmerzen wieder bemerkbar und ich habe regelmäßig starke, krampfartige Schmerzen im gesamten Bauchbereich. Peters rote Locken sehen heute etwas geordneter aus und er versucht ebenfalls locker zu wirken. „Komm schon, du weißt doch, nichts hat ein Ende, auch unsere Freundschaft nicht. Ich bin davon überzeugt, alles geht weiter, auch dein Dasein, mein Freund. Du wirst nicht einfach verschwinden, vielleicht nur für uns, jetzt hier im Moment, aber nicht für dich." Ernst schaut mich freundschaftlich, liebevoll an und nimmt meine Hand. „Wie kann so ein Geist wie der deine einfach verschwinden? Denk doch mal daran, welche Geister wir weckten, welche Energien wir austauschten, du lebst und wirst immer leben, mein Freund, und wir werden uns immer wieder treffen, davon bin ich überzeugt." Echte Freunde zu haben ist ein Segen, denke ich, vielleicht habe ich sie schon immer gehabt. Auf jeden Fall waren das beruhigende Worte von meinen Freunden. Ich verliere das Bewusstsein.

Mutter. Ich sehe meine Mutter, wie sie sich über meinen Kopf beugt und ihre Hand auf meine Stirn legt. Ich habe Fieber, mir ist sehr heiß. Sie tupft meine Stirn mit einem nasskalten Tuch ab. Meine Schmerzen werden schlimmer, mir tut inzwischen alles weh. „Mutter, Mama, wie lange liege ich hier schon?" Drei Tage, mein Sohn, drei Tage." Sie versucht zu lächeln und ich erkenne in ihr jetzt mehr Stärke als bei Vater. „Hans, du musst jetzt stark sein, hast du gehört? Du wirst demnächst vor unserem Herrgott stehen und er wird dich mit offenen Armen empfangen. Du warst immer ein guter Junge, hast du gehört, mein Sohn?" Sie schaut mich mit gütigem, liebevollem Blick an und gibt mir für diesen Moment das Gefühl, mutig sterben zu können. Trotz meiner Schmerzen, die langsam unerträglich werden, möchte ich aber noch nicht gehen, nicht loslassen. „Hans, mein geliebter Sohn, ich möchte dir zum Abschied sagen, dass du mich immer stolz gemacht hast. Ohne dich wäre mein Leben nie so erfüllt gewesen und nur du hast mich wirklich glücklich gemacht. Zu gerne hätte ich dir Geschwister geschenkt, aber es war Gottes Wille, dass du keine bekommen solltest." Sie hält meine Hand mit festem Griff, denn ich zittere am ganzen Körper. „Mama, ich will noch nicht". „Ich weiß, mein Sohn, aber unser Herrgott hat es…"

Irgendetwas zwingt mich, meine Augen zu öffnen. Mein Körper bebt auf und ab, ein durchgehender Dauerschmerz begleitet mich und ich glaube, vor mich hin zu stöhnen. Leicht verschwommen sehe ich meinen Vater, der weinend vor meinem Bett steht und meine Hand hält. Daneben Mutter, die immer noch Stärke beweist; ich versuche in diesem Moment nach dem Grund zu suchen, warum sie nicht weint. Vielleicht um Vater nach meinem Ableben die Trauer zu erleichtern. Auf einmal muss ich laut schreien, als würde mich das von den Schmerzen befreien. Ich sehe meine beiden Freunde, Ernst und Peter, wie sich mich leidend anschauen. Ich muss mich zusammenreißen, ich höre auf zu schreien, nicht mehr schreien, denke ich und schaue sie alle nacheinander an, so wie sie dastehen, nur wegen mir.

Was bin ich doch nur für einen Schwächling, denke ich und versuche zu lächeln. Mir kommt sogar in den Sinn, aufstehen zu wollen, und ich hebe langsam meinen schweren Kopf. Sogleich versucht Vater mich zu unterstützen, indem er unter meine Schulter greift, um mir behilflich zu sein. Gemeinsam schaffen Vater und ich es. Ich sitze tatsächlich in meinem Bett und schaue sie alle, aus einer aufrechten Haltung heraus, lächelnd an. Verzweifelt und doch lächelnd schauen sie mich alle ebenfalls an. Was für ein Moment, denke ich, jetzt ist die richtige Zeit zu gehen. Ich lasse mich jetzt einfach fallen und sacke langsam völlig entspannt und befreit in mein Kissen. Ein innerer Ruck, der mich plötzlich packt und nach unten zieht, lässt schlagartig die Schmerzen verschwinden, kein Pulsieren und Hecheln mehr. Mein Kopf ist jetzt frei, er fühlt keinen Druck mehr. Es ist angenehm warm und nicht mehr so heiß, meine Augen sehen wieder klar und entspannt. Ich schaue mich um und sehe meine Eltern, Freunde und mich, wie ich mit einem Lächeln auf dem Gesicht im Kissen liege. Ich betrachte mich, meinen leblosen Körper, der wie eine leere Hülle von mir zurückgelassen wurde, sowie meine Angehörigen und Freunde noch ein letztes Mal, aus einer anderen Sicht. Dann werde ich langsam wie von allein in Richtung eines anziehenden, warmen Lichtes gezogen. Alles ist so beruhigend und schön.

Ich empfinde große Liebe. Mein Abschied! Licht, Wärme und Liebe durchfluten mich. Erinnerungen der Freude und der Liebe aus dem Kindesalter und meiner Schulzeit sowie meiner Eltern und Freunde strömen durch mich, ich erlebe und fühle alles Schöne noch einmal hindurch fliegend. Mein Gesicht verwandelt sich zu einem unendlichen Lächeln, das sich langsam auflöst, ins unendliche Nichts.

Das Erste, woran ich mich erinnere, ist, wie ich damals mit meiner Schwester Natascha jeden Sommer am Fluss gespielt habe. Sie baute immer eine kleine Mauer aus Steinen, Holz und Schlamm. Sie nannte das „einen Staudamm bauen". Da stieg der kleine Fluss so toll an. Ich konnte dann schön planschen. Ich glaube, ich war etwa drei Jahre alt und habe mich jedes Mal sehr darauf gefreut, mit Natascha zum Fluss zu gehen. Einmal, weiß ich noch ganz genau, war es sehr heiß und ich planschte wie so oft in meinem kleinen Fluss, der wieder schön angestiegen war. Natascha hatte mich wohl für eine kurze Zeit allein gelassen. Ich weiß bis heute noch nicht warum, auf jeden Fall aber kam ein plötzliches Sommergewitter auf und es fing derart stark an zu regnen, dass der kleine Staudamm vom Regen völlig weggerissen wurde. Der ganze Fluss fing an, sich heftig zu bewegen. Ich fing an zu schreien und wurde vom strömenden Wasser mit-gerissen. Wäre da nicht dieser junge kräftige Mann mit seinen roten, langen Locken gewesen, der wie aus dem Nichts plötzlich dastand, wäre ich ertrunken. Er packte mich an meinem Arm und zog mich mit einem Ruck aus dem reißenden Wasser. Natascha kam weinend angerannt und nahm mich in ihre Arme. Aus Angst hat sie nie ein Wort vor Mama oder Papa darüber verloren. Auch ich habe nie etwas darüber erwähnt. Meinen Lebensretter habe ich nie wiedergesehen.

Inzwischen bin ich schon zehn Jahre alt, genau genommen in einer Woche. Ich stehe jetzt wohl das letzte Mal hier vor der Desna, jenem Fluss, an dem ich zu gerne mit Natascha spielte. Ein letztes Mal betrachte ich meinen Lieblingsspielplatz, denn heute ziehen wir um; wir verlassen unser kleines Städtchen Jelna. Mama hat gesagt, dass Papa als Offizier in Smolensk stationiert bleibt und wir dort alle zusammen wohnen können. Also werden wir in einer großen Stadt wie Smolensk leben. Heute sind wir alle schon sehr zeitig auf den Beinen. Meine beiden Onkels, Petja und Olof, sind auch da, um zu helfen. Ein Kutschen- und ein Ochsenwagen sind vollgepackt mit unserem ganzen Hab und Gut.

„Andrew, komm, wir fahren jetzt los", ich höre Mamas Stimme und renne sogleich hinauf zu unserem in-zwischen leer geräumten Haus. Auf dem Ochsenkarren, der direkt vor unserer Tür steht, sitzen Natascha und Olof. Olof ist Papas jüngerer Bruder, er hält die Zügel in seinen Händen und ist bereits startklar. Mama und Petja sitzen auf dem Kutschenwagen, der weiter vorne steht. Sie warten nur auf mich. Ich steige auf und setzte mich zu Mama. Während wir losfahren, betrachte ich unser altes Haus mit seinem Garten, in dem ich mein ganzes Leben verbracht habe. Mir fällt es schwer, mir vorzustellen, dies für immer zu verlassen. Jeden Strauch und jeden Baum kenne ich hier; unsere Wagen sind in Bewegung und mit einem merkwürdigen Gefühl im Bauch entferne ich mich immer mehr von unserem Haus. „Es kann nur besser werden", sagt Mama. Vater war die letzten zwei Jahre selten zu Hause, als Offizier war er ständig woanders stationiert. Dies soll nun ein Ende haben. Wir leben mit Papa zusammen und Mama bekommt eine feste Anstellung als Grundschullehrerin. Und Mama sagt, wir bekommen jeder endlich ein eigenes Zimmer. Denn bis jetzt haben Natascha und ich uns ein kleines Zimmer teilen müssen. Obwohl Natascha inzwischen schon 16 Jahre alt ist. Außerdem, sagt Mama, hatten wir dieses Jahr einen Jahrhundertwechsel, das kann nur ein gutes Zeichen sein. Wir haben heute den 5.Mai 1800 und in genau einer Woche werde ich zehn Jahre alt.

Die Fahrt nach Smolensk zieht sich unendlich in die Länge. Zumindest haben wir Glück, dass es nicht regnet, denn es sah im Laufe des Tages schon öfter so aus, als würde es gleich regnen. Ich denke an meine Freunde Vlado und Michael, werde ich sie jemals wiedersehen? Mehr als fünf Jahre waren wir gute Freunde. Was wird in Smolensk los sein? Ich mache mir über dies und das Gedanken. Die Fahrt scheint endlos zu sein, doch irgendwann scheinen wir Smolensk doch noch zu erreichen. Es wird lauter, wir haben den Wald verlassen und fahren an großen Feldern vorbei. Immer mehr Häuser verraten, dass wir uns einer Stadt nähern. Unzählige Menschen sind zu Fuß, mit irgendwelchen Karren oder zu Pferd unterwegs. Von weitem kann man schon die Festungsmauern und das offene große Tor von Smolensk sehen. Ich war schon einmal mit meinem Vater vor drei Jahren hier, wir kauften hier für Mama eine Nähmaschine. Daher kenne ich die Mauern und das große Tor. Kaum durchfahren wir das Stadttor, befinden wir uns auch schon mitten in diesem lauten Treiben. Von allen Seiten hört man Leute schreien, jeder versucht seine Waren anzubieten. Sie kommen aus irgendwelchen Gassen und verschwinden auch wieder in solche. So eine Hektik, denke ich mir. Vorsichtig fahren wir mit unserem vollen Wagen an den Menschen mit ihren neugierigen Blicken vorbei. Endlich kommen wir in ruhigere Straßen, das Treiben hat ein Ende. Obwohl wir in einer Großstadt sind, fällt mir auf, dass die meisten Häuser aus Holz gebaut sind. Mamas Bruder Petja erzählte einmal von Moskau, er arbeitete dort zwei Jahre. Er sagte, dass dort die Häuser alle aus Stein seien und es dort riesige Bauwerke gebe. Das fällt mir jetzt beim Anblick dieser Holzhäuser spontan ein. Wir nähern uns endlich dem Haus, in dem wir in Zukunft leben werden. Wir fahren in eine kleine Gasse, die an ein Waldstück grenzt. Dort steht unser Haus. Ein in grün gehaltenes Holzhaus mit einem relativ großen Garten. Ich erblicke eine alte Schaukel an einem Baum und weiter hinten einen kleinen, braunen Holzzaun, der den Garten vom Wald trennt. Langsam kommt unser Vieh zum Stehen und wir alle springen von dem Wagen. „Wo ist Papa", will ich wissen und schaue Mama an. Mama legt ihre Hand auf meine Schulter. „Papa kann erst morgen kommen, er ist gerade nicht in Smolensk, aber spätestens morgen Abend ist er bei uns." Olof, Petja und Natascha sind schon fleißig dabei, Kisten ins Haus zu tragen. Ich schnappe mir auch eine Kiste und begebe mich ins Haus. Ein ziemlich abgestandener Geruch kommt mir entgegen, so dass Mama erst einmal alle Fenster und Holzläden aufreißt. Licht und Luft dringen in das Haus. Unsere Zimmer sollen oben sein, hat Mama schon vor längerer Zeit erzählt. Also begeben Natascha und ich uns gleich nach oben. Eine kleine Holztreppe führt nach oben. Die Stufen knarren bei jedem Schritt, oben angekommen sehe ich zwei kleine Holztüren. Da ich etwas schneller bin als Natascha, entscheide ich mich, ohne abzuwarten, für die rechte Tür und öffne diese auch sofort. Auch sie knarrt ein wenig und ich betrete den Raum. Er ist fast quadratisch. Geradezu befindet sich ein Fenster, gleich rechts daneben ein Bett aus Holz und links steht ein alter, großer Schrank; vor diesem steht ein Tisch mit einem Stuhl. Genau so stelle ich mir ein eigenes Zimmer vor. Mit Freude betrete ich mein neues Zimmer. Ein Blick aus meinem Fenster, das ich sogleich öffne, zeigt mir den Garten und die alte Schaukel, die ich schon vorhin gesehen habe.

Inzwischen ist es schon Abend geworden. Mama hat für uns alle gekocht. Unten gibt es einen großen Raum, der gleich neben der Küche liegt. Wir sitzen alle zusammen an einem großen Tisch und essen Fisch, Suppe und Brot. Olof und Petja haben großen Appetit. Mit Genuss greifen sie anständig zu. „Mama, ich bin mit meinem Zimmer sehr zufrieden", sagt Natascha und lächelt. „Das freut mich, meine Liebe." Mama macht einen sehr zufriedenen Eindruck. Wir sitzen noch lange, aber jetzt heißt es, schlafen gehen. Ich bin hundemüde. Die anderen sind noch fleißig beim Erzählen. Ich öffne die Tür zu meinem neuen Zimmer und staune nicht schlecht, Mama hat mein Zimmer richtig gut hergerichtet. Alle meine Sachen sind oben und frische Bettwäsche lädt zum Schlafen ein.

Mit einem anderen Gefühl als sonst werde ich wach und öffne schneller als gewohnt meine Augen. Ich liege so, dass ich das Fenster vor mir habe, so sehe ich gleich, welches Wetter wir haben. Vom Bett aus sehe ich den klaren Himmel und ein paar Baumkronen. Mama legte mir wohl schon die Kleidung heraus, die ich anziehen soll. Also springe ich in meine Hose und Hemd und werfe noch einen Blick aus meinem Fenster, immer noch hängt diese alte

Schaukel im Garten und der braune Zaun grenzt nach wie vor unseren Garten vom Wald ab. Ich verlasse mein Zimmer und springe die knarrende Treppe hinunter. Ich bin wieder einmal der Letzte, die anderen sitzen bereits am Tisch und frühstücken bereits. Es ist ein wunderschöner Morgen, die Sonne scheint direkt in unser neues Haus. Ich schaue mich um und stelle fest, Mama kann nicht viel geschlafen haben. Sie hat das Haus so schön hergerichtet, so als würden wir schon länger hier wohnen. Trotzdem sieht sie sehr glücklich aus. Petja und Olof lassen nicht lange auf sich warten. Kaum haben sie gefrühstückt, springen sie auch schon hoch und begeben sich in den Garten. Sie zerkleinern alte Baumstämme, stapeln Brennholz und bauen den alten Schuppen wieder auf. Natascha ist beim Unkraut Zupfen und richtet einen Komposthaufen her. Mama dagegen macht das Haus von innen weiter schön und wohnlich. Ich schaue mir das Nachbarhaus an und frage mich, was das wohl für Nachbarn sein könnten.

Endlich, es ist früh am Abend, Papa kommt wie versprochen in unser neues Heim, nach Hause. Weil wir die Pferdehufe schon gehört haben, stehen Mama und ich vor der Tür und warten auf sein Erscheinen. Papa sitzt stolz auf seinem fast schwarzen Hengst, er trägt eine dunkelblaue Uniform mit weißer Hose. Sein länglicher Hut hat eine lange Feder, wie es eines Offiziers würdig ist. Ich habe ihn schon mindestens ein halbes Jahr nicht mehr gesehen. Seine blonden Haare sind lang geworden, sie kommen fast auf die Schultern. Er trägt jetzt einen Kinn- und Schnurrbart, er sieht wirklich gut aus, denke ich und freue mich, ihn zu sehen. Schnaufend bleibt sein Pferd vor Mama stehen, er springt runter und nimmt Mama sogleich in den Arm. Sein zweiter Arm zieht mich zu sich heran und er umarmt uns beide gleichzeitig. Was für ein tolles Gefühl. „Wie ich sehe, ward ihr fleißig", sein Blick wandert in den Garten und anschließend zur Veranda. In diesem Moment öffnet sich die Haustür und Natascha, gefolgt von Olof und Petja, tritt heraus. „Papa, Papa, endlich bist du da!" Natascha rennt auf uns zu und umarmt sogleich unseren Papa. Olof und Petja halten sich grinsend zurück, zeigen aber ebenfalls Freude, ihn wiederzusehen.

Nachdem wir uns alle herzlichst begrüßt haben, sitzen wir im Haus und essen Abendbrot. Papa hat viel zu erzählen und wir hören gespannt zu. Wir sitzen bis in die Nacht hinein. Die Männer trinken inzwischen schon Wodka. Müde begebe ich mich nach oben und bevor ich in meinem Zimmer verschwinde, schaue ich noch mit einem gewissen Stolz von der Treppe aus meinen Papa an, der mit Mama, Olof und Petja beim Erzählen ist. Natascha ist schon vor mir schlafen gegangen.

Heute ist mein 10. Geburtstag. Ich wohne jetzt eine Woche hier in Smolensk. Mama arbeitet schon drei Tage als Lehrerin in einer Schule und Natascha arbeitet seit zwei Tagen in einer Weberei. Papa ist fast jeden Tag bei uns zu Hause, wie er Mama es versprochen hat. Es ist inzwischen früher Abend und wir sitzen auf der Veranda. Petja konnte es einrichten, zu meinem Geburtstag vorbeizukommen. Papa und Mama sitzen mir gegenüber und Natascha und Petja sitzen rechts und links von mir. Papas Bruder Olof konnte nicht kommen. Er muss als Schreiner hart arbeiten. Meine Großeltern sind schon lange tot. Papas Eltern sind schon mehr als 12 Jahre tot und Mamas Eltern hat sie leider nie gekannt, sie war eine Waise, als sie Papa kennenlernte. Nun sitzen wir gemeinsam und feiern meinen Geburtstag. Nachdem sie mir ein Geburtstagslied vorgesungen haben, soll ich jetzt ein paar Kerzen, die in einen Kuchen gesteckt sind, auspusten. Ich stehe eigens dafür auf, um auch alle Kerzen mit einem Mal auspusten zu können. Ich hole tief Luft und puste so stark ich kann. Schade, denke ich, eine brennt noch. „Andrew, das macht nichts, mein Sohn." Papa nimmt mich in den Arm und drückt mich an sich heran. „Dass alle deine Wünsche in Erfüllung gehen, hast du gehört, mein Sohn." Natürlich werde ich von allen umarmt und beglückwünscht, es ist ein wunderschöner Abend. Ich denke, das Leben ist ein Geschenk, es ist wunderschön. Ich danke Gott für dieses Leben.

Wir haben heute einen besonderen Tag, meine große Schwester Natascha heiratet und in unserem Haus ist alles in Bewegung. Im Garten werden Bänke und Tische aufgebaut und das Haus und der Garten werden dekoriert. Papa, Petja und seine Freundin Olga sind am hin- und herrennen. Natascha sitzt in ihrem Zimmer mit Mama und lässt sich beraten, was sie zu ihrem Kleid tragen soll. Natascha ist inzwischen 21

Jahre alt und endlich hat sie einen Mann kennengelernt, den Papa und Mama akzeptieren. Er ist Offiziersanwärter und ein anständiger Kerl, wie Papa es zu sagen pflegt. Es werden schätzungsweise 80 Gäste erwartet. Ich bin inzwischen schon 15 Jahre alt und helfe fleißig. Inzwischen ist es schon spät am Abend und die Gäste feiern und tanzen. Ich muss zugeben, meine große Schwester sieht wirklich gut aus und Pawlow, ihr frisch vermählter Ehemann, passt, obwohl er etwas kleiner ist als sie, sehr gut zu ihr. Natascha ist groß und schlank, sie hat sehr große dunkle Augen, einen sinnlichen Mund; das sind Papas Worte, und sie hat sehr schönes langes, blondes Haar. Ich jedoch richte meine Hauptaugenmerk auf ein mir unbekanntes Mädchen, das sehr hübsch anzusehen ist. Ihre langen, blonden, geflochtenen Zöpfe geben ihr ein süßes Erscheinen. Die meiste Zeit des Abends schenke ich ihr meine Blicke. Natürlich wünsche ich mir sehr, dass sie mich wenigstens einmal anschaut oder sogar ein Lächeln schenkt.

Irgendwann kommt Papa und flüstert mir zu, „Andrew, vielleicht solltest du mal einfach zu ihr hingehen und dich vorstellen." Ein bisschen verlegen und unsicher winke ich ab, so als ob

Papa sich da täuscht und ich einfach nur so allgemein herumschaue. Ich wundere mich nur, dass er mich gleich durchschaut hat. Es ist ein wunderbarer Abend. Leider sehe ich, wie dieses wunderschöne Mädchen sich mit seinen Eltern verabschiedet und verschwindet. Am liebsten würde ich jetzt zu ihr hingehen, aber ich trau mich nicht und außerdem wüsste ich auch nicht einmal, was ich ihr sagen könnte. Vielleicht hat sie mich ja noch nicht einmal bemerkt. Ich weiß nicht, ob sie mich überhaupt anschaute. So geht sie nun und ich bin völlig ratlos. Nachdem sie nun gegangen ist, habe ich den Reiz verloren, weiter am Fest teilnehmen zu wollen. Ich schaue mich um und betrachte die Menschen, wie sie feiern. Natascha ist schon wieder mit ihren Bräutigam beim Tanzen. Mama und Papa sitzen eng umarmt und schauen glücklich ins brennende Feuer, wie es vor sich hin knistert. Viele sind schon gegangen, aber die Musiker spielen fleißig weiter. Vier junge Männer, die mit ihren Instrumenten für die richtige Feststimmung sorgten und dies scheinbar übermüdet weiter tun. Petja mit seiner Freundin Olga stehen weiter links und lachen herzhaft über das, was die beiden Männer in ihren roten Jacken erzählen.

Hinten am Zaun zum Wald rennen noch ein paar Kinder, die Fangen spielen. Am Buffet steht ein Pärchen, die beide sehr dick sind; sie suchen noch nach Essbarem, was sie sich auf ihre Teller packen können. Irgendwie geht mir dieses Mädchen nicht aus dem Kopf. Ich sehe ihr Lächeln und ihre fesselnden Augen, sie war so anziehend. Was treibt mich dazu, fortwährend an dieses Mädchen zu denken? Ich kann es mir nicht erklären. Mit einem Zeigefinger signalisiere ich Mama, dass ich auf mein Zimmer nach oben gehen werde. Ich stehe nämlich gerade auf der anderen Seite des Gartens und habe mit ihr Blickkontakt. In dem Moment schaut auch Papa, und beide nicken und winken mir lächelnd zurück. Ich mache mich noch ein bisschen frisch und begebe mich auf mein Zimmer, um endlich zur Ruhe zu kommen. Ich schließe meine Augen, um zu schlafen. Das Lachen der Leute und die Musik dringen bis in mein Zimmer, mein Fenster ist halb offen. Die Luft ist schwül und für diese Uhrzeit zu warm. Ich wälze mich in meinem Bett hin und her. Meine Decke schiebe ich mit meinen Füßen aus dem Bett, diese benötige ich heute Nacht bestimmt nicht mehr. Wieder und wieder sehe ich im Dunkeln ihr Gesicht und ihre wunderschönen, mir irgendwie so vertrauten Augen…

„Komm Liebling, steh auf, wir müssen uns beeilen." Ich öffne meine Augen und sehe über mir meine Geliebte, wie sie mich anschaut, mit ihren wunderschönen Augen, die mir so vertraut sind. „Komm, wir haben keine Zeit mehr." Ich komme langsam hoch und sehe, wie die anderen schon in Bewegung sind. Irgendwie scheinen wir auf der Flucht zu sein, ich fühle mich so gehetzt. Orientierungslos schaue ich mich um. Wir sind eine kleine Truppe, die mir sehr vertraut ist, bestehend aus ein paar Männern und zwei Frauen. Einer, der vor mir läuft, dreht sich um und lächelt mich an. Er hat lange, rote Locken und ist kräftig gebaut. „Komm, mein Freund", sind seine Worte. Plötzlich befinde ich mich in einem reißenden Strom und ich drohe zu ertrinken. Da packt mich dieser rot gelockte Freund am Arm und zieht mich einfach aus dem Wasser. Heulend reißt mich Natascha an sich und rennt mit mir in eine Hütte. Ich fühle mich geborgen und in Sicherheit. Natascha singt mir ein Lied vor und alles ist schön. Doch diese Geborgenheit soll nicht lange anhalten, denn züngelndes Feuer breitet sich um uns herum aus, es wird warm und ich möchte raus aus diesem Haus und fange an zu zappeln und zu schreien. Aber meine große Schwester hält mich fest und singt weiter. „Alles wird gut, alles wird gut."

Ich wälze mich in meinem Bett hin und her und werde wach. Bin völlig durchgeschwitzt und starre zum Fenster, durch das noch leichter Mondschein eindringt. Ich fühle mich wie durchgeschüttelt, bin aber zu müde, um auf-zustehen. Aus dem Garten höre ich immer noch vereinzelt Stimmen und eine Balaleika, die vor sich hin zupft. Ich schließe meine Augen, um erneut einzuschlafen. Wunderschöne Klänge und ein mir vertrauter Blick begleiten mich in den Schlaf.

„Alles Gute zu deinem Geburtstag, mein Sohn." Vater sitzt unten am Tisch und trinkt seinen morgendlichen Kaffee. Ich komme gerade die Treppe herunter und bin noch ziemlich angeschlagen. Gestern war ein langer Tag, meine Freunde und ich haben in meinen 20. Geburtstag reingefeiert. Ich möchte eigentlich nur auf die Toilette. Aber Vater steht auf und kommt mir entgegen. „Mein Sohn, ich wünsche dir alles, was ein Vater seinem Sohn wünschen kann." Er möchte mich in seinen Arm nehmen, aber ich weiche ihm geschickt aus und verschwinde im Garten. „Danke Vater", ist meine schnelle Antwort. Als ich wieder in die Küche komme, ist er bereits verschwunden. Zwischen Vater und mir gibt es seit längerer Zeit nur noch Streit. Nachdem er vergebens versuchte, mich in die Armee zu stecken, und ich mich ohne Wenn und Aber weigerte, hatten wir nur noch Meinungsverschiedenheiten. Genauso wollte er, dass ich das Fechten erlerne, ich dagegen habe eine starke Abneigung gegen das Fechten.

Meine Interessen sind mehr die der Naturwissenschaft und eine sehr große Leidenschaft, die ich in mir fühle, ist das Laufen. Ich laufe mein Leben gerne und war auch stets der beste Läufer in meiner Schule, was Vater nie richtig zur Kenntnis genommen hat. Auf jeden Fall ist mein Schlaf zu Ende, denn es dauert nicht lange und Mama kommt mir auch schon entgegen, um mir zu gratulieren. Für mich ist es eigentlich kein besonderer Tag, nur dass ich noch etwas benommen bin. Ich sitze mit Mama am Tisch und wir frühstücken. Vater hält sich zurück. „Andrew, ich finde du solltest dich bei Tanja entschuldigen, denn sie hat es nicht so gemeint und du, mein Sohn, hast völlig überreagiert." Mama schaut mich an und an ihrem Blick erkenne ich, dass sie es sehr ernst meint. Mama hat inzwischen ein paar Falten unter ihren Augen bekommen und ein paar graue Haarsträhnen, die ihr, wenn sie aufgeregt ist, quer übers Gesicht hängen. „Ich möchte, dass du heute noch zu ihr gehst und dich mit ihr wieder versöhnst. Hast du verstanden?" Mein Gott, denke ich, warum so eine Aufregung? „Sie wird deine Frau, Andrew, was Besseres wirst du nicht finden, glaub es mir, ich weiß noch, wie du auf Nataschas Hochzeit nichts anderes als Tanja gesehen hast." Mama hat so oft Recht gehabt mit dem, was sie gesagt hat; deswegen war es für mich nicht unwichtig, was sie sagt. „Mama, ich möchte, dass Tanja mich so akzeptiert, wie ich bin, und das tut sie nicht. Ständig versucht sie mir vorzuschreiben, was ich anders machen soll, und das führt dann zu immer neuen Streitereien." Mama schaut mich an. „Ihr seid noch jung und das gemeinsame „Zurechtbiegen" gehört dazu. Jeder Mensch hat seinen eigenen Kopf und Zweisamkeit bedeutet, den gemeinsamen Nenner zu finden. Da gehört es schon dazu, darüber nachzudenken, was der

Partner von einem will. Das heißt aber nicht immer…"

„Aber dann soll sie sich auch etwas sagen lassen." Mama schaut mich an. „Du hast mich nicht aussprechen lassen und bist mir über den Mund gefahren, hast du das von uns gelernt, Andrew? Du machst jetzt eine Phase des Erwachsenwerdens durch und da werden die einen oder anderen Dinge in Frage gestellt. Das ist völlig normal, aber entscheidend ist, was du daraus machst." Ich schaue Mama an und weiß in diesem Moment nicht, was ich sagen soll; sie hat mich mundtot gemacht, das hat sie schon öfter geschafft. In ihren Worten entdecke ich immer wieder viel Weisheit.

Am Abend mache ich mich, nachdem ich mir doch ein paar Gedanken darüber gemacht habe, was Mama gesagt hat, auf den Weg zu Tanja. Vor zwei Jahren schenkte mir Vater Viktor, meinen schneeweißen Schimmel; umgerechnet ist er genauso alt wie ich und wir haben uns schon gut angefreundet. Vater schenkte ihn mir in der Hoffnung, mich doch noch rumzukriegen, in die Armee zu gehen und in seine Fußstapfen zu treten. Auf Viktors Rücken bin ich nun auf dem Weg zu ihr. Ich überquere den großen Marktplatz, auf dem sich wie immer die Menschen tummeln. Meine blonden Haare sind in-zwischen genauso lang wie die meines Vaters, als wir damals nach Smolensk zogen und er stolz mit seinem Pferd auf uns zuritt. Einen kleinen Schnurrbart trage ich auch; Mama sagt, ich sehe genauso aus wie Vater, als er jung war.

Gut durch die Menschenmassen gekommen, verlasse ich endlich den Marktplatz. Viktors Hufe hallen durch die Gasse. Hier ist es bedeutend entspannter, denke ich und schaue mir die alten, zum größten Teil aus Holz gebauten Häuser an, deren Bauweise aussieht, als würden sie halb schräg nach links und rechts abgehen. Ich ver-lasse jetzt die gepflasterten Straßen und reite weiter auf sandigen Wegen, an kleineren Hütten mit Gärten vorbei. Tanja wohnt bei ihrer Mutter, ihr Vater ist im Krieg gefallen. Wieder ein Grund mehr, nicht der Armee anzugehören. Ich über-lege, was ich ihr erzählen werde oder was sie mir zu sagen hat. Auf meine Handbewegung hin bringe ich Viktor zum Stehen. Leicht stampfend mit einem Schnaufen hält er vor Tanjas Garten. Kurz darauf öffnet sich auch gleich die Tür zum Haus und Tanja tritt heraus. Ihre langen blonden Haare hängen weit über ihre aufrechten Schultern und in ihrem weißen, langen Kleid sieht sie aus wie ein Engel, der nur darauf wartet, in den Arm genommen zu werden. „Was willst du?" Sie schaut mich an und ihre wunderschönen grünen Augen zeigen mir, dass sie nicht gut auf mich zu sprechen ist. Während ich von Viktor springe, ihn an den Zaun binde und mich zu Tanja hin bewege, mache ich mir immer noch Gedanken, was ich ihr sagen werde. Ich stehe vor ihr und erkenne aus dem Augenwinkel, dass ihre Mutter oben aus dem Fenster schmult. Sie lässt mir keine Zeit. „Hast du mir etwas zu sagen?" Um einer langen Diskussion aus dem Weg zu gehen, sage ich schnell „Ich liebe Dich". Was natürlich auch der Wahrheit entspricht, aber was Besseres fällt mir in solch einer Situation eben nicht ein. „Das weiß ich", antwortet sie. „Aber es ändert nichts daran, dass ich mit dir auseinander gehe. Ich brauche keinen Mann, dessen Kind ich im Bauch trage und der kein Verantwortungsgefühl besitzt", fährt sie fort. Sie schaut mich an und dreht sich beleidigt weg. Hey, Moment mal, denke ich, was hat sie gerade gesagt? Mir fehlen wieder mal die richtigen Worte. Ich lege meine Hand auf ihre Schulter und drehe sie zu mir. „Was hast du gesagt, du wirst,... du hast ein, ...

wir bekommen ein Kind?" Ein unbeschreibliches Gefühl durchflutet meinen Körper. „Warum hast du mir nichts erzählt, wenn ich gewusst hätte"… Behutsam fasse ich ihren Bauch an. Sie packt meine Hand und schiebt diese zur Seite. „Ich liebe dich, ich liebe dich, manchmal bin ich vielleicht ein bisschen blöd, aber ich, ich brauche dich." Sie schaut mich an und führt meine Hand wieder an ihren Bauch. „Manchmal?" Dabei grinst sie und nimmt mich in ihren Arm. Ein himmelhoch jauchzendes Gefühl empfange ich durch ihre Umarmung. Dabei sagt sie noch zu mir „alles Gute zu deinem Geburtstag, mein Schatz."

Wir haben November und es sind sechs Monate nach unserem Gespräch vergangen. Trotz der Jahreszeit ist unser Garten voll, nur diesmal kommen sie alle zu unserer Hochzeit. Tanjas und meiner. Es ist inzwischen richtig kalt, aber unser Garten ist voll mit Freunden, Verwandten und Bekannten. Ein warmes Feuer und ein Ofen sorgen für warme Plätze. Unser Haus und die Terrasse sind geschmückt und mit reichlich Schmaus angefüllt. Unsere Gäste fühlen sich wohl, sie speisen und tanzen. Ich habe Mama versprochen, mich mit Papa nicht zu streiten.

Was mir auch nicht schwer fällt, weil er sich völlig freundlich und neutral verhält. Meine Tanja sieht einfach fantastisch aus. Ihr kleiner Bauch mit unserem geliebten Kind macht sie noch schöner. Sie trägt ein wunderschönes langes, hellblaues Kleid. Auch Natascha ist mit ihrer Familie anwesend. Sie haben inzwischen zwei Kinder, den vierjährigen Leon und die zweijährige Anna. Natascha macht einen sehr glücklichen Eindruck. An so einem Tag berührt mich so etwas besonders, da ich jetzt selbst Familienvater werde. Jemand tippt mir auf die Schulter, ich drehe mich um, mein bester Freund Juri steht hinter mir und grinst. „Andrew, mein alter Freund, ich wollte mal die Gelegenheit nutzen und dir alles Beste wünschen zu deiner Vermählung. Außerdem finde ich es toll, dass du Nachwuchs bekommst. Ich hatte in letzter Zeit nie wirklich Zeit, mit dir zu sprechen, was auch völlig normal ist. Du warst nur noch beschäftigt, sodass wir uns kaum gesehen haben und wenn, nicht allein." Ich schaue meinen Freund an und stelle fest, wie schnell das letzte halbe Jahr wirklich vergangen ist. „Mein Gott, Juri, du hast Recht, die Zeit fließt an einem vorbei. Wenn das so weiter geht, sind wir morgen alte Männer."

Juri und ich lieben es zu philosophieren. Wir tun es ständig, wenn wir zusammen sind. Auch er ist kein Freund der Armee, deswegen mag mein Vater ihn nicht. Obwohl er ihn prinzipiell immer sympathisch fand. „Ja, wir sollten gut aufpassen, was wir mit unserer Zeit anfangen, du hast schon mal einen guten Anfang gemacht. Ich muss da wohl noch ein bisschen Ausschau halten." Dabei lächelt er und schaut in Richtung Magdalena, eine ehemalige Mitschülerin, die in der Schule sehr beliebt war und gerade im richtigen Moment Juri auch zurück anlächelt. Der Abend wurde zur Nacht und ein großer Teil unserer Gäste haben uns schon verlassen. Tanja und Mama haben sich schon zurückgezogen. Auch Natascha mit Familie ist schon zu Hause. Nur noch Vater, Juri, Olof, Peter und ich sitzen am herunter brennenden Feuer. Der Morgen graut schon und der Wodka und Wein lassen uns nicht zum Schlaf kommen. Wir diskutieren über das Leben und den Sinn. „Wir können dem Kampf nicht einfach aus dem Weg gehen, er wird uns immer einholen. Die einfachsten Dinge, die wir wollen, müssen wir uns erkämpfen. Und so wie es in den einfachen, kleinen Dingen ist, so ist es auch in den großen Dingen. Was glaubt ihr denn, wer unser

Land schützt? Ob es nun immer durch den richtigen Zaren geführt wird oder nicht, spielt keine Rolle. Es geht um die Ordnung und den ewigen Kampf." Mein Vater ist so richtig in Fahrt mit seinen Argumenten und auf einmal schaue ich ihn an und stelle fest, dass er etwas sagt, dem ich nichts entgegensetzen kann. Ich schaue Juri an, der nur fragend zurückblickt. Vater ist inzwischen älter geworden und ich wich ihm bewusst in den letzten Jahren immer aus. Doch heute, ich weiß nicht warum, redet er Sachen, die ich nie so wirklich verstehen wollte oder verstanden habe. Ich weiß es nicht. Auf jeden Fall sehe ich einen anderen Vater vor mir, so dass ich mir es nicht nehmen kann, ihm das zu zeigen. Ich schaue und lächle ihn an, in einer schon lange Zeit nicht mehr gewohnten Weise. Ich bekomme das Gleiche von ihm zurück. Irgendwie war ich plötzlich wieder stolz auf meinen Vater und er verstand es und erwiderte mir die gleichen Blicke.

Es ist der 14. April 1812, unser Sohn Serge hat heute seinen einjährigen Geburtstag. Wir haben heute wunder-schönes Aprilwetter und unsere fast komplette Familie ist versammelt. Der Einzige, der noch fehlt, ist Vater. Leon und Anna rennen im Garten und spielen Fangen. Natascha hilft Mama und Tanja bei der Essenszubereitung. Wir Männer sitzen auf der Terrasse und reden wie immer über Gott und die Welt. Mein kleiner Serge liegt neben mir auf einem Kissen und schläft. Gott sei ihm gnädig. Ich betrachte ihn voller Stolz und lege behutsam meine Hand auf seine Stirn. Wenn ich ihn so betrachte, kann die Welt nur in Ordnung sein, denke ich mit gutem Gefühl. Nataschas Kinder lachen und die Frühjahrssonne kitzelt mein Gesicht. Dabei lausche ich der Diskussion der Männer. Unerwartet werde ich aus dieser Har-monie gerissen, als ziemlich schnell Vater ange-ritten kommt, vom Pferd springt und in den Garten rennt. Sein Blick lässt nichts Gutes erahnen. Schon seit Wochen verhält er sich leicht bedeckt und merkwürdig. Wir werden nicht schlau aus ihm. Sein Verhalten sorgt Mama und mich schon lange. Doch sein jetziger Auftritt zeigt ganz klar, irgendetwas Ernstes liegt in der Luft. Doch bevor irgendjemand eine Frage stellen kann, kommt Vater uns zuvor. „Ihr habt keine Zeit zu verlieren, ich darf nicht einmal hier sein. Packt so schnell ihr könnt das Nötigste ein, aber nur das

Allernötigste, habt ihr gehört, und bewegt euch in Richtung Osten. Habt ihr mich verstanden? Lasst keine unnötige Zeit ver-streichen. Ich muss zurück zur Truppe." Die Frauen haben Vaters laute Stimme gehört und kommen sogleich aus dem Haus gerannt. Eine spontane Unruhe breitet sich aus, ein schneller Blick zum schlafenden Serge und anschließend in die Runde zeigt mir, dass es vorbei ist mit meinem Traum. „Leon, Anna, kommt her, schnell!" Natascha nimmt ihre beiden Kinder in die Arme. Tanja schnappt sich unseren Kleinen und drückt ihn an sich. Mama stellt sich vor Vater, der sehr sorgenvoll aussieht. „Was ist los", sie schaut ihm tief in die Augen. „Maria, die Franzosen kommen, sie sind in der Übermacht und stehen vor Smolensk." Er legt seine Hand auf ihre Schulter und küsst sie auf die Stirn. „Macht, dass ihr wegkommt!" Vater springt auf sein Pferd und ist im Begriff wegzureiten. Ich kann nicht anders und springe vor sein Pferd. „Vater, was geschieht hier? Was wird aus uns?" Ich muss ihn wohl so angeschaut haben, dass er sich die Zeit nimmt und noch einmal vom Pferd absteigt und sich vor mich stellt. „Andrew, mein Sohn, jetzt ist so eine Zeit gekommen, von der ich dir einmal, ich glaube es war auf deiner Hochzeit, erzählt habe. Ob Soldat oder nicht, es gibt Situationen, wo man sich dem Kampf stellen muss, egal ob man gewinnt oder verliert, ob dieser gerecht ist oder nicht. Du musst jetzt deine, nein unsere Familie retten, ich versuche unser Vaterland zu retten." Er schaut mich mit einem Blick an, der sich tief in meine Seele bohrt. Unerwartet umarmt er mich kräftig, springt auf sein Pferd und galoppiert davon. Ohne ein Wort zu sagen, stehe ich fassungslos da und versuche für einen kurzen Moment Vaters Worte zu ver-arbeiten. Vaters letzter Blick war mir so vertraut, als hätte ich solch einen schon öfter erfahren. „Liebling, komm bitte", ruft Tanja, die Serge im Arm hält und mich bewegen möchte, mit auf den Wagen zu steigen. Natascha, ihr Mann Pawlow und ihre Kinder sind schon auf dem Wagen und warten jetzt nur noch auf Mama und Olof. Sie scheinen noch etwas zu suchen. Es vergehen ein paar Minuten der Stille, in denen nichts passiert. Ich binde derzeit meinen Viktor hinten an den Wagen und steige auf zu meiner Familie. „Mama, komm bitte, beeile dich", ruft Natascha. Tanja fest im Arm haltend, warte ich gespannt darauf, losfahren zu können. Endlich kommen beide, mit je zwei

Taschen in der Hand, aus dem Haus gerannt und springen auf unseren Wagen. Wie ein aufkommendes Gewitter hören wir plötzlich aus der Ferne ein donnerndes Getöse. Die Rich-tung, aus dem das Lärmen zu hören ist, das ist eindeutig Smolensk. Wir befinden uns östlich am Rande der Stadt. Ängstlich treffen sich unsere Blicke. Nichtsahnend treten andere Nachbarn aus ihren Häusern und schauen uns fragend an. „Die Franzosen kommen, es ist besser zu ver-schwinden, am besten in Richtung Osten", schreit Olof, der es wohl für besser hält, diese Leute nicht völlig ahnungslos stehen zu lassen. Zugleich traben unsere Pferde los und unser Wagen bewegt sich ziemlich schnell weg von unserem Haus. Ich schaue mich noch einmal um und betrachte unser Haus, den Garten mit sein-em Zaun, der am Waldrand steht, und die alte Schaukel, die wir nie abgenommen haben. All das sollen wir jetzt verlassen? Ich kann es kaum glauben. Vor 12 Jahren sind wir hier angekom-men und mein Gefühl ist heute genauso ratlos und gemischt wie damals. Unser Haus wird mit der Entfernung immer kleiner. Das Donnern und Getöse aber immer lauter. Jedes Gespräch wird unterbrochen, man ist nur noch am flüstern, jeder von uns hat Angst und wir haben klar Vaters Sorge verstanden. Olof haut jetzt fester die Rute und die beiden Gäule kommen immer mehr auf Trab.

Wir reiten jetzt durch einen Wald und die Bäume scheinen den Schall zu schlucken, zumindest ist es jetzt leiser. Unser Serge schläft, Gott sei Dank, er scheint sich wohl zu fühlen. Tanja sieht mich sorgenvoll an. „Es wird alles gut, mein Schatz, dank meines Vaters sind wir rechtzeitig gewarnt worden und haben genug Vorsprung. Unsere Armee wird sie schon aufhalten und früher oder später werden wir wieder zurück können in unser Haus. Glaube mir, meine geliebte Frau." Mein Gefühl sagt mir zwar etwas anderes, aber ich versuche Tanja zu beruhigen. „Ich liebe dich, aber deine Augen zeigen mir etwas anderes, mein geliebter Ehemann." Sie drückt sich an mich und schweigt. Wir fahren schon den halben Tag in Richtung Osten, den größten Teil fahren wir durch den Wald, aber auch an ein paar kleineren Dörfern vorbei, in denen wir lauthals verkünden lassen, dass die Menschen lieber fliehen sollten. Die meisten schauen uns nur ungläubig an. Sie wissen von nichts. Mir gehen so viele Dinge durch den Kopf. Was macht mein bester Freund Juri, den ich nicht einmal warnen konnte? Er wohnt im Norden von Smolensk. Konnte er noch rechtzeitig entkommen? Eigentlich wollte er zu Serges Geburtstag kommen, aber es war noch zu früh für ihn, er wollte erst am Nachmittag kommen. Was ist mit Vater, er als Offizier wird an vorderster Front stehen und kämpfen. Was hat er gesagt, die Franzosen seien in der totalen Übermacht? Vielleicht schafft er es aber doch noch und schlägt sich irgendwie durch. Ich kann nicht vergessen, was er gesagt hat; ob Soldat oder nicht, es gibt Situationen, wo man sich dem Kampf stellen muss, egal ob man gewinnt oder verliert, ob dieser gerecht ist oder nicht. Du musst jetzt deine, nein unsere Familie retten, ich versuche unser Vaterland zu retten.

Unser kleiner Serge schläft, Gott sei Dank, denke ich und lausche in den Wald, um alles hören zu können. Die Stimmung ist mies, wir alle schweigen, jeder ist mit seinen eigenen Gedanken beschäftigt. Inzwischen ist es schon später Nachmittag und es fängt leicht an zu regnen. Pawlow und Olof spannen schnell eine große Decke über die wenigen Sachen, die Mama und Olof noch eilig zusammensuchten und auf unseren Wagen packten. Der Regen wird heftiger, ich nehme die zusammengelegte Decke, auf der ich gerade sitze, und breite sie über Tanjas Schulter und decke damit Serge und sie ein wenig zu. Auch Natascha legt über ihre beiden schlafenden Kinder eine Decke. Wir befinden uns jetzt mitten im Wald und die Räder unseres Wagens quietschen unentwegt. Das Prasseln des Regens und dieses Quietschen sorgen für einen fast hypnotischen, immer fortwährenden Gesamtton.

Unzählige Dinge gehen mir durch den Kopf, überraschend werde ich aus meinen Gedanken gerissen. „Wie weit werden wir fahren müssen? Wir wissen überhaupt nicht, wie weit die Franzosen in unser Land eindringen werden." Ich weiß nicht, wen Pawlow anspricht oder ob er nur laut dachte. Meine Schwester jedenfalls, die hinten auf dem Wagen sitzt und den schlafenden Leon und Anna im Arm hält, reagiert sofort. „Lass uns einfach weiterfahren, wenn es sein muss, die ganze Nacht. Die Kinder schlafen sowieso und besser ist besser." Mama sitzt aufrecht und starrt nur in eine Richtung, sie schweigt, an ihren Augen sehe ich, dass sie an Vater denkt. Der jetzt irgendwo an der Front gegen die Franzosen kämpft. Ich wage es nicht, sie im Moment anzusprechen. Sie braucht ihre Gedanken und Zeit für sich. Ich bin, Gott sei Dank, bei Tanja, sodass sie solch ein Leid niemals durchmachen muss. Ist das nun richtig, in solch einer Situation bei seiner Familie zu bleiben oder sollte ich doch, wie Vater an der Front, vereint mit anderen Soldaten stehen? Nimmt Vater mir das übel oder denkt er vielleicht gerade jetzt, dass es besser ist, dass ich bei unserer Familie bin. Ich weiß es nicht, dennoch muss ich unentwegt daran denken. Langsam wird es so dunkel, dass wir bald nichts mehr sehen werden. Der Regen hat, Gott sei Dank, aufgehört. Trockenes Holz können wir jedoch abschreiben, das heißt, wir müssen ohne Feuer einschlafen. Irgendwie kauern wir uns alle zusammen. Es ist feucht und kühl. Ich drücke Tanja und meinen kleinen Serge an mich heran, um sie zu wärmen. Halb sitzend, halb liegend versuche ich, eine irgendwie geeignete Position zu finden, in der ich schlafen kann. Langsam kehrt die Finsternis ein. Ab und zu zeigen sich Schattierungen des Waldes, immer wenn sich durch wandernde Wolkenschichten gerade der Mond zeigt. Für kurze Momente sieht man den finsteren Wald.

Meine Augen werden schwerer. Nachdem Pawlow, Olof und ich noch einige Zeit leise diskutierten, fallen sie immer mehr zu. Meine Gedanken schwinden.

Ich renne durch den Wald und hinter mir kommen Soldaten mit roten Kleidern und silbernen Helmen. Sie tragen Schwerter in ihren Händen, mit denen sie andauernd im Gestrüpp stochern. Voller Angst laufe ich um mein Leben. Ein riesiger Finger zeigt mir die Richtung und jemand schreit „ Lauf mein Sohn, lauf!" Ich springe über liegende Baumstämme, Hecken und Gestein. Meine Füße tragen mich wie der Wind. Plötzlich, eine herrliche Ruhe, ich sitze auf einem Baumstamm und genieße die Sonne, da erfasst mich ein schmerzlicher Ruck, ich stürze nach hinten, liege auf dem Rücken und sehe Blut aus meinem Bauch kommen. Ich betrachte den Himmel, der sich schnell verdunkelt, und ich fange an zu zittern. Noch nicht, bitte Herrgott, noch nicht, höre ich mich winseln.

Ich habe wieder mal geträumt.

„Ähä… Mama…", höre ich und öffne automatisch meine Augen. Mein kleiner Serge ist wach und schreit. Aber Tanja ist natürlich schneller als ich und nimmt ihn sogleich an die Brust, um zu stillen. Auch die anderen werden langsam wach. Ich schaue mich um und betrachte den Wald, in dem wir uns befinden. Alles ist leicht klamm und wir steigen vom Wagen, um uns zu strecken. Natascha läuft mit den Kindern schnell um unseren Wagen, indem sie Fangen mit ihnen spielt. Es regnet zwar nicht mehr, aber es ist sehr feucht und kühl. „Lasst uns noch ein wenig weiterfahren und dann werden wir erst einmal frühstücken", sind Olofs Worte. Ohne große Worte steigen wir auf den Wagen und bewegen uns weiter. Langsam kommen wir an eine Lichtung. Vor uns befinden sich große Felder und links unten ein Gehöft, auf dem ein bellender Hund hin und her rennt. Auch der Himmel hat sich ein wenig aufgelockert und die Sonne scheint vereinzelt. Schnell werden die Decken vom Wagen genommen, um die Kraft der Sonne wirken zu lassen. Während wir den Wagen leer räumen, denke ich an Vater. Wie geht es ihm? Was kommt auf uns zu? Ich schaue zu Mama und sehe an ihrem Blick, dass sie voller

Sorge ist. „Mama, kannst du mir vielleicht helfen", rufe ich rüber zu ihr, in der Hoffnung, dass sie sich ein wenig ablenkt. Doch weit, weit entfernt höre ich, hören wir, denn wir alle drehen uns plötzlich um, leises, aber immer näher kommendes Stampfen. Pferdehufe, die immer näher zu kommen scheinen. Alle schauen in die Richtung, aus der wir gerade kommen, in Richtung Wald. Niemand wagt auch nur ein Wort zu sagen, jeder lauscht dem Getrampel. „Sind es die Franzosen? Oder …" Pawlow schaut uns fragend an. „Leise, äh wir sind Zivilisten, sie werden uns in Ruhe lassen." Pawlow schaut verängstigt zu Natascha. Tanja und ich schauen uns an, unsere Blicke sind ein wenig unsicher. Das Getrampel wird immer lauter, wir haben überhaupt keine Zeit mehr, darüber nachzudenken, was da auf uns zukommt. Zwar treffen sich unsere Blicke, aber keiner weiß, was wir mit diesem Getrampel anfangen können. Derzeit befinden wir uns auf einer Lichtung und schauen allesamt in Richtung Wald, aus der das Getrampel kommt. Die Bäume sind vielleicht einen Steinwurf entfernt, doch wir alle sind voller Spannung. In diesem Moment betrachte ich meinen kleinen Serge, seine Augen strahlen mich an und sein Mund verformt sich zu einem Lächeln. Fast zeitgleich schaue ich Tanja an. Ihr wunderschönes Gesicht wird gerade von der Sonne angestrahlt. Ich lausche dem Getrampel der herankommenden Pferde, die sich in einem rasenden Tempo nähern müssen. Ich fühle, dass dies nicht das Ende ist, und lächele meiner geliebten Frau zu. Alles wird gut, davon bin ich in diesen Moment überzeugt.

Vielleicht zwei Dutzend Reiter unserer Armee kommen aus dem Wald geschossen. Soldaten, die alle auf der Flucht zu sein scheinen, preschen aus dem Wald und reiten an uns vorbei. Jeder Gedanke, den wir vorher hatten, die französische Armee evtl. aufzuhalten oder zu besiegen, löst sich in Rauch auf. Ich sehe, wie sich unsere russische Armee fluchtartig zurückziehen muss. Ich denke an Vater. Er, als oberster Offizier, kann nicht einfach fliehen. Dennoch würde ich ihn jetzt gerne unter den Flüchtenden sehen. Ich versuche alle vorbeireitenden Soldaten mit meinen Augen zu erfassen, in der Hoffnung, Vater zu erkennen. Sie reiten im schnellen Galopp an uns vorbei. So als wäre der Teufel persönlich hinter ihnen her. Uns registrieren sie gar nicht. „Hey, Soldaten was ist geschehen, wie weit sind Napoleons Truppen vorgestoßen?" Pawlow kann nicht anders und versucht einen Reiter zu stoppen. „Aus dem Weg, Mann, wir haben keine Zeit, macht dass ihr hier wegkommt", brüllt der vom Pferd. Pawlow springt zur Seite und schaut uns an. „Die Franzosen müssen Smolensk schon eingenommen haben." Olof schaut uns an. „Jetzt los, lasst uns keine Zeit verlieren, wir reiten wieter in den Osten." Dabei zeigt er mit seinem Finger die Richtung. Schnell springen wir alle wieder auf unseren Wagen und lassen das Gehöft hinter uns. Jeder von uns zeigt ein besorgtes Gesicht. Wir alle schweigen, vielleicht um besser die herankommenden Truppen zu hören. Jeder von uns lauscht in die Richtung, aus der wir gekommen sind.

Die Zeit vergeht und wir reiten doch schon wieder eine ganze Weile, wir bewegen uns weiter gen Osten und aus dem Schweigen wurden inzwischen heftige Diskussionen. Es werden unzählige Variationen durchgespielt, was wäre wenn. Die Kinder sind zu meinem Erstaunen sehr leise, so als würden sie die Ausnahmesituation verstehen. Langsam rückt der Abend näher und wir erreichen bald die Stadt Ayanayu. Ich schaue meine geliebte Frau an, die unseren kleinen Serge liebevoll in ihrem Arm hält, dabei sind wohl beide zusammen eingeschlafen. Meine Gedanken rasen hin und her. Die Vorstellung, dass ihnen etwas passieren könnte, lässt in mir sofort ein flaues Magengefühl aufkommen. Plötzlich steht Olof auf und zeigt uns mit gestrecktem Arm Ayanayu, dessen Stadttor weit offen steht. Gerade richtig, denke ich, denn es ist inzwischen doch schon wesentlich dunkler geworden. Trotz alledem herrscht hier eine völlige Unruhe. Die Menschen sind alle in Bewegung. Manche sehen aus, als wollten sie flüchten, andere scheinen sich schützen zu wollen. Wir fahren durch das Tor und sehen erst jetzt, was hier wirklich abgeht. Es wird Material herangeschafft, um Barrikaden zu errichten. Soldaten wie Gewöhnliche schleppen allerhand zu der kleinen Festungsanlage.

Inzwischen sind alle von uns wachgeworden und beobachten das laute Treiben. Vereinzelt erkenne ich ein paar von den flüchtenden Soldaten, die heute Mittag an uns vorbeiritten. Links, weiter vorne, werden zwei große Haubitzen in Stellung gebracht und Soldaten schleppen große Kisten mit schwerer Munition. Wir alle sitzen aufrecht im Wagen, der sich langsam durch die Menschenmenge bewegt. Mein kleiner

Serge beobachtet alles sehr neugierig, Tanja dagegen schaut mich sehr sorgenvoll an. Ich wiederum versuche ihr einen Blick des „Es wird alles gut" zurückzugeben. Was mir, bei diesem Gewusel, nicht wirklich gelingt. Pawlow und Natascha halten ihre Kinder fest umarmt und Olof versucht das Tempo zu beschleunigen. Immer wieder versuche ich unter den Uniformierten meinen Vater zu erkennen, meine Blicke rasen des Öfteren hin und her. „Sollten wir nicht lieber weiter in die Stadtmitte fahren", höre ich von Natascha, meiner älteren Schwester, was mir in solch einem Moment plötzlich sehr wichtig erscheint. Olof antwortet schnell. „Ja, lasst uns weiterfahren, wir müssen Proviant organisieren, ein paar Stunden Schlaf und dann werden wir Ayanayu durch das Osttor verlassen." Ich glaube, jeder von uns ist mit diesem Plan, der uns allen als sicher erscheint, einverstanden. Also reiten wir weiter ins Stadtzentrum. Große Öllampen leuchten uns den Weg. Die Straßen sind durch sie ausgeleuchtet. Hier im Stadtkern ist es bedeutend ruhiger als am Stadtrand, vereinzelt laufen hier Menschen herum. „Die nächste Gasse links, dann können wir halten. Da wohnt mein alter Freund Alek, bei ihm werden wir übernachten." Olof zeigt uns wieder den Weg im Stehen mit gestrecktem Arm und Zeigefinger. Wir biegen mit unserem Wagen links ab und machen halt. In der ganzen Aufregung habe ich meinen Victor vergessen und betrachte ihn jetzt das erste Mal genau. Im Dunkeln sieht er eher grau als weiß aus. Zwei Tage war er an unserem Wagen angebunden und trabte einfach so mit. Wir stehen vor einem kleinen Haus, aus dem kein einziges Licht kommt. Es scheint niemand zuhause zu sein. „Alek ist mein Freund, auch ohne seine Anwesenheit können wir in seinem Haus übernachten. Kommt schon, wir werden hier schlafen und morgen in aller Herrgottsfrühe wieder aufbrechen." Pawlow und Natascha zünden zwei kleine Öllampen an und klettern vom Wagen. Die Kinder folgen ihnen. Olof greift Mama, die die ganze Zeit kein einziges Wort sprach, unter die Arme und hilft ihr, vom Wagen zu steigen. Tanja, die Serge fest im Arm hält, und ich sind die letzten, die den Wagen verlassen. Jeder von uns greift sich noch ein paar Sachen, die auf dem Wagen liegen, und wir begeben uns schleppend in das Haus von Alek, den keiner außer Olof kennt. Nach zwei Tage

Fahrt auf einem Kutschenwagen ist jedes Haus das größte Geschenk.

Nachdem wir ein paar Kerzen anzündeten, verteilt sich jeder und sucht sich einen geeigneten Schlafplatz. Natascha, mit Familie, legt sich gleich unten im großen Raum zur Ruhe. Es ist ein fast quadratischer Raum mit einem großen Tisch, Stühlen und einem Schrank. Mama und Olof entscheiden sich für den kleinen Raum links daneben. Tanja und ich gehen einfach die kleine Treppe nach oben und entdecken dieses kleine Schlafzimmer, das immerhin mit einem großen Bett ausgestattet ist. Kurz nach dieser Entdeckung fallen wir, mit Serge im Arm, zusammen aufs Bett und während Serge gestillt wird, liege ich nur so da und betrachte die Kerzen.

Die Zeit verliert sich. „Mein Schatz, woran denkst du?" Wie aus einer tiefen Leere zurückgeschleudert, bin ich wieder im Hier und Jetzt. Ich schaue Tanja an. „Ich hatte eben mal das Glück, an nichts zu denken", flüstere ich. Sogleich hole ich aus, um meine spontanen Gedanken in Worte zu fassen. „Ist es nicht verwunderlich, dass wir unentwegt denken, ja denken müssen. Sogar wenn wir schlafen, treibt es uns von einem Traum zum anderen." Tanja schaut mich an. „Meinst du, das hat mit dem Tod ein Ende?" Ich schaue sie an. „Ich glaube, der Tod ist eine Pause, nach der es wieder von vorne los geht." Serge schläft seelenruhig in Tanjas Arm, sie legt ihn behutsam in ein Kissen und wendet sich mir zu, sodass wir uns beide in die Arme nehmen können. „Andrew, was meinst du damit, dass es dann wieder von vorne losgeht?" Ich weiß es nicht genau, aber zu oft kommt in mir ein Gefühl auf, dass wir immer wieder da sind. So als würden wir ewig leben…".

Langsam schleicht sich die Müdigkeit ein und Tanjas Augen zeigen zwar großes Interesse, aber dennoch fallen sie immer wieder zu. Auch meine Worte fallen mir immer schwerer…

Irgendetwas lässt mich wach werden. Ich fühle, dass ich auf etwas Weichem liege und öffne langsam meine Augen. Tanja liegt schlafend neben mir und hält Serge liebevoll in ihren Armen. Morgenlicht dringt durch die Schlitze des Fensterladens. Leise strecke ich meinen Körper, ziehe meine Arme und Beine in die Länge. Ich möchte die beiden nicht wecken und schaue sie mir so, wie sie daliegen, an. Serge ist dicht an Tanja gekuschelt. Meine kleine Familie, denke ich und sogleich schießen mir viele Gedanken durch den Kopf. Was ist mit Vater? Was wird aus uns, aus Mama und wie weit müssen wir flüchten? Vorsichtig stehe ich auf und schaue durch einen der Schlitze des Fensterladens. Es scheint noch sehr früh zu sein, denn das morgendliche Grau eines bewölkten Himmels wirkt noch so trostlos und nicht lebendig. Ich blicke auf einen kleinen Garten, der mich gleich an unser Zuhause erinnert. Ein fast gleicher alter Holzzaun beendet auch hier das Grundstück. Mit ein bisschen Phantasie kann ich mir auch die Schaukel am Baum vorstellen. Was hat mich so früh aus meinem diesmal traumlosen Schlaf gerissen? Auf keinen Fall möchte ich die beiden wecken, also ziehe ich mir leise meine Hose und die Schuhe an. Ich habe das Bedürfnis, mal nach draußen zu gehen. Vorsichtig öffne ich die knarrende Tür und schließe diese auch leise, aber schnell von außen. Auch die Treppe knarrt bei jedem Schritt, sodass ich froh bin, endlich unten zu sein. Ich schaue mich um, zum einen, um die Ausgangstür zu finden und zum anderen, um die schnarchenden Familienmitglieder zu betrachten. Natascha, Pawlow und ihre Kinder liegen in Decken gehüllt auf dem Boden, mitten im Zimmer. Den

Tisch und die Stühle haben sie einfach zur Seite gestellt. Vorsichtig schleiche ich an ihnen vorbei, um zur Ausgangstür zu gelangen. So unauffällig wie möglich öffne ich die Tür und begebe mich leise nach draußen. Eine morgendliche Frische kommt mir entgegen. Vorne am Gartentor erblicke ich unseren Wagen, an den immer noch Victor mit einem Seil angebunden ist. Sogleich gehe ich zu ihm, greife mir einen Sack Hafer, der unter dem Wagen hängt, und binde ihn um seinen Hals. „Na, alter Junge, habe ich dich völlig vergessen?" Meine Hand streichelt seinen Hals und unsere Blicke treffen sich, während er seinen Hafer kaut. Victors große braune Augen zeigen mir eine lebendige Seele mit eigenem Wesen. Mir wird bewusst, dass ich ihn sehr vernachlässigt habe. Ich glaube aber auch, dass er in der Lage ist, die jetzige Situation einschätzen zu können. Victor schaut mich immer noch an, sein Blick fixiert weiterhin meine Augen. Was wohl in seinem Kopf vorgeht? Ich klatsche leicht auf seinen Schenkel und schaue mich um. Unser Wagen wurde die ganze Zeit von Hugo, unserem alten Zuggaul, gezogen. Olof hat ihn scheinbar auch vergessen, sogleich nehme ich einen zweiten Sack Hafer und hänge ihn um Hugos

Hals, der mich dankbar anschaut. Vielleicht macht es Sinn, Victor mit Hugo zusammenzubinden, sodass beide unseren Wagen ziehen. Also schnappe ich mir die nötigen Riemen und binde beide zusammen. Jetzt stehen sie nebeneinander und kauen ihren Hafer. Guter Dinge, etwas getan zu haben, schaue ich mich genauer um. Weitere kleine Häuser reihen sich nach dem Grundstück ein. Jedes hat seinen eigenen kleinen Garten und alle scheinen noch zu schlafen. Nichts und niemand außer eine Katze, die gerade durch einen Holzzaun schleicht, ist schon wach.

Ich glaube, ein paar Schritte werden mir jetzt guttun. Ich laufe in die Richtung, aus der wir gestern kamen. An der Ecke angekommen, geht es nur noch in einer Richtung, nach rechts. Ich schaue um die Ecke. Eine Straße, die aus schimmerndem Kopfsteinpflaster besteht, zieht sich unendlich in die Länge. Hinten am Horizont zeigen sich Lichter, die durch das Morgengrau leicht verwaschen aussehen. Auch hier, auf dieser Straße, bewegt sich rein gar nichts. Mit diesem Gefühl bekomme ich die Bestätigung, wieder zurückzukehren zu meiner schlafenden Familie. Kurz bevor ich das Haus erreicht habe, vernehme ich am Horizont ein leichtes Donnern.

Ein heranziehendes Gewitter scheint sich zu nähern. Ich lausche in die Ferne und denke, dass dies kein gutes Zeichen ist, denn wir wollen noch heute in der Frühe die Stadt verlassen. Doch je mehr ich dem Getöse lausche, desto mehr schleicht sich in mir die Vermutung ein, dass das kein Gewitter ist. Panik durchflutet meinen Körper. Die Franzosen kommen! Ein weiteres Getöse bestätigt meine Gedanken, wie von allein fange ich an zu rennen. Ich reiße das Gartentor auf und renne zum Haus. Gerade als ich die Haustür erreiche, um sie zu öffnen, kommt mir Mama entgegen. „Mama, Mama, wir müssen uns beeilen, die Franzosen sind schon vor den Stadtmauern, ich habe sie gehört. Haubitzen und andere schwere Geschütze wechseln sich ab." Mama schaut mich unglücklich und zugleich mitleidsvoll an. „Mama komm, bitte, wir müssen die anderen wecken, wir sollten uns alle auf den Weg machen." Ich schaue meine Mama an und sehe eine alt gewordene Frau, die aufgegeben hat zu leben. „Komm, schon wir schaffen das." Ich lege meinen Arm über ihre Schulter und führe sie ins Hausinnere. Natascha und ihre Familie sind gerade wachgeworden und räkeln sich unter ihren Decken. Olof kommt gerade aus dem kleinen Nebenraum. „Kommt schon, wacht auf, die Franzosen sind schon fast in der Stadt, wir müssen uns beeilen." Während ich das sage, renne ich auch schon die Treppe hoch zu meiner kleinen Familie. Schnell springen die anderen auf und packen ihre Sachen in Windeseile zusammen. „Mama, was ist los", schreit Leon. Sogleich nimmt Natascha ihn in den Arm. „Alles ist gut, mein Schatz, wir müssen uns nur ein bisschen beeilen." Ich öffne die Tür und sehe meine geliebte Tanja, die gerade dabei ist, Serge zu stillen. „Liebling, wir müssen uns leider sofort auf den Weg machen, wir dürfen keine Zeit verlieren." Ihr Blick zeigt mir, dass sie ganz und gar verstanden hat, was ich meine, und doch bleibt sie ruhig. Behutsam löst sie Serges Lippen von ihrer Brustwarze und legt eine Decke über seinen Körper. Erst dann steht sie langsam auf und verlässt das Bett. Wir lassen alles so liegen, wie es ist, und laufen gemeinsam zügig die Treppe runter. Die anderen haben das Haus schon verlassen. Wie in Smolensk müssen wir uns alle schnell auf den Wagen zwängen, um die Flucht zu ergreifen.

Wieder sitzen wir alle eng zusammen auf unserem Wagen und alle haben das gleiche sorgenvolle Gesicht wie zuvor. Jetzt, wo wir draußen sind und auf dem Wagen sitzen, hören wir gemeinsam das Gedröhne und jeder Zweifel erstickt im Hier und Jetzt. Schneller als vorher bewegt sich unser Wagen. Victor vorne einzuspannen, war eine gute Entscheidung. Wir kommen wesentlich schneller voran. Schnell nähern wir uns dem Osttor, das wir dann zügig durchfahren. „Wir haben keinen Proviant organisieren können, das heißt, wir müssen unterwegs etwas zu essen besorgen, immerhin haben wir Kinder dabei." Nataschas Worte sind sorgenvoll und eindringlich. Unser Wagen bewegt sich schnell und wir gewinnen immer mehr Abstand von Ayanayu. Der Weg nach Osten führt leicht nach oben, sodass wir, wenn wir zurückschauen, die Stadt aus einer anderen Perspektive betrachten können. Ayanayu liegt weiter unten und scheint in Flammen aufzugehen. „Wir dürfen keine Zeit verlieren, lasst uns durch den Wald fahren." Olof gibt das Kommando und unser Wagen bewegt sich weiter. Wieder fahren wir durch einen Wald, der nicht enden will. Die Zeit vergeht und der Tag fließt dahin. Das Wetter ist gut, vielleicht schon fast zu gut, denn für diese Jahreszeit ist es einfach zu warm. Wären die

Bäume nicht, würde die Sonne keine Rücksicht nehmen und uns sicherlich verbrennen. Anna und Leon schreien immer wieder, dass sie Hunger haben, und auch Serge möchte, dass wir anhalten, damit er sich frei bewegen kann. Er zeigt in den letzten Stunden einen großen Bewegungsdrang. Was ihn sehr unruhig werden lässt. Pawlow und Olof sitzen vorne auf dem Kutschbock, wir alle sitzen hinten auf dem Wagen, auf dem wir irgendwelche Decken ausgebreitet und ihn damit gepolstert haben. Die Fahrt zieht sich ins Unendliche, die Kinder sind aufgewühlt und unsere Nerven sind strapaziert. Der Wald will kein Ende nehmen. „Wir werden auf keinen Fall halten, es sei denn, um Proviant aufzunehmen. Wir müssen noch ein bisschen durchhalten." Olof wirkt sehr energisch und weicht auch kein bisschen ab von dem, was er sagt. Unser Wagen bewegt sich weiter durch den Wald. Ich fühle etwas in mir, das ich nicht beschreiben kann, aber es lebt in mir, etwas, das mir sagt, all das kennst du, das hast du schon erlebt. Uns begegnen andere Landsleute, die sich auch Richtung Osten bewegen. Vereinzelt reiten auch Soldaten an uns vorbei, die sich nach Westen zur Front hinbewegen, aber die wenigen geben uns nicht viel Hoffnung. Uns allen ist klar, dass die französischen Truppen immer tiefer in unser Vaterland eindringen werden.

Meine große Schwester ist wirklich gut, wenn es darum geht, die Kinder zu beschäftigen und das auf so einem kleinen Wagen. Anna, Leon und auch mein kleiner Serge werden so abgelenkt, dass sie von der brenzligen Situation kaum etwas mitbekommen. Natascha und Tanja beschäftigen sich hervorragend mit den Kindern. Ich dagegen versuche Mama ein bisschen aufzumuntern, indem ich ihr klarmache, dass sie auch Enkel hat, für die es sich lohnt zu leben. Mama schaut, wie die Kinder spielen, und ab und zu zeigt sie auch mal ein kleines Lächeln, besonders dann, wenn Leon oder Anna, während sie mit ihren kleinen Holzpüppchen spielen, ihre Oma mit einbeziehen. Pawlow und Olof diskutieren darüber, wann wir die nächste Ortschaft erreichen werden und wie diese wohl heißen wird. Tanja liebkost unseren kleinen Serge, indem sie ihn immer wieder kitzelt und küsst. Serge amüsiert sich köstlich. Wir verlassen langsam die freie Lichtung und fahren wieder in einen Wald. Links neben uns fließt ein kleiner Fluss. Ein Pfad, der Spuren von Pferden und

Wagenrädern aufweist, zeigt uns, dass hier schon viele ihren Weg gegangen sind. Also müssen wir hier richtig sein. Der Wald wird immer dichter und der Weg holpriger. Dank Natascha und Tanja spielen die Kinder frohen Mutes weiter. Wir bewegen uns langsam und holprig durch den Wald.

Der Weg scheint kein Ende zu nehmen, wir fahren jetzt schon den halben Tag. Ich betrachte die Familie und ein Gefühl, das ich nicht beschreiben kann, steigt in mir auf. Wie ein Déjavu kommt mir diese Situation vor. So als hätte ich das alles schon einmal erlebt. Sogar der Wald kommt mir so bekannt vor. Als wäre ich schon öfter durch ihn geflohen. Ja, geflohen, mit Freunden und Familie, vor Feinden, die uns bedrohlich näher kamen. Wir saßen auch auf einem Wagen, der sich schleppend durch einen Wald bewegte. Mit dieser Überzeugung betrachte ich unsere kleine Gruppe mit ganz anderen Augen. Ich fühle deutlich eine Wiederholung der momentanen Ereignisse. Wie liebevoll Tanja unseren gerade eingeschlafenen Serge in ihrem Arm hält! Sogleich lege ich meinen Arm um ihre Schulter. Ich schaue mich weiter um und sehe, wie fürsorglich meine Schwester Natascha sich um ihre Kinder kümmert, genauso wie sie sich mit mir damals beschäftigte. Ich betrachte meine Mama, wie sie wieder würdevoll Haltung angenommen hat und jetzt mit Natascha zusammen sich um Anna und Leon kümmert. Vorne auf dem Bock sitzen Pawlow und Olof, die immer noch oder schon wieder im Gespräch vertieft sind. Pawlow, mein Schwager, ist eher der etwas ruhigere Mensch, seine Erscheinung ist eher bescheiden. Seine wenigen dunklen Haare sowie seine schlanke Figur, die noch ein bisschen kleiner ist als die von Natascha, lassen ihn unscheinbar wirken. Doch irgendetwas muss er haben, dass sich meine gut aussehende Schwester für ihn entschieden hat. Olof, mein Onkel, ist ein kräftiger Mann mit langen blonden Haaren, so wie mein Vater. Olof ist etwas jünger als mein Vater, sieht ihm aber sehr ähnlich. Auch er trägt einen Schnur-und Kinnbart und wirkt sehr selbstbewusst. Und ich ähnele immer mehr meinem Vater, sagt Mama. Wieder reiten wir fast den ganzen Tag. Wir alle haben großen Hunger und es ist an der Zeit, dass wir etwas essen müssen. Die Kinder werden langsam unruhig, so dass wir jetzt gleich halten. „Wir werden ein Feuer machen und ich werde sehen, dass ich etwas vor die Flinte bekomme." Olof bringt den Wagen zum Halten und springt mit seinem Gewehr vom Bock und verschwindet hinter dem Gebüsch, sodass wir ihn nicht mehr sehen können. Auch ich springe vom Wagen und schnappe mir zwei kleine Hafersäcke, die ich den Pferden um den Hals hänge. Dabei klatsche ich Victor mit meiner Hand auf seinen Hals. „Braver Junge", wieder treffen sich unsere Blicke. „Du bist ein Geschenk von Vater, ich werde dich in Ehren halten."

Inzwischen steht Pawlow neben mir. „Wir brauchen Brennholz, los, Kinder, lasst uns welches suchen!" Sofort springen Anna und Leon vom Wagen. „Au ja, Papa." Natascha und Mama bereiten schon eine Feuerstelle vor, indem sie einen geeigneten Platz suchen und ihn mit ein paar herumliegenden Steinen einkreisen. Außerdem reißen sie nahestehende Sträucher heraus, um eine sichere Feuerstelle zu gewährleisten. Irgendwie übernimmt jetzt jeder eine Aufgabe. Tanja holt einen Topf hervor, in den sie ein paar Kartoffeln schmeißt. Auch sie steht inzwischen vor dem Wagen. „Wenn wir Wasser hätten, könnte ich Kartoffeln kochen", dabei schaut sie mich lächelnd an. Eine Haarsträhne hängt ihr quer über das linke Auge. Sie an der Hand haltend, steht Serge neben ihr und lacht mich an. „Papa, Papa." Ich knie mich vor ihn und küsse ihn auf den Mund. „Papa kommt gleich wieder, er besorgt nur schnell Wasser." Also nehme ich den Topf und mache mich auf den Weg. Ich versuche intuitiv zu handeln und laufe einfach drauf los. Doch allzu weit möchte ich nicht in eine Richtung laufen, also kehre ich nach kurzer Zeit wieder um und laufe in eine andere Richtung. Wieder ohne Erfolg. Plötzlich höre ich aus der Ferne einen Schuss und einen zweiten gleich hinter her. Das wird Olof sein, hoffentlich hat er Glück beim Jagen gehabt, denke ich und suche weiter nach einem kleinen Fluss oder See, jedenfalls nach Wasser. Während ich so weitersuche, schleichen sich Gedanken in meinen Kopf, dass diese Schüsse vielleicht nicht von Olof sein könnten, und meine Füße werden wie von ganz allein schneller. Ich halte zwar noch Ausschau nach Wasser, aber ich bewege mich erst mal wieder zurück zu den anderen. Doch wo sind sie, wo muss ich zum Teufel nochmal lang? Hier war ich doch gerade, ich muss jetzt in diese Richtung, an diesem alten Baum vorbei. Natürlich, hier bin ich richtig, oder doch nicht?

Wieder höre ich einen Schuss, aber aus der anderen Richtung, bin ich jetzt wieder falsch? Ich bleibe erst einmal stehen und lausche in den Wald. Außer den Waldgeräuschen ist keine Menschenseele zu hören. Wieder ist ein Schuss zu hören, ich werde mich jetzt in diese Richtung bewegen. Doch genau kann ich die Richtung nicht einschätzen, also bewege ich mich langsam in die geschätzte Richtung.

Unruhe und Angst breiten sich langsam in mir aus, denn ich bin schon länger weg, als ich wollte. Tanja wird sich Sorgen machen. Ich stampfe weiter durch den Wald und stelle unerwartet fest, dass sich meine Stiefel in einem schlammigen Boden bewegen. Nach genauerem Hin-hören erfassen meine Ohren ein Plätschern. Hier muss ein Bach fließen und siehe da, stehe ich auch schon davor. Sofort schraube ich meine Wasserflasche auf und fülle sie. Nun den Topf für die Kartoffeln. Jetzt heißt es nur noch zurück zu den anderen. Wieder lausche ich in den Wald, ich muss doch irgendetwas hören? Um mich herum stehen mannsgroßes Farn und einige riesige Eichen. Ich lausche erneut in den Wald. „Bitte, Gott hilf mir, ich möchte wieder zurück zu meiner Familie", sage ich leise zu mir selbst. Erst einmal werde ich wieder so zurückgehen, dass ich den feuchten Boden verlasse und dann mal weiter sehen. Ich bewege mich wieder zurück und verlasse den hohen Farnwald, stehe jetzt in einer kleinen Lichtung und rufe. „Tanja, Liebling! Olof, wo seid ihr?" Wieder ein Schuss und ich bekomme leichte Panik. So oft braucht Olof nicht auf irgendein Wild zu schießen, er ist ein guter Schütze, oder schießt er für mich, dass ich die Richtung finde? Ich weiß es nicht. Noch mehr Unsicherheit überkommt mich. Oder sind gar die Franzosen schon da? Langsam bewege ich mich weiter in die geschätzte Richtung, aus der der Schuss wohl gekommen sein muss. Immer wieder verharre ich in meinen Bewegungen und lausche in den Wald.

Große Sorge macht mir die schleichende Dunkelheit, die rasch einkehrt. Der Himmel verwandelt sich in ein dunkles Grau. Angst breitet sich mehr und mehr in mir aus. Wie kann ich mich nur so verlaufen, wie dumm bin ich doch. Vielleicht sehe ich ja ihr Feuer, denn inzwischen sollten sie schon eins gemacht haben, so lange bin ich weg! Meine Augen halten Ausschau nach einem Feuer, nach Licht. Nichts. In welche Richtung soll ich jetzt gehen, ich habe völlig die Orientierung verloren! Zum Verzweifeln. Bald werde ich nicht einmal mehr meine eigene Hand vor Augen sehen, ich bin hoffnungslos verloren. Doch halt, habe ich da nicht etwas gehört. Ich lausche angespannt in den Wald. „Andrew… Andrew, wo bist du?" Aus weiter Entfernung höre ich meinen Namen. „Ja, ja hier, hier bin ich", rufe ich zurück. Freude steigt in mir auf. „Andrew, Andrew", die Rufe werden lauter. Gott sei Dank, jetzt sehe ich auch durch die Bäume hindurch Lichtschein, Licht von näherkommenden Fackeln. „Ja, ich bin hier, hier bin ich", schreie ich rüber zum Licht. Endlich kann ich sie sehen, Pawlow und Olof nähern sich, mit jeweils einer Fackel in der Hand und scheinen genauso glücklich zu sein wie ich. „Ich habe mich total verlaufen und dachte, das ist mein Ende." Glücklich umarme ich beide und danke Gott für meine Rettung. „Wir haben uns das schon gedacht und uns große Sorgen gemacht, besonders Tanja, aber Gott sei Dank haben wir dich gefunden." Olof und Pawlow strahlen mich an und wir gehen gemeinsam zurück zum Rastplatz. Ich sehe schon von weitem unser Feuer, das die Frauen in meiner Abwesenheit gemacht haben, und wie meine geliebte

Tanja, aber auch meine Schwester und Mama auf mich zukommen und mich umarmen. „Mach das nie wieder mit mir, hast du gehört?" Dabei küsst mich Tanja und fängt an zu weinen. „Liebling, ich bin so glücklich, wieder da zu sein, aber ich habe dir das Wasser für die Kartoffeln mitgebracht", dabei grinse ich und küsse meine geliebte Frau und drücke sie fest an mich. Mama schaut mich an und streichelt meine Hand. „So, jetzt lass uns das Essen zubereiten", kommt aus Nataschas Mund und wir machen uns, glücklich darüber, dass wir alle wieder vereint sind, an die Arbeit. Olof hatte Glück beim Jagen und schoss ein junges Reh und einen Hasen. Diese sind schon fast vorbereitet fürs Feuer, das lichterloh brennt. Der Topf mit den Kartoffeln im Wasser wird auf einer provisorischen Halterung über das Feuer gehängt. Pawlow holt zu meiner Überraschung eine Flasche Wodka aus seiner Tasche und wir trinken alle erst einmal einen genüsslichen großen Schluck. Mit großem Wohlgefühl nehme ich meinen kleinen Serge, drücke ihn an mich und küsse ihn voller Freude. Nachdem wir alle gut und reichlich gegessen haben, reden wir noch bis tief in die Nacht über alles Mögliche. Eingerollt in Decken liegen wir alle um das Feuer herum und fallen alle irgendwann in einen gesegneten Schlaf.

Wie aus einem tiefen Loch gerissen, werde ich durch Nässe geweckt. Es hat angefangen stark zu regnen und wir alle beeilen uns, die Sachen zusammenzupacken und auf den Wagen zu werfen. Serge weint, Anna tut es ihm gleich und fängt kurze Zeit später auch an. Allzu lange können wir nicht geschlafen haben, aber denke ich an gestern, als ich mich verlaufen habe, geht es mir trotz allem richtig gut. Wir sind wieder alle zusammen, ob nun Regen oder nicht, das spielt nun keine Rolle. Nachdem wir alles gemeinsam auf unseren Wagen geworfen haben, bewegen wir uns weiter nach Osten. Der Regen prasselt auf uns hernieder und wir alle sind nass bis auf die Knochen. Die Kinder werden mit Decken an Natascha und Tanja gedrückt, doch nass sind sie trotzdem. Der Wald scheint kein Ende nehmen zu wollen. Mühsam bewegen wir uns durch den schlammigen Waldboden, bis wir endlich ein Gehöft erblicken. Jetzt, wo wir fast da sind, sehen wir auch noch, dass es leer steht. Keine Menschenseele ist zu sehen. Sogleich fahren wir mit unserem Wagen in den offen stehenden Schuppen. Einzelne Tropfen sammeln sich zu kleinen Pfützen, aber ansonsten ist es im Schuppen größtenteils trocken. „Wir werden hier erst einmal halten, um alles trocknen zu können." Olof springt vom Wagen und bindet beide Pferde an einen Bock. „Lasst uns hier ein kleines Feuer im Schuppen machen und wringt die Sachen aus. Wir sollten nicht allzu lange hierbleiben, denn wir wissen nicht, wie weit die Franzosen vorgedrungen sind." Und da war sie wieder, die Gefahr! Bedingt durch den Regen und die Strapazen habe ich schon fast vergessen, warum wir überhaupt auf dem Weg sind. Die einen suchen nach brennbarem Material und die anderen packen die nassen Sachen vom Wagen, um sie zum Trocknen auszubreiten. Der Tag vergeht schnell und wir beschließen, nachdem wir alle feststellen, dass unsere Sachen doch länger brauchen, um zu trocknen, hier zu bleiben. Zumindest für diese Nacht, wobei der Regen auch nicht aufhören will. Für die Kinder wird der Schuppen zum Spielplatz, Natascha wickelt derzeit das übriggebliebene Fleisch in feuchte Tücher und verstaut sie in festen Bündeln. Die Zeit verfliegt im Nu und wir sitzen wieder um das Feuer, essen, reden und erwarten gemeinsam die Nacht. Der Regen scheint aufgehört zu haben, denn außer dem Knistern des Feuers ist nichts mehr zu hören. Das Prasseln der Regentropfen auf dem Dach des alten Schuppens ist verstummt. Zusammengekauert liegen wir am langsam herunterbrennenden Feuer.

Gehetzt durch undefinierbare Träume, werde ich aus meinem Schlaf gerissen. Fast panisch setze ich mich aufrecht hin und schaue mich um.

„Liebling, es ist alles in Ordnung, du hast wieder geträumt, das tust du in letzte Zeit sehr häufig." Ich schaue Tanja, noch etwas schlaftrunken, an und versuche fast zeitgleich, alles um mich herum zu erfassen. Die anderen scheinen noch zu schlafen, zumindest liegt jeder noch zusammengekauert an der heruntergebrannten Feuerstelle. Tanja ist gerade dabei, Serge zu stillen und schaut mich dabei neugierig an. Ich strecke mich und betrachte meine Frau. Sie sieht mir so vertraut aus, ihr Gesicht scheint mir so ewig gleich und doch immer wieder anders zu sein. Ihre Haare hängen in einzelnen Strähnen quer im Gesicht und jetzt, wo sie mich anschaut, wirken ihre Augen so mütterlich stark und verantwortungsvoll. Ich liebe sie von ganzem Herzen. Serge scheint satt zu sein und strahlt mich an. „Wie soll es nun weitergehen, mein Liebling? Wie lange wollen wir noch fliehen?" Sie reicht mir meinen geliebten Serge, steht auf und verlässt die Scheune. Ich küsse Serge und drücke ihn fest an mich, währenddessen werden die anderen langsam wach. Die in Decken Eingerollten beginnen sich zu räkeln und langsam aufzurichten. Ein leichtes Schnaufen von Victor erinnert mich daran, die Pferde zu füttern. Schmale Streifen von Sonnenlicht durchdringen die Schlitze der Holzlatten, sie erleuchten die Scheune, bilden Streifen und lassen Nataschas Gesicht halb sonnig erscheinen. In diesen Momenten genieße ich es, meine Frau und meinen Sohn zu sehen. Ich genieße es, Familienvater zu sein, ich genieße es, zu lieben und geliebt zu werden. „Guten Morgen, ihr Lieben, lasst uns schnell wach werden und uns auf den Weg machen", sind Olofs ersten Worte. Mama richtet sich auf und bewegt sich in Richtung Tor. Natascha schnappt sich ihre Kinder und sorgt dafür, dass sie etwas essen. Der Schuppen, in dem wir uns aufhalten, beginnt lebendig zu werden. Unsere Kleidung ist inzwischen getrocknet und wir können die Decken wieder zum Einsatz bringen. Wir laden zwei vom Regen gefüllte Fässer mit

Wasser auf den Wagen. Das von Natascha mit Salz gepökelte Fleisch und das gesammelte Brennholz werden auf den anderen Wagen gepackt. Wir stellen uns auf einen neuen Tag der Flucht ein. Langsam finden wir uns wieder ein und bewegen uns aus der Scheune. Das Wetter hat sich beruhigt und es regnet nicht mehr, auch die Temperatur ist erträglich, die Sonne steht über uns und für die Jahreszeit ist es angenehm warm. Wir befinden uns wieder mitten in einem Wald. Seltsame Geräusche sind zu hören und begleiten uns seit längerer Zeit. Keiner kann sie einordnen und dementsprechend sind wir angespannt. Ein Gewirr aus zischen- und klopfenähnlichem Gebrumme ist zu hören. Jetzt, wo es langsam lauter wird, lassen sich, zu unserem Schrecken, aus dem Klopfen Haubitzen und aus dem Zischen ganz klar Geschosse, die durch die Luft fliegen, erkennen. Uns wird klar, dass die Franzosen in unmittelbarer Nähe sein müssen. Olof gibt den Pferden die Peitsche und jeder von uns verhält sich ruhig. Keiner von uns sagt auch nur ein Wort. Wir schweigen! Unser Wagen kämpft sich durch einen Wald, der weder einen Weg noch ein Ende erkennen lässt. Jedoch die Lautstärke, die den Krieg hörbar macht, nimmt deutlich zu. Wir fühlen alle die Nervosität und aufkommende Angst vor dem Krieg. „Mama, werden wir sterben?" Natascha reagiert schnell. „Nein, mein Sohn, wir werden nicht sterben." Dabei nimmt sie Leon sogleich in den Arm und drückt ihn fest an sich. „Mama, ich habe Angst", Leons Augen spiegeln seine Worte wider. Bei Anna zeigt sich das, indem sie anfängt zu weinen und jetzt auch meinen kleinen Serge ansteckt. Auch er zeigt seine Unruhe, indem er lautstark weint. Die Spannung wächst. Jetzt sind schon deutlich die Schreie der Soldaten und Kampfeshandlungen zu hören. Es hört sich fast so an, als würden wir uns auf sie zu bewegen. Und tatsächlich, irgendwie scheinen wir die Orientierung verloren zu haben und sind in die falsche Richtung gefahren, genau zu den Franzosen, direkt zur Front. „So ein Mist, die Franzosen können nicht vor uns sein. Sie können uns nicht überholt haben, wir sind in die falsche Richtung gefahren, schnell umkehren", schreit Olof, indem er von seinem Bock aufsteht und mit seinem Finger in Richtung der Soldaten zeigt, die geradewegs in unsere Richtung rennen. Es sind unsere Soldaten, die allerdings auf der Flucht zu sein scheinen. Die Luft ist voller Zischen und

Pfeifen, überall kracht und knallt es. Olof schwingt die Peitsche und lässt unsere Pferde schnell wenden. Ich halte Tanja und Serge fest im Arm und unser Wagen macht eine Kehrtwendung. Rechts, unweit vor uns, schlägt zischend, mit einem fürchterlichen Knall, die Granate einer Haubitze ein. Mehrere Bäume werden getroffen und brechen berstend zu Boden. Der Einschlag schleudert Unmengen Waldboden durch die Luft. Pawlow schreit auf und sackt zusammen, sodass Olof ihn, im Galopp, gerade noch festhalten kann. Beide sitzen auf dem Bock, aber Olof muss die Zügel festhalten und kann so nicht mehr Pawlow halten. Ich springe hoch und umklammere den fast herunterfallenden Pawlow von hinten. Mit aller Kraft gelingt es mir, ihn zu halten. „Wir müssen weiter, wir können jetzt nicht halten", schreit Olof und versucht die Pferde noch mehr anzutreiben. Um uns herum ist eine unvorstellbare Geräuschkulisse. Es sind Schreie, Stöhnen, Winseln sowie krachende Einschläge, das Zischen von Geschossen und das Pfeifen von Granaten zu hören. Hinter uns hören wir die Schreie unserer russischen Soldaten, die verzweifelt versuchen, in die gleiche Richtung wie wir zu fliehen. Noch befinden wir uns im Wald, aber vor uns scheint er sich zu lichten. Unser Wagen gewinnt an Fahrt, wir bewegen uns auf eine offene Lichtung zu. Es sind Rüben und Kartoffelfelder, über die wir jetzt hetzen. Mein Pferd Victor und die Stute geben alles, sie galoppieren, als wäre der Teufel hinter ihnen her. Wir reiten nach unten, in ein Tal, dort befindet sich ein kleines Dorf mit vielleicht zwei Dutzend Häusern und einer kleinen Kirche. Das Zischen und Knallen wird ein wenig leiser, dennoch ist es deutlich zu hören. Ich kann Pawlow kaum noch halten, da kommt, Gott sei Dank, Mama zur Hilfe, greift links seinen Arm und unterstützt mich. Gemeinsam schaffen wir es, ihn auf den Wagen zu ziehen. Wir legen ihn direkt neben Natascha, die voller Verzweiflung Anna und Leon fest umklammert. Unsere Kutsche springt auf und ab, sodass ein normales Sitzen kaum möglich ist. Unser Wagen rollt über den Acker direkt auf das Dorf zu. Mamas Blick richtet sich zu Pawlow, der vor uns liegt und sich nicht mehr bewegt. Erst jetzt erkenne ich das Ausmaß seiner Verletzung. Er wurde von einem ellenlangen Ast durchbohrt, direkt durch seine Brust. Pawlow liegt regungslos mit weit geöffneten Augen direkt vor seinen Kindern.

„Papa? Papa…" schreit Leon, er bricht in Tränen aus. Natascha konnte scheinbar nicht schnell genug handeln, zieht aber Anna aus dem Blickfeld und dreht sich mit ihr gemeinsam um.

Unser Wagen bewegt sich derweil weiter durch das Dorf. Trotz des Treibens zieht Mama irgendwo eine Decke hervor und legt diese über Pawlows leblosen Körper. Tanja, die unseren geliebten Serge fest umklammert, schaut mich ängstlich und fragend an; doch gleichzeitig, höchstwahrscheinlich ohne nachzudenken, nimmt sie sich meiner Schwester an. Sie legt ihren Arm um Natascha und spendet ihr damit Trost. Olof gibt den Pferden weiter die Sporen, mal sitzt, mal steht er. Unser Wagen rast quer durch das Dorf, ohne Halt zu machen. Wieder bewegen wir uns an Feldern vorbei und rasen auf einen Wald zu. Die Lautstärke des Kriegsgeschehens
nimmt immer mehr ab. Es scheint so, als hätten wir es erst einmal geschafft.

„Ja, wir sind dort heil herausgekommen, wir haben es gerade mal so geschafft." Ich sitze vor einem Kamin, in dem es lichterloh brennt. Zwei kleine Öllampen spenden uns so viel Licht, dass wir uns in einer gemütlichen Atmosphäre befinden. Drei meiner Enkelkinder hocken, in ein Lammfell gekauert, vor mir auf dem Boden und lauschen gespannt meinen Erzählungen. Tanja schläft bereits, unsere Enkel übernachten gerne bei uns, besonders weil ich ihnen alte Geschichten erzähle, Geschichten über unsere Vergangenheit. Inzwischen ist es schon später Abend. „Großvater, aber wie seid ihr denn…" „Kinder, es ist jetzt spät genug, ich erzähle euch die Geschichte ein anderes Mal zu Ende, ihr müsst jetzt schlafen gehen". Wie immer wollen sie mehr und mehr von mir hören und nicht ins Bett gehen. „Großvater, du hast morgen Geburtstag, stimmt's, wir haben auch eine Überraschung für dich." „Alex, sei leise, du sollst doch nichts verraten", wirft sein großer Bruder Michael ihm vor. „Großvater, wie alt bist du?" Ich schaue meinen kleinen Alex an und betrachte seine leuchtenden Augen. Mann, ist die Zeit vergangen, vor ungefähr 50 Jahren waren wir noch auf der Flucht vor Napoleons Truppen,

Serge war noch jünger als Alex, natürlich, denn Tanja hielt ihn ja noch im Arm. Ich bin jetzt ein alter Mann und… „Großvater, wie alt bist du nun?" Will Alex wissen, der mich gerade aus meinen Gedanken reißt. „Äh, ach ja, ich werde morgen 72 Jahre alt." Etwas müde, aber auch nachdenklich führe ich meine Enkelkinder zu ihren Betten. „Schlaft schön, wir werden morgen viel Besuch haben und ihr müsst gut ausgeschlafen sein." Die Kinder legen sich in ihre Betten und ich schließe die Tür. Ich fühle mich hellwach und möchte noch nicht schlafen gehen, also setze ich mich noch ein wenig in meinen Sessel und lasse meinen Gedanken freien Lauf. Ist es doch schon so lange her? Bin ich jetzt schon wirklich so alt? Wie die Zeit doch vergangen ist. Serge ist ja auch schon 51 Jahre alt, mein Gott, ist die Zeit vergangen. Auch Pawlow ist schon 46. Natascha war so am Boden zerstört, als ihr Pawlow auf der Flucht vor den Franzosen starb. Aber meine Schwester ist einfach nicht klein-zukriegen, noch heute, obwohl sie inzwischen schon 78 Jahre alt ist, lässt sie sich nicht unterkriegen. Natascha ist eine starke Persönlichkeit, Gott sei ihr gnädig. Als unser zweiter Sohn geboren wurde, gaben wir ihm zur

Erinnerung an Nataschas Mann den Namen Pawlow. Natascha fühlte sich damals sehr geehrt. Tanja und ich freuten uns, ihr dadurch ein wenig die Trauer zu erleichtern. Und mein Michael wird nächstes Jahr 40. Er bekam den Namen meines Vaters, den ich nie wieder nach dem Napoleon - Feldzug gesehen habe; ich habe ihn so sehr vermisst, meinen Vater. Aber vielleicht ist er ja in Michael wiedergekommen. Michael sieht genauso aus wie er. Er hat lange blonde Haare und das Gesicht von Vater, sogar den gleichen Bart. Auch er ist ein stolzer Offizier geworden.

Sein kleiner Sohn Alex erinnert mich so sehr an Serge. Mein Gott, ich werde morgen 72 Jahre alt und meine ganze Familie wird erscheinen. Es ist jetzt spät geworden, ich muss schlafen, müde und mit lahmen Knochen stehe ich langsam auf um mich ins Schlafgemach zu bewegen. Dabei schaue ich noch einmal aus dem Fenster, ein sogenannter Routineblick, um zu sehen, ob alles soweit in Ordnung ist. Gerade wollte ich meinen Kopf abwenden, als mich ein Schatten, eine Bewegung festhält. Ich schaue etwas genauer hin und sehe im dunklen Garten, vor unserem Haus, etwas pendeln. Meine Nase berührt schon die Scheibe, um das da draußen erkennen zu können.

An unserem Apfelbaum hängt etwas, beim genaueren Fokussieren erkenne ich eine Schaukel, die sich im Wind hin und her bewegt. Seit wann haben wir im Garten eine Schaukel? Smolensk? Natürlich, in Smolensk hatten wir eine Schaukel im Garten, ich kann mich noch gut daran erinnern. Es war einer der ersten Eindrücke, die ich damals hatte. Ich schaue noch einmal aus dem Fenster, um mich zu vergewissern, ob ich da eine Schaukel gesehen habe. Der Wind bewegt alles, nur keine Schaukel. Der Apfelbaum ist so wie immer. Warum sah ich diese Schaukel, was hat das zu bedeuten? Weiß nicht.

Ich gehe jetzt schlafen. Neben mir liegt Tanja, die mich wie immer, wenn ich ins Bett komme, anschaut. Sie wird jedes Mal wach, auch wenn ich mich noch so leise ins Bett schleiche. Mein geliebtes Weib betrachtet mich immer und zu jeder Zeit, ob es mir gut geht; ohne sie, glaube ich, wäre ich nichts.

Meine Augen fallen langsam zu. Ich lasse mich fallen. Das habe ich in den letzten Jahren gelernt, mich einfach fallenzulassen. Ich konzentriere mich auf meine Atmung. Ganz langsam will ich atmen, langsam und tief. Währenddessen schweifen meine Gedanken immer wieder ab, hin zu vergangenen Ereignissen. Ich erinnere mich, wie wir auf unserem Wagen saßen und auf der Flucht vor den Franzosen waren. Tagelang waren wir unterwegs und dann verloren wir die Orientierung und bewegten uns noch direkt auf die Front zu. Dieses Zischen und Knallen sowie das Schreien der Soldaten werde ich wohl nie los. Noch heute, wenn ich einschlafe, muss ich dies ertragen, es immer wieder hören. Genauso Pawlows Gesicht, das mit einem panischen Blick endete. Ich bin müde, ich w…

Irgendwelche Geräusche lassen mich langsam erwachen. Noch sind meine Augen geschlossen, aber ich höre schon die mir vertrauten Geräusche, die mich sanft in den Alltag zurückholen. „Andrew, mein geliebter Mann, alles Gute zu deinem Geburtstag. Ich liebe dich von ganzem Herzen und freue mich auf diesen Tag." Ich öffne meine Augen und sehe meine geliebte Tanja, wie sie mich anlächelt. Immer noch ist sie für mich so wunderschön, ihre Augen glänzen genauso wie damals. Sie ist mir so vertraut, sie ist ein Teil von mir, sie ist meine zweite Hälfte. „Komm, mein Schatz, wir erwarten heute viele Gäste und ich brauche deine Hilfe." Kaum bin ich aufgestanden, höre ich auch schon die Rufe: „Großvater, Großvater, alles Gute zu deinem Geburtstag, hier ein Geschenk für dich." Meine Enkel stürmen auf mich ein und wollen mich alle gleichzeitig umarmen und küssen.

Inzwischen ist es früher Abend und alle Gäste feiern schon lange. Serge, Pawlow und Michael, mit ihren Frauen und Kindern, sowie Natascha mit den Kindern und Enkelkindern, alle sind sie da. Tanja gibt eine exzellente Gastgeberin ab und die Stimmung ist sehr schön. Ich genieße den Moment des Familienclans und die Sicherheit. Es ist schön, eine große Familie zu haben. Besonders hervorzuheben ist die Verbundenheit. Derzeit ist in Sankt Petersburg das Wetter für November außerordentlich mild, wir hatten am Tage vielleicht 9-10° mit Sonnenschein. Unser Garten und Haus ist voll mit Gästen, alle laufen kreuz und quer, tanzen und reden miteinander. Unsere Enkel und Urenkel rasen spielend durch das Haus und den Garten. Es ist ein wunder-schöner Abend. Nachdem ich ein bisschen getanzt habe, brauchen meine alten Füße eine kurze Pause und ich setze mich mit meiner Schwiegertochter Svetlana auf die Bank neben dem Buffet. „Papa, es war schön, mit dir zu tanzen, soll ich uns etwas zu trinken holen? Ich möchte mit dir anstoßen." „Gerne, mein Kind." Ach ja, die Svetlana, wenn ich sie so betrachte, ist eine wunderbare Frau, genau die Richtige für meinen Serge. Inzwischen ist sie ja schon selbst eine junge Großmutter, mein Gott, mein Serge ist ja auch schon Großvater. Ich weiß das natürlich nicht erst seit heute, aber in manchen Situationen wird mir dies erst so richtig bewusst. Genau in diesen Momenten wie jetzt. Mein ältester Enkel Ivan, Serges Sohn, ist inzwischen 25 Jahre und bald zweifacher Vater. Der kleine Boris ist drei und sein Geschwisterchen kommt bald zur Welt. Maria ist bereits hochschwanger. „Lasst uns gemeinsam anstoßen", Svetlana holt mich aus meiner Gedankenwelt zurück und reicht mir dabei ein Glas Champagner. Neben ihr stehen Serge, meine geliebte Tanja und Natascha, die mich alle lächelnd anschauen. „Hey, Moment, können wir uns da noch mit einreihen?" Da standen sie nun, mein Olof, Pawlow, Michael, Ivan, alle ihre Frauen und zum Teil auch Kinder. Ich fühle, wie meine Augen durch Tränen alles unscharf werden lassen und mein Kinn leicht zittrig wird. Ich weiß nicht, was ich sagen soll, mir fehlen die Worte, ich stehe auf und voller

Scham senke ich meinen Kopf. Sogleich umarmt und küsst mich Tanja. „Andrew, wir lieben dich alle und sind so stolz auf dich." „Ja Vater, auf dass du 100 Jahre wirst, Prost." Alle anderen „Prost, Prost…"

„Großvater, wach auf, du hast heute Geburtstag, wir wollen dir gratulieren." Ich öffne meine Augen und schaue mich um. Ich liege in meinem Bett und bin völlig überrascht über so viel Besuch. Ivan, mein Enkel, Alex und mein Sohn Michael mit seinen Kindern stehen vor mir und lächeln mich an. „Großvater, weißt du, wie alt du heute geworden bist?" Will Michael, der inzwischen sehr alt aussieht, wissen. Ich überlege, „mmmh, wie alt bin ich jetzt eigentlich? 95? Ich weiß nicht." Unsicher schaue ich in die Runde. „Vater, du bist heute 101 Jahr alt geworden, wir wünschen dir alles Gute." „Wie alt? Welches Jahr haben wir jetzt", will ich wissen. Ich kann mich nicht mehr so gut erinnern. Ich weiß nur noch, dass meine geliebte Tanja, Serge und Pawlow und andere tot sind. Ich glaube, schon lange. „Wir schreiben das Jahr 1891 und falls es dich interessiert, den Menschen geht es sehr schlecht, sie hungern und leiden." Ich schaue meinen Michael an, wie er mir das erzählt. Mein Gott, ist mein jüngster Sohn alt geworden. „Wie alt bist du eigentlich, mein Sohn?" Dabei fasse ich sein Gesicht an. „Vater, Papa, ich bin 72 Jahre alt und habe inzwischen mehrere Urenkel. Auch meine geliebte Olga ist letztes Jahr verstorben. Die Jahre sind schnell dahingeflossen. Und du bist der Älteste von uns allen, der heutige Tag ist dein 101. Geburtstag." Ich grinse Michael und all die anderen an. Langsam drücke ich mich hoch, um aufrecht zu sitzen. Sogleich packt man mir ein großes Kissen in meinen Rücken. So viele Kinder verschiedenen Alters stehen um mein Bett, die meisten kenne ich nicht wirklich, sind das alle meine Enkel und Urenkel, will ich wissen. Eine liebevolle Frau, die meine Bettdecke zu- recht rückt, grinst mich an und antwortet mir. „Ja, Urgroßvater, wir alle sind deine Verwandten. Mein Großvater Serge hat mir so viel voller Stolz von seinem Vater erzählt. Sodass ich mich freue, zu deinem Geburtstag kommen zu dürfen. „Du bist von meinem kleinen Ivan die Tochter, stimmt's? Wie heißt du?" Meine Augen werden unscharf, voller Tränen fällt es mir schwer, meine Verwandten zu erkennen. Ich muss jetzt weinen. „Anna ist mein Name." Dabei streichelt dieses liebevolle Mädchen meine Schulter. Ihre Augen kommen mir so bekannt vor, dieser Glanz, diesen kenne ich. „Ich habe Hunger und würde gerne etwas essen", sind meine Worte und ich schaue mich wieder um, weil ich die anderen betrachten möchte. Man hilft mir aus dem Bett und wir alle sitzen gemeinsam an einem langen Tisch. Ich schlürfe an meiner Suppe und die anderen reden alle durcheinander. Ich verstehe nicht viel, was gesprochen wird, aber das macht mir nichts aus. Eine warme Wolljacke spendet mir Wärme und die heiße Suppe sättigt mich. Mit einem leicht verschwommenen Blick schaue ich grinsend in die Runde. „Auf unseren Urgroßvater Andrew, alles Gute zu seinem Geburtstag, Prost, Prost, Prost…"

Ich finde mich in meinem Bett wieder, ich weiß nicht, ob es mitten in der Nacht ist oder in aller Herrgottsfrühe. Um mich herum ist es noch ziemlich dunkel. „Ist da jemand", höre ich mich sagen. „Hallo, wer ist da?" Absolute Stille, nichts zu hören und doch ist da jemand. „Andrew, es ist Zeit, wie lange soll ich noch auf dich warten. Folge mir." Diese Stimme, diese Stimme kenne ich doch, das ist meine geliebte Frau, meine Julia oder Marie, meine Tanja, meine immer gleiche geliebte Frau. Jetzt sehe ich ihren Umriss, vor meinem Bett stehend und wie sie mich zu sich winkt. Voller Kraft stehe ich auf, mein Herz beginnt zu rasen und ich fühle mich gut. Endlich, denke ich, werde ich geholt. Alle winken mir freudestrahlend zu, meine Mutter, mein Vater, meine große Schwester Natascha, meine geliebte Frau Tanja, meine Söhne Serge und Pawlow. Sie reichen mir ihre Hände und ich stolziere voller Freude auf sie zu. Gemeinsam verlassen wir diesen Raum und ein warmes, vertrautes Licht empfängt mich. Ich vergesse zurückzublicken, die Tür hinter mir fällt zu….

So ein Geschrei um mich herum. Die einen weinen, die anderen streiten und manche lachen. Ich bin noch müde, aber kann nicht mehr schlafen, ich öffne meine Augen. Langsam hebe ich meinen Kopf und schaue mich um. Neben mir, auf dem anderen Bett, raufen gerade zwei Jungs, sie schreien und ächzen. Andere sitzen und stehen um sie herum und feuern sie schreiend an. Etwas daneben sitzen vier andere Jungs auf einem Bett und lachen sich kaputt, währenddessen zeigen sie auf eine hochgehaltene voll gekackte Unterhose. Ein anderer sitzt auf seinem Bett und weint. In unserem Schlafsaal ist immer was los. „Petja, du hast zu lange geschlafen, Karl hat sich wieder in die Hose gekackt und Nikolas und Klaus kloppen sich mal wieder." Vor mir steht mein Freund Olek, der versucht, mich auf dem Laufenden zu halten. Wieder mal überrascht uns die einschüchternd laute Sirene, die uns alle aufschrecken lässt. Gemeinsam verlassen wir den Schlafraum. Es ist die morgendliche Sirene zum Frühstücksappell. Wir begeben uns alle zusammen zu den Waschräumen, erst wenn wir uns gewaschen und frisch gemacht haben, können wir uns in den Speisesaal begeben. Ich habe großen Hunger, also beeile ich mich, um endlich an einem Tisch sitzen zu können. Olek bleibt an meiner Seite, gemeinsam schaffen wir es schnell, an einem Tisch Platz zu nehmen. Es dauert nicht lange und alle sitzen hungrig am Tisch und warten auf ihr Frühstück. Lautes Durcheinandergerede erlischt in dem Moment, als die Tischglocke erklingt. Alle verstummen sogleich, denn der Hunger ist größer als unsere Unruhe.

Jeder schweigt. Alle warten auf ihr Essen. Am Ende des Saals öffnen sich zwei große Flügeltüren und jeweils zwei Frauen mit einem großen Wagen, den sie vor sich herschieben, kommen langsam auf uns zu. Auf jedem Wagen stehen viele Teller mit Brot, Butter, Käse und etwas Wurst. Auf dem anderen Wagen stehen Kannen mit heißem Tee oder Kakao. Keiner wagt es, auch nur ein Wort zu sagen, denn jeder weiß, dass er dann, wenn er redet, nichts zu essen bekommt. Alle schweigen. Olek sitzt mir gegenüber und ich zeige nur auf meinen Bauch, um auf meinen Hunger hinzuweisen. Da wird mir auch schon ein ernster Blick von der Frau mit dem Essens-wagen zugeworfen. Sogleich verharre ich in meiner Bewegung. Nur nicht auffallen. Die Frauen wirken sehr streng, ihre dunklen Haare sind straff zu Knoten nach hinten gebunden und ihre Kleider sehen fast wie Uniformen aus. „Nickolas, aufstehen", schreit eine der Frauen und eilt sogleich zu seinem Platz. „Hände vor, aber schnell." Nickolas ist einer, der öfter bestraft wird und immer wieder auffällt, weil er undiszipliniert ist, sagen die Aufseherinnen. Zögernd streckt Nickolas seine Hände aus. Fast wortlos schnappt sie nach einem langen, dünnen Stock, den sie aus ihrem Gürtel herauszieht. Nickolas wagt nicht ein Wort zu sagen, weil er weiß, dass er dann noch mehr Hiebe bekommt. Der Stock zischt mehrmals durch die Luft und trifft jedes Mal Nickolas` Fingerspitzen. Jedes Zischen endete mit einem leisen „tchi". Wer bestraft wird und seine Hände wegzieht, bekommt doppelt so viele Schläge. Es dauert nicht lange und man schafft es, die Hände nicht wegzuziehen. Der Schmerz ist dein Meister, sagt Karl immer. Karl ist schon zwölf und Nickolas zehn Jahre alt. Beide zählen zu denen, die wohl am undiszipliniertesten sind, zumindest werden sie am meisten bestraft. Ihre Finger waren auch schon mal aufgeplatzt und bluteten. Nickolas´ Finger stecken auch diese Schläge weg. Seine Augen zeigen zwar Tränen, aber er verzieht keine

Miene. „Setzen!" Nickolas setzt sich hin und zeitgleich wird sein Frühstücksteller entfernt. Ohne auch nur ein Wort zu sagen, dreht sich die Frau um, kehrt zurück zum Wagen und verteilt das Frühstück an die anderen Kinder weiter. Während ich noch Nickolas beobachte, bewegt er sich kein bisschen, wie versteinert bleibt er sitzen. Mein Hunger drängt mich, mein Brot zu essen, Oleks und meine Blicke treffen sich. Ohne Worte wissen wir, was wir beide denken. Jeder isst schweigend vor sich hin. Nochmals wandern meine Augen hin zu Nickolas, der immer noch wie versteinert dasitzt. Irgendwie habe ich großes Mitleid mit ihm. Ich schaue auf meinen Teller und betrachte die letzte Hälfte meiner zweiten Scheibe Brot sowie das kleine Stück Käse, das ich noch nicht gegessen habe. Obwohl ich noch Hunger habe, lasse ich beides vorsichtig und unauffällig unter meinem Hemd verschwinden. Ich weiß, dass das verboten ist, aber mein Mitleid ist größer als die Angst vor einer Bestrafung.

Kaum sind wir wieder in unserem gemeinsamen Schlafsaal, gehe ich zu Nickolas, der neben Karl steht, greife in mein Hemd, hole das Stück Brot und den Käse hervor und überreiche es ihm ohne Worte. Karl ist Nickolas` bester

Freund und lässt diesen auch nicht im Stich. Auch er hat etwas Brot und Wurst für ihn. Bevor ich mich wegdrehe, erfassen mich beide mit ihren Blicken. Blicke des Staunens und der Verwunderung. Da ich erst sechs Jahre alt bin, traue ich mich nichts zu sagen. Ich entferne mich ohne ein Wort. „Hey, wie heißt du", will Karl wissen. „Petja", antworte ich etwas unsicher und gehe einfach weiter. Kaum komme ich an mein Bett, sagt Olek, „Petja, du weißt, dass das verboten ist, sei bloß vorsichtig!" Olek ist mein bester Freund. Deswegen macht er sich wohl Sorgen, weil er weiß, dass ich dafür richtig bestraft werden kann. Doch mein Mitleid ist eben größer als die Furcht vor einer Strafe. Ich weiß nicht, warum ich so handle.

Heute ist ein sehr heißer Tag und wir alle befinden uns im Wald, direkt vor unserm Zuhause, manche sagen auch Waisenhaus dazu. Es ist ein großes Spiel angesagt. Es werden zwei große Mannschaften gebildet, die dann versuchen sollen, als erstes eine Fahne zu erobern. Alle sind ganz aufgeregt. Jede Gruppe hat sowohl kleine als große Kinder. Olek und ich befinden sich in der roten Gruppe, in der sich auch Karl und

Nickolas befinden. Wir sind vielleicht zwei Dutzend Kinder und sollen uns hinter einem Hügel, der direkt neben dem kleinen Fluss ist, versammeln. Die anderen versammeln sich auf der anderen Seite des Waldes. Ziel ist es, die gegnerische Fahne zu erobern. Jeder von uns wird irgendwie eingeteilt. Karl ist der Älteste und gibt das Kommando. Ich verstehe noch nicht richtig, wie das Spiel geht, und laufe einfach mit. Olek folgt mir auf jedem Schritt. Plötzlich heißt es, wir sollen uns alle auf den Boden werfen und schweigen. Sofort schmeißen Olek und ich uns auf den Boden, direkt hinter einem großen Farn und beobachten die anderen. Jeder versucht irgendwie unterzutauchen und sich zu verstecken. Außer Nickolas und Karl, beide versuchen mutig nach vorne zu robben. Mit großem Respekt beobachte ich beide und zeige mit meinem Zeigefinger auf sie. Auch Olek kommt aus dem Staunen nicht heraus.

Wir alle liegen schweigend auf dem Boden und betrachten leise die anderen, die sich ahnungslos auf uns zu bewegen. Ein tolles, spannendes Gefühl ergreift mich. Wir, die im Verborgenen liegen, beobachten die Ahnungslosen. Mit großem Respekt betrachte ich Karl, er ist ein ziemlich großgewachsener Junge, der von jedem respektiert wird. Er ist jedem gegenüber hilfsbereit und ehrlich, niemand kann sich über ihn beschweren. Seine dunklen Haare und seine kräftige Erscheinung machen Karl aus. Nickolas ist ein Junge, der ebenfalls Kraft und Stärke ausstrahlt. Nach seiner letzten Bestrafung schaute ich nur noch zu ihm auf. Er ist mutig und tapfer. Seine langen roten Locken, die ihm meist quer übers Gesicht hängen, sowie seine kräftige Erscheinung machen ihn für mich zu einem außergewöhnlichen Jungen. Mit großem Respekt bewundere ich ihn und Karl. Wir liegen alle auf dem Boden versteckt und verhalten uns mucksmäuschenstill, so wie man es uns gesagt hat. Die gegnerische Gruppe scheint uns nicht zu sehen. Ich weiß dennoch nicht, was hier eigentlich gespielt wird, was passiert mit uns, wenn wir entdeckt werden? Olek liegt neben mir und schaut mich fragend an. „Was sollen wir tun", fragt er mich flüsternd. „Ich weiß nicht", erwidere ich leise. Plötzlich hören wir ein lautes Aufschreien und sehen, wie drei unserer Gegner Hans entdecken und ihm nachlaufen. Es dauert nicht lange und sie schnappen sich ihn, halten ihn fest und nehmen ihn als Gefangenen mit.

„Was passiert mit ihm", will Olek wissen. „Keine Ahnung", will ich antworten, da werden auch wir schon von hinten gepackt. „Hier sind noch zwei von den Kleinen", schreit ein ziemlich groß gewachsener blonder Junge mit kariertem Hemd. „Los, aufstehen ihr beiden, ihr seid jetzt unsere Gefangenen. Mitkommen!" Olek und ich werden an den Hosenträgern hochgezogen. „Jetzt haben wir schon drei Gefangene, wir werden das Spiel gewinnen, Eric", sagt der große blonde Junge zu dem Dunkelhaarigen, der noch etwas größer und sehr hager ist. Sie schubsen uns in die entgegengesetzte Richtung, aus der wir eigentlich gekommen sind. Da sie wesentlich größer und stärker sind, müssen wir uns ihnen beugen. Wir laufen nun, eng umzingelt von den Großen, durch den Wald und hören im Hintergrund das Schreien der anderen Kinder, zumindest von denen, die wohl geschnappt sind. Olek und ich sind sechs Jahre alt, die Großen sind mindestens 12 oder 13 Jahre alt, vor denen wegzulaufen hätte keinen Sinn. Nach kurzem Marsch kommen wir an eine alte Holzhütte, die keine Tür mehr besitzt. Drei weitere Kinder aus unserer Gruppe befinden sich bereits in dieser Hütte als Gefangene und man schubst uns hinein. Vor dem

Eingang steht ein großer, dicker Junge, der uns bewachen soll. Die Hütte ist klein, so klein, dass wir fünf nicht viel Platz haben. Aufgeregt schauen wir, was außerhalb der Hütte passiert. Doch allzu viel Sicht haben wir nicht, denn der dicke große Junge lässt nicht zu, dass wir viel sehen können. Hinter mir scheint ein kleiner Lichtstrahl durch die Holzbalken und neugierig wie ich bin, schaue ich hindurch. Ich sehe, wie zwei große Jungs vor einem Pfahl stehen, die sich scheinbar langweilen. Ich versuche noch mehr durch den Schlitz zu erkennen, denn dieser zeigt die Rückseite unserer Hütte. Ich halte meinen Kopf so schräg, dass ich mit beiden Augen durch einen senkrechten Schlitz schauen kann. Dabei erkenne ich das Ende des Pfahls, an dem oben eine Fahne weht. Es ist eine blaue Fahne. Hatte Karl nicht von eine blauen Fahne gesprochen, einer, die wir zu erobern haben? Langsam glaube ich das Spiel zu verstehen. Die eine Mannschaft soll die Fahne der anderen erobern. Etwas, das in mir aufsteigt, gibt mir ein Gefühl der Überlegenheit, ein Gefühl der Stärke und des Handelnwollens. Obwohl ich hier in dieser Hütte gefangen bin, fühle ich mich großartig. Mein Grinsen macht Olek etwas unsicher, denn er schaut mich fragend an. „Olek, wir müssen die blaue Fahne erobern", dabei zeige ich in die Richtung, in die der Mast mit der Fahne steht. Oleks Augen zeigen mir, dass er noch nicht wirklich verstanden hat, worum das Spiel geht. „Petja, wir sind Gefangene, wie können wir hier eine Fahne erobern? Außerdem sind wir viel zu klein und haben gegen die anderen überhaupt keine Chance." Während Olek spricht, schauen uns die anderen gefangenen Kinder neugierig an. Ich bin neugierig geworden und versuche einen Blick nach draußen zu erhaschen, indem ich mich langsam und unauffällig zum Eingang bewege. Vor mir steht ein dicker, vielleicht zehnjähriger blonder Junge, der mich wieder zurückdrängt. „Hey, ihr seid Gefangene und bleibt hier in dieser Hütte, verstanden." Ich bleibe zwar stehen, aber schaue einfach an ihm vorbei, um zu sehen, wie es da draußen aussieht. Vielleicht zehn Schritte vor der Hütte ist ein großer Hügel, auf dem drei größere Jungs sitzen, zwei von ihnen standen eben noch an diesem Pfahl und jetzt unterhalten sie sich. Rechts neben uns ist ein freier Platz, auf dem sich in der Mitte der Pfahl mit seiner Fahne befindet. Die drei haben wohl die Aufgabe, sie zu bewachen. „Zieh deinen

Kopf ein, Kleiner und setz dich hin und die anderen auch, habt ihr verstanden?" Der Dicke zeigt drohend mit seinem Finger auf den Boden der Hütte, weil er will, dass wir uns dort gemeinsam hinsetzen und zur Ruhe kommen, da wir momentan ganz schön aufgeregt sind. Ich ziehe mich wieder zurück in die Hütte. Olek versteht mein Verhalten nicht, „Petja, das Spiel ist bald aus, wir brauchen uns keine Sorgen mehr zu machen. Lass uns einfach abwarten, bis es zu Ende ist, und dann gehen wir sowieso nach Hause." Ich schaue ihn an und sehe erstmals meinen Freund völlig verunsichert. „Olek, ich glaube, bei diesem Spiel geht es um viel mehr als nur abzuwarten. Vielleicht sollen wir daraus etwas lernen. Wie wir z.B. gewinnen können." Während ich mit Olek rede, schaue ich immer wieder neugierig durch einen dieser Schlitze, der mir einen Blick hinter die Hütte gewährt. Dort befindet sich der Wald und … da hat sich doch etwas bewegt. Meine Augen werden schärfer, ich will unbedingt sehen, was sich dort bewegt hat, und drehe meinen Kopf.

Da schleichen zwei Jungs durch das Gestrüpp. Sie nähern sich unserer Hütte, jetzt kann ich sie erkennen, es sind Karl und Nickolas. Etwas in mir sagt, dass ich etwas unternehmen muss. Ein tolles Gefühl steigt in mir auf. Ich überlege. Wenn sie jetzt noch weiter an unserer Hütte vorbeikrabbeln, könnten sie von den drei Jungs, die auf dem Hügel sitzen, entdeckt werden. „Olek, folge mir und zwar ganz schnell, hörst du", flüstere ich ihm zu. Auch die drei anderen Jungs in der Hütte schauen mich verwundert an. Ein letzter Blick durch den Schlitz zeigt mir, dass die beiden gleich entdeckt werden könnten. Ich bewege mich langsam und unauffällig zum Ausgang und winke Olek mit der Hand zu, mir zu folgen. Und jetzt ist der Moment gekommen loszurennen. Ich renne in Richtung Hügel, vorbei an dem Dicken, der die Hütte bewachen soll, und schlage einen Bogen, sodass er mich nicht packen kann. „Hey, bleib stehen, bleib stehen, halte ihn fest", schreit der dicke Junge und vergisst dabei die anderen, die jetzt ebenfalls aus der Hütte herauslaufen. „Olek, komm schon", schreie ich, während ich im Zickzack an den drei Jungs, die auf dem Hügel saßen, vorbeirenne. Auch die laufen mir nach und versuchen mich zu fangen und da ich mich vom Fahnenmast entferne und die Deppen mir folgen, gelingt es Nikolas und Karl, sich die Fahne zu schnappen und damit zu entkommen. Der Sieg ist auf unserer Seite. Unsere Mannschaft, die rote, hat gewonnen und Karl wie Nickolas wurden gefeiert. Während alle jubeln, kommen Karl und Nickolas auf mich zu. „Du warst Petja, oder…", dabei lächelt Karl mich an. „Ohne dich hätten wir es nicht geschafft und ich glaube, du wusstest, dass wir kamen, und du hast die Wachen absichtlich von uns abgelenkt. Stimmt's?" „Ich habe euch durch einen Schlitz in der Hauswand gesehen und wollte nicht, dass man euch entdeckt", antworte ich etwas verlegen. Nickolas und Karl schauen mich an. „Normalerweise geben wir uns nicht mit solchen Zwergen, wie du es bist, ab. Aber wenn du jemals Hilfe brauchst, hast du unsere Freundschaft, hast du verstanden, Kleiner?" Dabei reichen sie mir beide ihre Hand. Etwas verlegen und doch vollen Stolz greife ich nach beiden Händen.

„Komm schon, wir müssen uns beeilen", Annalena, schaut mich ängstlich an, sie weiß aber, dass ich Recht habe, und schweigt. „Du weißt, dass wir keine Zeit mehr haben. Ich will nicht erst von den Nazis aufgefordert werden.

Die verstehen keinen Spaß. Wir müssen Turnov so schnell wie möglich verlassen. Karl hat uns versprochen, für uns ein Zuhause zu finden." Während ich das sage umarme ich meine geliebte Annalena und gebe ihr einen Kuss. „Bis nach Brno brauchen wir mit dem Bus bestimmt fünf bis sechs Stunden. Wenn wir gut durchkommen". Ich schnalle mir meinen Rucksack auf den Rücken und greife zwei große Koffer. Annalena nimmt sich die große Tasche und das Bündel und schon verlassen wir unser kleines Haus mit all den Sachen, die uns wichtig sind, alles andere müssen wir zurücklassen. Voller Wehmut schauen wir uns beide noch einmal um und betrachten unser Zuhause, in dem wir immerhin schon gut vier Jahre zusammenleben. Es ist mein erstes eigenes Zuhause nach dem Waisenhaus. Ein kleines bescheidenes Haus, bestehend aus zwei kleinen Räumen und einer kleinen Wohnküche. Um unser Haus haben wir einen kleinen Garten mit Gemüsebeeten. Und jetzt müssen wir dieses fluchtartig verlassen. Annalena hat Tränen in den Augen, zeigt sich aber dennoch tapfer. Vor dem Haus steht unser alter Bollerwagen, auf den wir unser Gepäck schmeißen und uns im Schritttempo von unserem Zuhause mehr und mehr entfernen. Immer wieder drehen wir uns um und schauen zurück zu dem, was wir jetzt für immer verlassen müssen.

Karl und auch Nickolas, meine besten Freunde, haben mich schon früh genug gewarnt, dass die Deutschen kommen werden, um uns zu vertreiben. Noch schlimmer ist, dass es die Tschechen selbst sind, die sich jetzt Sudetendeutsche nennen und uns vertreiben wollen. Es ist kalt heute. Dafür, dass wir gerade Mitte Oktober haben, sind die Temperaturen ganz schön tief. Langsam nähern wir uns der Bushaltestelle. Ich schaue auf meine Uhr. „Unser Bus müsste in fünf Minuten kommen, Liebling", während ich das sage, schaue ich mich um und stelle fest, dass niemand hier ist und wartet. Die Bank und das kleine Wartehäuschen sind leer. Ich lasse mir nichts anmerken und setze mich erst einmal demonstrativ hin. „Petja, warum wartet hier niemand auf den Bus, warum sind wir hier die Einzigen?" „Vielleicht, weil es so kalt ist", antworte ich mit einem Lächeln, mit dem ich versuche die schlechte Stimmung aufzuheitern. „Vielleicht fährt ja heute überhaupt kein Bus, was machen wir dann, wie sollen wir nach Brno kommen?" Annalena schaut mich sehr besorgt an. „Liebling, wir werden schon nach Brno kommen und vielleicht sitzt hier niemand, weil niemand fahren will." Ich weiß natürlich nicht, ob ich das glauben soll, was ich da erzähle, aber irgendwie hoffe ich es. Wir sitzen und warten, und warten…, und da, ganz unerwartet kommt doch noch ein Bus, der auch vor uns stehen bleibt und seine Tür für uns öffnet. „Siehst du Schatz, wir kommen doch noch weg." Sogleich packe ich die Koffer und schleppe sie in den Bus. Annalena folgt mir und hinter ihr taucht, wie aus dem Nichts, auch eine Frau mit Kind auf, die den Bus ebenfalls betritt. Endlich sitzen wir und der Bus bewegt uns in Richtung Brno. Nachdem ich die Fahrkarten bezahlt habe, machen wir es uns ganz hinten bequem. Der Bus ist nur halb voll und ein großes Schweigen liegt in der Luft. Annalena und ich sitzen eng beieinander und wir versuchen ein wenig zu schlafen. Ihr Kopf liegt auf meiner Schulter und ihr Atem wird langsam ruhiger und tiefer. Auch ich bin müde, denn wir sind schon in aller Herrgottsfrühe aufgestanden. Weil es nicht einfach ist, sich von Dingen zu trennen, die einem wichtig sind. Meine Gedanken rasen hin und her, so dass es mir schwer fällt, einen klaren Gedanken festzuhalten…

Ich laufe so schnell ich kann, alles ist so bedrohlich um mich herum. Soldaten verfolgen mich und rufen, ich soll stehen bleiben. Ich bin schneller als sie. Ich springe über Stock und Stein, doch halt; ich drehe mich um und sehe meine geliebte Frau, ich muss sie holen, ich muss sie befreien. Sie steht hilflos da und wartet auf meine Hilfe. Ich springe über alles Mögliche und lande vor ihr, sie greift meine Hand, in der anderen Hand hält sie ein Baby, unser Baby und gemeinsam fangen wir an zu laufen. Wir laufen im Zickzack, springen über Baumstämme und Gestrüpp. Alles wird gut, denke ich…

„Liebling, ich glaube, wir sind bald da", höre ich etwas verschwommen in meinem Ohr. Ich öffne meine Augen und betrachte meine geliebte Annalena. Ihre langen blonden Haare sind zu zwei Zöpfen geflochten und liegen links und rechts auf den Schultern. Wunderschöne blaue Augen schauen mich an. Sie schenkt mir ein liebevolles Lächeln. Diese Freude, denke ich, und umarme sie sogleich und gebe ihr einen Kuss.

Ich schaue auf meine Uhr und stelle fest, dass ich fast 40 Minuten geschlafen habe. „Wir müssen bald in Praha sein", denke ich laut und gucke Annalena fragend an. „Schatz, wir sind vor zehn Minuten an Boleslav vorbei gefahren und müssten gleich Ostrov erreichen." Während wir uns unterhalten, schaue ich aus dem Busfenster, ich sehe viele Menschen, die entweder zu Fuß oder mit einem Bollerwagen unterwegs sind. Alle sind vollgepackt mit Koffern, anscheinend mit ihrem ganzen Hab und Gut. Sie scheinen alle auf der Flucht zu sein. Wir fahren an ganzen Großfamilien vorbei, die alle nach Praha ziehen. Unser Bus ist inzwischen total überfüllt. Im Gang zwischen den Sitzplätzen sind die Menschen zusammengequetscht. Gott sei Dank haben wir einen Sitzplatz, denke ich. Ich schaue lieber aus dem Fenster als auf den Hintern einer alten Frau, die direkt vor mir steht und schon fast auf meinem Schoß sitzt. Die Luft ist unerträglich. „Liebling, in Praha haben wir einen längeren Halt und werden uns erst mal die Füße vertreten. Ich muss hier unbedingt raus." Annalena hat ihre Augen zu und scheint ein wenig eingenickt zu sein, ich störe sie nicht weiter. Ich schaue derweil aus dem Fenster.

Endlich haben wir Praha erreicht und stehen jetzt auf dem Bushauptbahnhof. Unser Bus ist leer, nur wir sitzen noch drin, weil ich Annalena langsam wach werden lassen möchte. „Die Fahrt endet hier, ihr müsst aussteigen", sagt der Busfahrer, der sich extra mit seinem dicken Bauch zu den hinteren Sitzen durchgekämpft hat. „Ich dachte, der Bus fährt durch bis nach Brno", erwidere ich. „Fahrplanänderung, ihr müsst mit dem 283. weiterfahren, der fährt in 30 Minuten vom Halteplatz 23."

Wir stehen mit unserem Gepäck und anderen Reisenden am Halteplatz 23. Inzwischen ist es schon Mittag und ziemlich kalt. Vereinzelt tanzen kleine Schneeflocken vor meiner Nase hernieder. In den Augen der Menschen erkennt man die Unruhe und Angst. Ihre Gesichter strahlen Orientierungslosigkeit aus. Vereinzelt fahren deutsche Wehrmachtfahrzeuge durch die Straßen und verbreiten allgemeine Verunsicherung. Und doch scheint es genug Landsleute zu geben, die sich über die Präsenz der deutschen Soldaten erfreuen. Sogar ihren Arm nach oben strecken und den Hitlergruß demonstrativ anwenden. Weiter hinten höre ich, wie sich zwei Männer unterhalten. „Es wird höchste Zeit, dass die

Deutschen hier, genau wie in Österreich, einmarschieren." Dabei schauen sie provozierend die anderen Leute an. Wir haben schon lange Anrecht auf ein eigenes Land. Wir sind und bleiben Sudetendeutsche." Der andere stimmt dem zu und brüllt „HEIL HITLER!"

Nun sitzen wir wieder in einem Bus, der wohl planmäßig bis nach Brno fährt. Wir haben auch Glück, dass wir einen Sitzplatz haben, der Bus ist brechend voll. Wir fahren an unzähligen Menschen, die auf der Flucht zu sein scheinen, vorbei. Immer wieder tauchen deutsche Lastwagen mit Soldaten auf, die an uns vorbeifahren. „Was hat das alles zu bedeuten, warum müssen wir unser Haus verlassen, Mama?" Ein vielleicht zehnjähriger blonder Junge löchert seine Mutter, er will alles wissen. Sie sitzen direkt vor uns. „Vaclav, bitte, ich kann dir nur sagen, es gibt Momente, wo man nicht fragt, sondern nur handelt. Und wir befinden uns gerade in solch einem Moment." Obwohl der Junge noch weitere Fragen stellt, beschäftigt mich die Aussage der Mutter. Also in manchen Situationen macht es Sinn, erst zu handeln und dann später darüber nachzudenken. Ist es wirklich so?

Vielleicht ist es in manchen Situationen besser, ihnen aus dem Weg zu gehen, und man fühlt die Gefahr, ohne sie definieren zu können. Da macht es natürlich schon Sinn, erst einmal zu handeln und dann, von weitem, mit Abstand, die Sache genauer zu betrachten. Auf jeden Fall ist eine Gefahr deutlich in der Luft zu spüren. Die Angst ist allgegenwärtig. Annalena zuliebe, versuche ich sie ein wenig herunterzuspielen. Ich sage ihr lediglich, dass es besser sei, Karl und Nickolas` Rat zu folgen und Turnov zu verlassen. In Wirklichkeit habe ich mehr Angst, als ich es ihr zeige. Ich habe gehört, dass es in der Region Jesenik am 29. September zwischen dem sudetendeutschen Freikorps und unserer Polizei zu schweren Zwischenfällen gekommen sein soll. Es soll viele Tote gegeben haben und die Nazis sollen fleißig mitgemischt haben. Einfache Menschen wurden provoziert und aus ihren Häusern vertrieben. Aber all das habe ich Annalena natürlich nicht erzählt, ich will sie nicht unnötig ängstigen. Ich glaube, es hat sich alles dramatisch zugespitzt seit Hitlers Rede in Nürnberg am 12. August. Daraufhin sind gleich viele Menschen in Form eines Umzuges auf die Straße gegangen und fingen augenblicklich an, Nazilieder zu singen. Was ist das nur für eine verrückte Zeit?

Wir sind gerade an Humpolec vorbeigefahren und die Stimmung bestimmt kollektives Schweigen. Das monotone Brummen des Motors ist das Einzige, was zu hören ist. Soeben fuhren wir an Veznice vorbei. Die Zeit schleppt sich mit dem Motorgeräusch des Busses fast einschläfernd dahin. Annalena macht wieder ein Nickerchen, mein Arm liegt um ihre Schulter. Ein Schild weist darauf hin, dass wir bald Velke Mezirici erreichen werden. Meine Augen werden schwer…

Wie spät ist es? Ich werde langsam wieder wach. Annalena lächelt mich an und reicht mir ein Stück Brot mit Speck. „Iss, Liebling, du hast den halben Tag nichts gegessen." Ich schaue auf meine Uhr. „Halb vier? Wo sind wir?" Annalena schiebt mir ein Stück Speck in den Mund. „Wir sind schon an Jablonov vorbei und müssten bald Ricany erreichen." Gut, denke ich, während ich kaue, dann haben wir es bald geschafft. Höchstens noch eine Stunde, dann sind wir in Brno. „Zum Teufel mit den Nazis und den scheiß Sudetendeutschen, wegen denen müssen wir alles aufgeben. Aber dafür werden die noch bezahlen, dieses Pack!" „Sei leise, Maria, wir bekommen noch Ärger, wenn du so brüllst." Drei Sitze vor uns streitet sich ein Paar so sehr, dass die gesamte Stimmung im Bus sich schlagartig umkehrt. Aus der totalen Eintracht entsteht eine kollektive Unruhe, die sich in eine nervöse verbale Auseinandersetzung verwandelt.

Gott sei Dank. Wir sind endlich auf dem Bushauptbahnhof in Brno angekommen. Inzwischen ist es schon 6:15 Uhr und es ist bereits dunkel. Wir haben den Bus jetzt verlassen und stehen mit unserem Gepäck an der Bus-Haltestelle. „Wie müssen jetzt zum Stadtteil Obrany. Der soll ziemlich weit im Norden am Stadtrand liegen. Karl hat gesagt, zur Orientierung hilft es, den Fluss Svratka zu erwähnen."

„Obrany? Da müsst ihr mit der Straßenbahn direkt nach Obransky Most fahren. Die Straßenbahn in dieser Richtung findet ihr an der übernächsten Kreuzung rechts." Der ältere Herr, der uns die Auskunft gibt, zeigt mit seinem Finger die Richtung, in die wir zu gehen haben. Schwerfällig, mit dem Gepäck im Schlepptau, machen wir uns auf den Weg zur Straßenbahn. Angekommen an der Straßenbahnhaltestelle, setzen wir uns erst einmal auf die Bank und warten, bis die Bahn kommt. Inzwischen hat es angefangen zu schneien. Wunderschöne große Flocken schweben fast tanzend dahin. Langsam verwandelt sich das allgemeine Grau der Straßen zu einem immer mehr leuchtenden Weiß. Die Straßenlaternen verzaubern das Straßenbild in ein schimmerndes Meer aus Schnee. Nach langem Warten sitzen wir endlich in einer Straßenbahn, die uns dorthin fährt, wo unser neues Zuhause sein wird. Müde Gesichter sitzen uns gegenüber. Ein Blick auf meine Uhr verrät mir, dass es inzwischen schon nach 8 Uhr ist und eine gewisse Müdigkeit, gepaart mit Hunger und Erschöpfung, begleitet uns. Annalena scheint das Gleiche zu empfinden, ihre Blicke zeigen mir nichts anderes. Wir sind jetzt schon seit 5.30 Uhr auf den Beinen, das sind, und jetzt rattert es in meinem müden Kopf, mehr als 14 ½ Stunden, alles das mit einer Scheibe Brot und ein bisschen Speck. Endlich, die Endstation Obransky Mostet. „Wir müssen nach Brehová Nr. 23, können Sie uns sagen, in welche Richtung wir gehen müssen?" Die alte Frau scheint sich auszukennen. „Ja, sie müssen geradezu über die beiden Brücken gehen und dann, glaube ich, links, da müsste die 23 sein." „Recht herzlichen Dank", ist meine Antwort und wir bewegen uns in die empfohlene Richtung. Es schneit inzwischen immer mehr. Wir überqueren eine kleine Brücke, die über einen verschneiten Fluss führt, und kurz darauf kommt eine weitere Brücke, die wohl über eine Nebenader führt. Und da erblicke ich auch schon die Straße Brehová. Jetzt kann es nicht mehr weit sein. „Liebling, ich glaube, wir haben es geschafft, noch ein paar Schritte und wir haben unser Ziel erreicht." Erleichtert schaut mich Annalena an und wir beide halten Ausschau nach der Hausnummer 23. Nach vielleicht noch fünf Minuten Fußweg erblicken wir endlich das Haus 23. Es brennt auch, Gott sei Dank, Licht, das durch Fenster nach draußen dringt. Die letzten schweren Schritte führen uns endlich direkt vor die Haustür. Ich klingele und lege meinen Arm um Annalena. Nach kurzem Zögern öffnet sich die Tür. „Ich glaub es nicht, ihr habt es doch noch geschafft, kommt rein, ihr beiden. Ich wusste nicht, ob ihr es bis heute noch schafft. Schön, euch zu sehen." Karl greift gleich nach dem Gepäck und zieht uns in sein Haus. Eine kräftige, anhängliche Umarmung bestätigt unsere Freundschaft. Endlich sind wir im Warmen und bekommen etwas zu essen. Karl deckt für uns den Tisch und tafelt für uns allerlei

Speisen auf, die wir dankbar annehmen und verspeisen. Annalena legt sich auch gleich nach dem Essen in das für uns vorbereitete Nachtlager. Karl und ich reden und reden, über Gott und die Welt, bis mir die Augen zufallen…

Ich erwache in einem weichen, ja kuscheligen Bett und neben mir liegt meine geliebte Annalena, die scheinbar schon etwas länger wach ist als ich. „Na, wie geht es dir, mein Schatz, hast du gut geschlafen?" Während sie das sagt, küsst sie mich und streichelt meine Haare. Ich schaue sie an. „Willkommen in unserem neuen Zuhause, ich glaube, wir haben es geschafft. Hier scheinen wir in Sicherheit zu sein." Noch etwas verschlafen räkle ich mich und schaue dabei aus dem Fenster. Es scheint wieder oder immer noch zu schneien. Erst als ich mich aufrichte und stehe, sehe ich aus dem Fenster, dass es wohl die ganze Nacht geschneit haben muss. Denn draußen ist alles verschneit. Es sieht richtig winterlich weiß aus. Es klopft an unserer Tür. Und nachdem wir „Ja" gerufen haben, kommt Karl herein. „Wie sieht es aus mit Frühstück, wir haben auch einen Gast, der auf euch wartet." Annalena und ich warten nicht lange und folgen

Karl ohne Wenn und Aber. Unten angekommen, weil wir eine Treppe abwärts gehen müssen, an die ich mich überhaupt nicht mehr erinnern kann, sehe ich auch schon einen rothaarigen Lockenkopf, der mich angrinst. „Nickolas", rufe ich sogleich und voller Freude beschleunige ich auch gleich meinen Schritt. „Schön, dich zu sehen." Eine kräftige Umarmung lässt mich unsere Freundschaft fühlen. „Hast dich überhaupt nicht verändert, siehst immer noch aus wie ein Haudegen", sind meine Worte. Nickolas lacht und begrüßt dabei auch Annalena. „Und, passt du schön auf unseren kleinen auf?" Annalena lacht und umarmt ebenfalls Nickolas. Karl bringt derweil alles Mögliche zum Essen auf den Tisch. Sodass wir, irgendwann, alle zusammensitzen und gemeinsam frühstücken. Zuviel gibt es zu fragen und zu berichten, sodass sich unsere Worte fast überschlagen. Zum Teil rufen wir alte Erinnerungen und Erlebnisse aus den Zeiten im Waisenhaus auf. Gleichzeitig wird über die jetzige weltpolitische Situation diskutiert und selbstverständlich auch über zukünftige Pläne, die man in Angriff nehmen möchte. Jedoch sind wir jetzt erst einmal wirklich angekommen. Ich genieße diese Zusammenkunft. Nach einer guten

Stunde gemeinsamen Frühstücks stellt sich natürlich die Frage, „Wo werden wir in Zukunft wohnen?" Karl schaut uns an. Na klar, wir sollten erst einmal eure neue Behausung aufsuchen. Kommt und nehmt eure Sachen, es ist nur ein paar Häuserblöcke entfernt." Kurz danach stehen wir auch schon vor dem Haus, in dem wir in Zukunft leben werden. Es ist ein Mietshaus mit der Hausnummer 32, vielleicht fünf Minuten von Karl entfernt. Auch Nickolas ist mitgekommen. Gemeinsam steigen wir die Treppen hoch bis zur 3. Etage und betreten unsere neue Wohnung. „Es ist eine Zweiraumwohnung, immerhin mit eigener Toilette. Und das ist nicht die Norm, kann ich euch sagen." Während Karl das sagt, lächelt er und schließt die Wohnungstür auf. Wir betreten die Wohnung mit einem Gefühl der Spannung und Neugierde. „Sie ist schön hell und die Räume sind ausreichend groß, sogar mit einer eigenen Küche, Petja, was wollen wir mehr." Dabei strahlt Annalena und umarmt mich. Unser neues Zuhause, denke ich, und schaue dankbar meine beiden Freunde an.

Inzwischen ist es März und es sind vielleicht fünf Monate vergangen. Nickolas, Karl und ich sitzen noch bis weit nach Mitternacht bei mir. Wir haben schon allerhand getrunken und sind, wie so oft, beim Diskutieren. „Ich sage euch, mit dem heutigen Einmarschbefehl der deutschen Truppen in unser Land ist ein Weltkrieg vorprogrammiert. Ein Krieg, der sich ausbreitet, auf dem gesamten Kontinent. Ihr werdet es sehen." Karl meint es wohl, nach seinem Blick zu urteilen, ernst. „Als nächstes ist Polen dran und dann Frankreich. Hitler bzw. die Nazis meinen es ernst, das könnt ihr mir glauben." Nickolas schaut mich mit einem leicht glasigen Blick an. „Erinnere dich an unsere Kindheit, es war gerade ein großer Weltkrieg zu Ende, wir waren noch Kinder." Sein Kopf senkt sich. „Waisenkinder". Er schaut mich erneut an. „Kaum hat sich Deutschland erholt, ist es anscheinend schon wieder in einen neuen Krieg verstrickt. Nur diesmal als ganz klarer Verursacher des Übels." Annalena hat sich schon vor längerer Zeit zurückgezogen und schläft bereits. Oft sitzen wir drei bis tief in die Nacht zusammen und versuchen die Welt zu verstehen.

Heute ist ein besonderer Tag, es ist die Nacht vom 16. zum 17. März 1939. Die deutschen

Truppen marschieren in Rest-Tschechien ein. Was so viel heißt wie, dass Tschechien die Souveränität als Eigenstaat verloren hat. Ein merkwürdiges Knistern liegt in der Luft. Ich schaue mir Nickolas und Karl an, wie sie so dasitzen und aufgeregt miteinander diskutieren. Ein seltsames Gefühl übermannt mich, ein Gefühl, das ich bisher nur zweimal in meinem Leben hatte, so etwas wie ein Déjavu. Ich sehe meine beiden Freunde und habe das Gefühl, als wären sie jemand Anderes und doch meine mir so vertrauten Freunde. Natürlich fehlen mir hierfür die passenden Worte. Aber dennoch durchflutet mich dieses Gefühl und lässt mich ein nicht definierbares Glück wahrnehmen.

„Hey, Freunde", ich unterbreche die beiden vorsätzlich, „kann es sein, dass wir schon öfter, in anderen Zeiten, über das Weltgeschehen diskutiert haben?" Ich schaue beide fragend an und signalisiere mit meinem Blick, dass ich etwas anderes meine, als das, worüber wir gerade sprechen. „Was meinst du, Kleiner", fragt mich Karl und schaut mich nachdenklich an. „Kann es nicht sein, dass wir diesen Scheiß schon öfter gemeinsam durchgemacht haben? Nur in anderen Zeiten, da wir schon immer, oder zumindest schon sehr lange, gute Freunde sind. Ich habe immer wieder das Gefühl diese Scheißsituationen als Wiederholung zu erleben und ihr seid mir dabei so vertraut. Ich weiß, dass das jetzt vom Thema ablenkt, aber, es tut mir leid, ich kann nicht anders; ich muss euch das sagen. Mir kommt alles so vertraut vor, jetzt müsste nach meinem Gefühl der Krieg und dann die Flucht kommen." „Hör zu, Kleiner, ich gebe zu, als du mir damals, im Waisenhaus, dein Brot gegeben hast, war meine Aufmerksamkeit schon auf dich gerichtet. Aber das lag an deiner Tat. Du hast Schläge für mich riskiert und das mit vielleicht sechs Jahren. Verstehst du, dein Handeln machte mich auf dich aufmerksam." Nickolas´ Worte beeindrucken mich nicht. Flugs kommen meine Gedanken als Antwort. „Aber warum habe ich das getan? Vielleicht habe ich dich einfach seelisch wiedererkannt und deshalb so reagiert. Warum seid ihr beide so gute Freunde und geht gemeinsam durch dick und dünn?" Schon sind wir vom politischen Thema abgekommen. „Seelisch wiedererkannt? Willst du damit sagen, dass unsere Seele nicht stirbt und wir quasi unsterblich sind und auf ewig leben?" Karls Augen glänzen bei dieser Frage. Auch Nickolas schließt sich dieser Frage an. „Das würde ja bedeuten, wir leben immer. Von Anbeginn der Zeit. Und der Sinn des Lebens könnte sein, sich immer weiter zu entwickeln." „Und der Körper", wirft Karl ein, „wäre nur für eine bestimmte Zeit zum Entwickeln wichtig. Stirbt dieser, bekommt die Seele, mit jeder Geburt, einen neuen. Und unsere Frauen sind dann auch, in gewissem Sinne, Wiederholungen." Mit großem Enthusiasmus und Glitzern in den Augen diskutieren wir die ganze Nacht. Es wird zu dem Thema, das uns alle drei fesselt.

Heute ist Freitag, der 1. September, seit heute Morgen um 4:45 Uhr herrscht Krieg. Die Deutschen haben Polen angegriffen. Wir sitzen zusammen und hören Radio. Auch Nickolas und Karl sind zu uns gekommen. Es ist inzwischen früher Abend. Wir hören Hitlers Rede. Aus dem Radio ertönt eine provozierende Stimme. „Seit 5:45 Uhr wird zurückgeschossen und…". Mit einer gewissen Bestätigung, es gewusst zu haben, und doch einer großen Unsicherheit schauen wir uns alle an. Mein Blick geht besonders zu Annalena, die ihre linke Hand auf den Bauch gelegt hat. Denn unser gemeinsames Kind zeigt sich durch die Größe ihres Bauches. Wir erwarten einen Sohn, ja es wird ein Sohn, davon ist Annalena überzeugt. Wir schalten das Radio aus und schauen uns an. „Vielleicht sollten wir mal an unsere Seele denken, die unsterbliche, die alles schon unzählige Male erlebt hat", wirft Nickolas plötzlich ein. „Vielleicht haben wir schon den 1. Weltkrieg, den 100 Jährigen Krieg oder irgendwelche Mittelalterliche Kriege mitgemacht. Kommt schon, lasst uns nicht den Kopf in den Sand stecken. Auch diesen werden wir irgendwie schon überleben. Auf jeden Fall aber unsere Seele." Nickolas schaut Karl an, der anscheinend etwas zu erwidern hat. „Wir leben aber im Hier und Jetzt und das ist entscheidend. Wir sollten uns schon Gedanken machen, was wir tun können. Sollten die Deutschen auch noch Frankreich angreifen, dann wird es eskalieren. Da bin ich mir sicher, das werden die Engländer nicht zulassen. Und was ist mit Italien, diese Faschisten haben schon vor drei Jahren Äthiopien angegriffen und eingenommen. Mussolini ist Hitlers bester Freund. Und im April dieses Jahres wurde Albanien von den Italienern annektiert. Freunde, ich sage euch, wir stehen vor einem großen Weltkrieg, dem Zweiten Weltkrieg. Der erste Weltkrieg ist gerade mal vor 21 Jahren beendet worden. Der Rechtsextremismus hat zunehmend die politische Macht ergriffen und das weltweit. Das könnt ihr mir glauben." Schweigend schauen wir uns an. „Wann wird dieser Scheiß endlich ein Ende haben", werfe ich ein. „Wollen wir nicht alle Freunde, Liebe, Anerkennung und eine intakte, gesunde Familie haben? Lachen und das Leben genießen. Wer kann denn daran Interesse haben, ständig Kriege zu inszenieren?" Annalena schaut mich an. „Das Böse, nur das Böse kann es sein. Seht, was sie mit den Juden machen, die überall gejagt werden. All das ist das Werk des Bösen. Mir fallen vielleicht nicht die richtigen Worte dazu ein, aber letztendlich ist es das Böse." Ich schaue meine geliebte Annalena an und lege meine Hand auf ihren Bauch. „Hey, wir werden das schon schaffen, auch dieser Krieg wird vorübergehen." Noch lange sitzen wir zusammen und tauschen Gedanken aus, bis wir uns verabschieden.

Auch zwei Tage später sitzen wir wieder zusammen und informieren uns gegenseitig, dass Frankreich und England den Deutschen den Krieg erklärt haben. Dennoch bleibt der Winter für uns selbst relativ ruhig, abgesehen von den laufenden neuen Nachrichten, die alle aus deutscher Sicht sehr einseitig sind. Silvester 39/40 verbringen wir gemeinsam mit Nickolas, Karl und einigen anderen Freunden. Die Stimmung ist sehr politisch und lässt einige Gemüter aufkochen. In den Straßen von Brno marschieren Rechtsextremisten und verkünden ihre faschistische Gesinnung. Andersdenkende werden beleidigt, angegriffen und vermöbelt. Der Alkohol, gepaart mit einer aggressiven Stimmung, verbreitet eine tödliche Heiterkeit. Wir bleiben lieber in unserer Wohnung, um diesem Mob nicht zu begegnen. Annalenas Bauch ist inzwischen gut gewachsen, er zeigt uns, dass es vielleicht höchstens drei Monate dauern kann, bis unser Sohn das Licht der Welt erblickt. Spätestens Mitte April soll er kommen.

Herr Gott, wer klopft da denn so an unsere Tür? Ich schaue auf unseren Wecker, es ist gerade mal 5:45 Uhr. Das Klopfen wird penetrant. Annalena schaut mich ängstlich an. „Schon gut, Liebling." Ich schleppe mich aus dem Bett und begebe mich zur Wohnungstür. Ein Blick durch den Spion zeigt mir zwei Männer, die aussehen, als wären sie von der Gestapo. Sie tragen einen langen Ledermantel und einen braunen Hut. „Ja, Moment bitte", ist meine Antwort auf ihr permanentes Klopfen. Ich ziehe mir meinen Morgenmantel an und öffne die Tür. „Sind sie Petja Skarol?" „Ja, was ist los", antworte ich zögernd. „Mitkommen, ziehen sie sich an, aber schnell", dabei stoßen die beiden die Tür weit auf und dringen in unsere Wohnung ein. „Was ist los, was hab ich getan?" Einer der beiden läuft einfach an mir vorbei und schaut sich neugierig um. Der andere behält mich weiter im Auge und schubst mich leicht nach vorne in die Wohnung. „Was habe ich getan", frage ich erneut mit einem leicht üblen Gefühl in der Magengegend. Annalena kommt auf den Korridor gerannt und schreit, „Liebling, was ist los, was wollen die Männer?" „Ich weiß nicht, aber es wird sich alles aufklären. Es wird bestimmt nur ein Irrtum sein." „Das glaube ich nicht, ihnen wurde vor mehr als vier Wochen der Einberufungsbefehl zugesandt, auf den sie nicht reagierten. Was glauben sie denn, wer sie sind? Der Führer braucht in solchen Zeiten jeden Mann, auch solche wie sie. Und wer nicht für den Führer ist, der ist gegen ihn. Und wer gegen ihn ist, der ist ein Feind. Und was wir mit Feinden machen, können sie sich vielleicht noch nicht vorstellen." Der Blick des Mannes ist wie versteinert. „Ich gebe ihnen keine drei Minuten, dann haben sie sich angezogen und das Nötigste eingepackt, die Zeit läuft". Er scheint es ernst zu meinen, denn er starrt mich mit einem Blick an, der alles andere als Spaß versteht. Hektisch ziehe ich mich an und Annalena packt weinend für mich schnell eine Tasche. „Hey, wir werden uns noch vor der Geburt unseres Sohnes sehen, das verspreche ich dir", dabei lege ich meine Hand auf ihren inzwischen großen, runden, Bauch. Sie bricht in Tränen aus und umarmt mich. „Los, kommen sie jetzt, sie hatten vier Wochen Zeit, sich darauf einzustellen." Dabei greift einer der Männer meinen Oberarm und zieht mich zur Wohnungstür. „Annalena, Schatz, ich komme wieder, es wird alles gut", sind meine letzten Worte und man zerrt mich aus der Wohnung. Annalena rennt mit mir die Treppen runter und weint unentwegt. Erst als man mich ins Auto drückt und wir uns von dem Haus entfernen, erlöschen die weinenden Rufe meiner geliebten Annalena.

Heute ist der 10. Mai und in eine Uniform gezwängt, sitze ich in einem Lastwagen der deutschen Wehrmacht, mit vielleicht vierzig anderen Soldaten auf dem Weg nach Frankreich. Wir sind eine Kolonne von unzähligen LKWs, Panzern und anderem Gefährt. Die Gesichter der mit mir fahrenden Soldaten zeigen alle große Unsicherheit. Denn alle sind sogenannte Zwangseingezogene, wir sind zwischen 20 und 50 Jahre alt und ich glaube, keiner ist hier freiwillig im LKW. Die schweren Panzerketten sowie die Motoren der anderen Fahrzeuge verursachen einen höllischen Krach. Trotz alledem scheint jeder in Gedanken versunken zu sein. Was machen meine Annalena und mein gerade geborener Sohn? Vielleicht kümmern sich meine Freunde um sie. Aber was ist mit Nikolas und Karl, haben die beiden auch einen Einberufungsbefehl bekommen; sind die beiden vielleicht auch abgeholt worden? Wer kümmert sich dann um meine Annalena und um meinen kleinen Sohn? Wir wollten ihm einen französischen Namen geben. Maurice. Und jetzt fahre ich nach Frankreich, um es zu überfallen, welch eine Ironie. Vor mir sitzt ein junger Mann, der vielleicht höchstens 18 Jahre alt zu sein scheint. Er betrachtet die ganze Zeit ein Bild und hat Tränen in den Augen.

Wir sitzen schon seit 5:00 Uhr morgens in diesem LKW und es ist bereits 3:00 Uhr nachmittags. Uns wurde lediglich eine kleine Pause zum Pinkeln gestattet und wir konnten uns kurz die Beine vertreten. Irgendwann müssen wir doch da sein?! Kaum habe ich das gedacht, sind auch schon laute Granateinschläge zu hören. Ich habe zwar noch nie welche gehört, aber dennoch weiß ich, dass das welche sein müssen. „Raus, runter in Gefechtsstellung", höre ich jemanden brüllen. Wir alle verlassen springend die LKWs und legen uns auf den Boden. Über uns fliegen französische Flugzeuge, Jäger, ausgestattet mit Maschinengewehren, die im Sturzflug auf uns schießen. Meine Knie zittern und ich kauere mich zusammen. Vielleicht einen Meter von uns entfernt sausen die Geschosse der Maschinengewehre, wie an einem Kettenglied aufgereiht, an uns vorbei. Ich öffne meine Augen, weil ich nicht länger im Ungewissen sein möchte. „Aufspringen und weiter", sind die schreienden Befehle. Wir alle springen auf und rennen in die Richtung, die uns gezeigt wird. Mein Blick schweift nach rechts und ich sehe einige, die nicht mehr aufstehen. Zerfetzt von Kugeln liegen sie leblos am Boden. Auch der Junge, der mit dem Bild in der Hand vor mir saß. Seine Augen sind weit aufgerissen und sein lebloser Körper ist völlig deformiert. Ich denke nicht, sondern handle nur. Meine Beine bewegen mich wie eine Maschine ohne einen Plan. Bücken, aufstehen, rennen, das Gewehr nehmen und schießen, sind momentan das Einzige, was ich mache. Um mich herum zischt, pfeift und knallt es. Siegesschreie, Stöhnen, Jammern und Hilferufe sind das, was ich unterbewusst wahrnehme. Am Boden liegen zuckende Soldaten, die mit ihren Verletzungen zu kämpfen haben. Nebenbei höre ich Schreie wie „Weiter, bewegt euch". Ich wurde lediglich sechs Wochen an den Waffen geschult, das war meine Ausbildung. Nun liege ich hier im Dreck und traue mich nicht aufzustehen. Vor, hinter und neben mir schlagen Granaten ein. Maschinengewehrsalven sausen dicht an meinem Kopf vorbei. Überall zischt und knallt es. Überall liegen sterbende, stöhnende oder tote Männer. „Vorwärts, kommt schon, beeilt euch!" Jetzt ist der Zeitpunkt gekommen und ich muss aufstehen und rennen. Mit meinem Gewehr fest in der Hand, springe ich auf und renne los. Rechts neben mir steht ein deutscher Panzer und feuert gerade eine Salve von Geschossen ab. Meine Ohren dröhnen. Ich renne weiter. Da werde ich ruckartig in die Knie gezwungen. Ich sacke zusammen und ein brennender Schmerz durchfährt meinen ganzen Körper. Schreiend liege ich auf dem Boden, ich habe mein Bein verloren. Unterhalb meines Knies ist alles weg. Zitternd schaue ich hinunter. Ich will es nicht glauben und versuche aufzustehen. Doch in dem Moment wird es mir bewusst. „Oh scheiße, nein bitte nicht", schreie ich aus vollem Halse. Mein ganzer Körper zittert. Mir wird schlecht…, ich öffne wieder meine Augen und sehe neben mir einen jungen Soldaten liegen. Er hat beide Beine verloren. Er starrt mich an, oder? Nein, der ist schon tot. Mein Bein, ich blute stark. Um mich herum pfeift und zischt es. Außer Zischen und Knallen höre ich nur Gebrülle. „Weiter, los Männer, kommt schon, Sanitäter, Aha… Aha, so eine Scheiße, hier lang, weiter!" Ich befinde mich in einem totalen Chaos.

Doch langsam ebbt die Geräuschkulisse ab, es wird ruhiger. Nicht, weil weniger geschossen oder geschrien wird, nein, weil es in meinem Kopf ruhiger wird. Wie in Zeitlupe rennen die Soldaten, fahren die Panzer und andere Fahrzeuge und die Geschosse schlagen langsamer in das Ziel ein. Menschen und Gegenstände fallen einfach schleppender, ja bedächtiger zu Boden. Das Zischen zieht sich mehr und mehr in die Länge. Ich betrachte das jetzt aus einem anderen Blickwinkel, habe ich das Gefühl. Während ich alles um mich herum betrachte, denke ich an meine geliebte Annalena und meinem Sohn Maurice, den ich leider noch nicht gesehen habe. In dem Moment wird mir klar, dass ich ihn auch nicht mehr sehen werde. Langsam werden meine Augen müde, müde von so viel Leid, das ich mit ansehen muss. Mein Gewehr, auf das ich mich bis jetzt noch gestützt habe, fällt zur Seite und ich lande auf dem Rücken. Erneut öffne ich meine Augen. Nun betrachte ich den wunderschönen blauen Himmel, an dem vereinzelt das eine oder andere vorbeizischt. Langsam verdunkelt sich das herrliche Blau…

Durch einen Schlitz beobachte ich, wie zwei Jungen durch das Gestrüpp schleichen. Mann, das sind Viktor und Karl, die beiden werden es schaffen. Aber nur mit meiner Hilfe, ist mir bewusst. Ich renne schreiend aus der Hütte, in der ich mich befinde. „Juhu, wir haben es geschafft." Es ist ein großartiges Gefühl. Annalena umarmt mich und ist stolz auf mich. Plötzlich zieht ein dunkles Gewitter auf und überall sind düstere Gestalten mit hasserfüllten Gesichtern. Annalena und ich rennen um unser Leben. Da winken unerwartet zwei Freunde mit den Händen, auf dass wir den richtigen Weg einschlagen. Wir folgen und sind gerettet. Mein geliebtes Weib und meine Freunde winken mir zu, ich stehe auf und mache mich auf den Weg. Schaue ich mich noch mal um? Ja oder nein? Doch, ich drehe mich kurz und betrachte meinen Körper, der in einer verdreckten, mit Blut verschmierten Uniform auf dem Boden liegt. Mit einem abgeschossenen Bein, starren meine leeren Augen in den Himmel. Genug gesehen, ich folge lieber dem Licht, das durch Liebe getränkt jede Qual auflöst und Sicherheit gewährt. Jede Last verliert sich im Glücksgefühl und der Glückseligkeit. Ein Gefühl des ewigen sich Wiederholens durchflutet mich…

„Hey, aufwachen, du Schlafmütze, du musst zur Schule. Es ist schon viertel sieben". Ich ziehe mir meine Decke über den Kopf und drehe mich zur Seite, „Mutti, ich habe heute keine Lust." Ich weigere mich und bleibe einfach liegen. „Soweit kommt es noch, du musst zur Schule, los Peter, sonst musst du nachher wieder rennen." Mutti zieht mir einfach die Decke weg. „Ach Mann", widerwillig stehe ich unausgeschlafen auf. Ronald und Manfred sind schon wach und frühstücken, Klausi schläft noch. „Na, du Murmeltier, bist du endlich wach", sagt Ronald und winkt mit beiden Händen, um mich zu ärgern. „Mama, Ronald ärgert mich", erwidere ich jammernd. Manfred isst derweil sein Brot und schweigt. „Ronald, lass Peter in Ruhe, der ist heute nicht so gut drauf, und beeilt euch!" Wir verlassen die Wohnung und gehen zur Schule. Manfred und Ronald begleiten mich. Heute ist ein blöder Tag, alles geht schief und nichts macht mir Spaß.

Heute ist mein Geburtstag, ich bin sechs Jahre alt geworden. Wir sitzen alle am Tisch und ich soll jetzt sechs Kerzen auspusten. Ich hole tief Luft und puste mit aller Kraft. Ich habe es geschafft! „Hoch soll er leben", rufen Mutti und

Papa und auch die anderen klatschen. Auch Oma und Opa sind da. Klausi ist gestern drei geworden. Unser beider Geburtstag liegt nur einen Tag auseinander. Sofort stürze ich mich auf meine Geschenke und reiße die Pakete auf. Wow, ein Cowboygürtel mit Pistole. „Du musst aber noch ein Stück Kuchen essen, Peter, es ist dein Geburtstagskuchen." Dabei reicht mir Mutti ein Stück Kuchen, direkt vor meine Nase. Ich kann es nicht abwarten und kauend reiße ich das nächste Paket auf. Eine Batman-Figur mit einem langen, schwarzen Umhang. Sogleich kommt Klausi und greift nach meinen Geschenken. Ich will das nicht. Ich reiße das nächste Geschenkpaket auf und finde dort ein großes, blaues Polizeiauto. Ich freue mich riesig. Klausi will am liebsten mit allen meinen Spielsachen spielen und versucht, sie mir aus den Händen zu reißen. „Mutti, das sind meine Sachen", Klausi fängt an zu weinen. „Komm, Klausi, du hast gestern deine Spielsachen bekommen", sie nimmt ihn auf den Arm und setzt ihn vor seine Spielsachen. Alle essen und reden miteinander, ich spiele währenddessen mit meinem Polizeiauto, das sogar eine Sirene hat, die auf Knopfdruck losheult.

Wieder sind Oma und Opa bei uns, denn heute habe ich Geburtstag, den wir zusammen feiern wollen. Papa ist leider nicht dabei. Manfred und Ronald sitzen auf der Couch und flüstern. Mutti kümmert sich um Klausi, der gerade „eingepullert" hat. „Ich weiß nicht, wie ich den nächsten Monat überstehen soll", sagt Mutti, während sie Klausi saubermacht. Die Stimmung ist nicht so schön wie letztes Jahr, als ich sieben wurde. Oma und Opa reden mit Mutti die ganze Zeit. Ich packe derweil meine Geschenkpakete aus. Und doch höre ich das eine oder andere, was meine Brüder leise diskutieren. „Vielleicht gibt es einen Atomkrieg und dann werden wir alle sterben, oder wir werden von Aliens überfallen." Meine beiden Brüder scheinen sich voller Spannung zu unterhalten. Was meinen die damit? Meine Neugierde ist größer als der Wunsch die Geburtstagsgeschenke auszupacken. Manfred meint, „wir haben das Jahr 1965 und das wird das bedeutendste Jahr aller Jahre sein." Heute ist der 10. April und ich bin sieben Jahre alt geworden. Aber was ist ein Atomkrieg? Was ein Krieg ist, das weiß ich, doch ein Atomkrieg muss noch etwas Schlimmeres sein. Papa und Mutti haben sich gestritten und deswegen ist Papa auch nicht da. „Mutti, was ist ein Atomkrieg?" Mutti schaut mich an, „was hast du denn da wieder gehört? Manfred, Ronald, hört auf vor Peter über solche Themen zu reden. Ihr macht ihn nur neugierig und dafür ist er noch zu jung." „Ich bin überhaupt nicht zu jung", antworte ich sofort und ziehe ein empörtes Gesicht. Opa hört zu und mischt sich auch gleich ein. „Ein Atomkrieg ist ein Krieg mit fürchterlichen Waffen. Waffen, die eine unheimliche Zerstörungskraft haben, schlimmer als jede Bombe, die man sich vorstellen kann. Solch eine Bombe kann eine gesamte Großstadt zerstören und noch viel schlimmer sind die Folgen. Diese lassen nach der Zerstörung die Großstadt für viele Jahre unbewohnbar werden. „Was heißt das, Opa?" Das heißt, dass man auf dem Gebiet, wo eine Atombombe abgeworfen wurde, viele Jahrzehnte nicht mehr leben kann. „Warum nicht", will ich genauer wissen. Opa holt aus. „Solch eine Atombombe hinterlässt nach der Explosion tödliche Strahlung, die lange anhält, bevor man das Land wieder betreten kann." „Aber was hat man denn davon, solche Bomben zu bauen und zu benutzen, wenn man das erobertes Land nicht selbst betreten kann", fragt Manfred. „Ja, Kinder, das kann ich euch auch nicht sagen. Auf jeden Fall existieren weltweit genug von diesen Monsterbomben." „Bruno, es ist genug, erzähl den Kindern nicht zu viele Gruselgeschichten." Doch Manfred wirft ein, „Oma, lass Opa weitererzählen, wir wollen noch mehr darüber wissen." So erzählt Opa noch mehr über Kriege und Waffen. Meine Brüder und ich hören gespannt zu. Mutti und Oma unterhalten sich in der Küche weiter.

Heute ist wieder so eine scheiß unruhige Nacht. Mutti streitet mit Manfred, ich liege in meinem Bett und kann nicht schlafen. Klausi und Ronald sind auch wach. Durch die geschlossene Tür hören wir, wie Mutti brüllt, und ein gelegentliches Klatschen verrät, dass sie auf Manfred einschlägt. „Was, du erhebst die Hand gegen deine eigene Mutter, du Schwein, du undankbarer Mistkerl!" Türen knallen und hektisches Rennen verbreitet völlige Unruhe. „Bitte, lieber Gott, setze dem ein Ende", höre ich mich flüstern, denn solche Abende werden immer häufiger. Seitdem Papa nicht mehr da ist, ist Mutti völlig überfordert. Manfred hat seinen eigenen Kopf und will sich von Mutti nichts mehr sagen lassen.

Heute ist ein unruhiger Tag, schon auf dem Weg zur Schule fahren mehr Polizeiautos durch die Straßen als sonst. Auch die Lehrer wirken etwas nervös. „Der heutige Tag ist ein besonderer Tag", höre ich so nebenbei von einem unserer Lehrer, der sich mit einem anderen unterhält. Wir haben heute Montag den 5. Juni 1967. Was kann das für ein besonderer Tag sein, denke ich so. Doch mein großer Bruder Manfred erzählt mir alles, als ich nach Hause komme und neugierig frage. „Am Freitag war der Schah von Persien in Berlin zu Besuch und da wurde einer von den Demonstranten erschossen. Erschossen von der Polizei, obwohl der völlig unbewaffnet war und niemandem etwas getan hat. Und das auf einem Hinterhof in Wilmersdorf. Benno Ohnesorg war sein Name, er war ein friedlicher, eher zurückhaltender Student. Man hat ihn einfach hingerichtet!" Manfred schaut mich ziemlich ernst an. Manfred ist fast 16 Jahre alt und interessiert sich sehr für Politik. Er ist ganz schön sauer. Wie die meisten Jungen in seinem Alter hat er lange Haare und trägt eine Kette mit einem „Peace-Zeichen." „Peter, unser Staat wird zum Polizeistaat und verwandelt sich zum neuen Faschismus, der letzte Freitag ist der Beweis und hat uns nichts anderes gezeigt." Faschismus? denke ich, ohne zu fragen, denn ich tue immer so, als wüsste ich, was das bedeutet. Im gewissen Sinne ist Manfred für mich so etwas wie ein Vorbild, wenn es ums Wissen geht. Ich gebe zu, ich kann Manfred nicht wirklich folgen. Aber ich erkenne in seinem Gesicht die Bedeutung. Immerhin bin ich jetzt auch schon fast zehn Jahre alt und auch meine Haare werden langsam länger. Auch ich höre inzwischen Pink Floyd, Rolling Stones, Three Dog Night, Them und andere Bands. Ich habe über meinem Bett auch drei Poster an der Wand, eins von den Stones, von Them und von Donovan.

Papa wohnt wieder bei uns, aber Manfred nicht mehr. Mutti sagt, das ist besser so. Er wohnt jetzt in einer betreuten Wohneinrichtung. Wir wohnen weiterhin in der Winterfeldstraße 28 in Schöneberg und unsere im Erdgeschoss liegende anderthalb Zimmer Wohnung befindet sich, nach wie vor, auf dem zweiten Hinterhof in einem Eckgebäude. Um auf den zweiten Hinterhof zu kommen, muss man von der Winterfeldstraße durch ein riesiges altes Eisentor, das einseitig offen steht, durch eine lange Einfahrt, die rechts und links noch Vertiefungen für alte Pferdekutschen hat, gehen. Dann kommt man zum ersten Hof, dessen Haus auf der linken Seite durch den Krieg zerbombt ist. Eine abgeschlossene Tür macht es uns unmöglich, das zerbombte Treppenhaus zu betreten. Rechts wohnen noch Mieter, die ich kenne. Gehe ich weiter durch den nächsten Gang, komme ich auf unseren zweiten großen Hof, auf dem sich in der Mitte ein langer rechteckiger Garten befindet. Dieser ist durch einen Eisenzaun abgesperrt. Links stehen die Mülltonnen vor einer alten Mauer, auf der Glasscherben im Mauerwerk befestigt sind. Hinter dieser Mauer befindet sich ein großer Flaschenhof. Ein Hof, der mit Altglas handelt. Vorbei an der Mauer, befindet sich ein großes altes Holztor, hinter dem mal eine Holzwerkstatt war. Rechts daneben gibt es einen Hauseingang. Blickt man weiter rechts, folgen einige Keller und einige Fenster im Erdgeschoss, die rechts in der Ecke mit dem nächsten Hauseingang, wo unsere Hauswartsfamilie wohnt, endet. Die vom Erdgeschoss fast in der Mitte gelegene Wohnung des Hauswarts bietet den optimalen Überblick. Frau Klatt, unsere Hauswartsfrau, kann aus ihrer Wohnung so den ganzen Hof überblicken. Was sie auch immer macht. Ihr Sohn Heinz, obwohl er älter ist als wir, spielt gerne mit uns. Er ist zwar nicht besonders intelligent, aber sehr stark. Mit ihm haben wir schon die tollsten Erlebnisse gehabt. Rechts, hinter der Ecke, geht der Hof weiter, nach dem dritten Fenster unserer Wohnung kommt unser Hauseingang. Dann folgt ein schmaler Weg hinter dem Gartenzaun, an vielen Kellerfenstern vorbei, bis am Ende der nächste Haus-eingang kommt. Wieder rechts folgt noch ein Haus-eingang, bis ans Ende des letzten Eingangs. Nun, einmal bin ich um den Hof gegangen zu der Durchfahrt, die von der Straße zum Hof führt. Seit kurzem besitzen wir die Kellerwohnung, direkt unter uns, welch eine Freude. In der Kellerwohnung können Ronald und ich endlich ein eigenes Zimmer bekommen. Ronald will lieber den kleineren Raum haben. Der genau unter unserem bis dato gemeinsamen Kinderzimmer liegt. Ich freue mich, denn ich bekomme das große, das unter unserem Wohn-zimmer.

Andi, mein bester Freund, und ich sitzen in meinem Zimmer und hören gerade In-A-Gadda-Da-Vida von Iron Butterfly. Wir haben einen Joint geraucht und genießen die Musik. Gerade jetzt beim super geilen Schlagzeugsolo müssen wir gestört werden. Es klopft an der Tür, es klopft lauter als die Musik. Schleppend stehe ich auf und öffne die Tür. Meine Haare hängen mir quer übers Gesicht. „Hey, was habt ihr denn Gutes geraucht? Deine roten Locken versperren dir ja die Sicht, du bist ziemlich knülle, oder?" Heinz kommt rein und schließt gleich hinter sich die Tür. „Der heutige Tag geht in die Geschichte ein, den müsst ihr euch merken", dabei hebt er beide Arme leicht nach oben. „Heute, am 18. September 1970, ist der König der Gitarre, Jimi Hendrix, in London gestorben. Hey, Leute, die Welt geht bald unter. Habt ihr noch was zu rauchen?" Heinz ist mein zweitbester Freund, der aber auch gerne viel redet, auch wenn er noch nichts geraucht hat. Also bauen wir lieber schnell noch eine kleine Tüte, damit wir unsere Ruhe haben. Dennoch beginnen über den Tod des Gitarren-königs zu diskutieren. „Hendrix ist 27 Jahre alt geworden, ist das noch jung oder schon alt", wirft Andi in den Raum. „Ich würde sagen, fast alt, oder besser, die Zeit beginnt ab da langsamer zu laufen", antworte ich. Wir labern noch lange und rauchen noch den einen oder anderen Joint.

Mein Zimmer wird immer mehr zum Treffpunkt meiner Freunde und die Anzahl meines Freundeskreises steigt langsam an. Öfter kommen auch Freunde und Kumpels von meinem Bruder und verbringen einen Teil ihrer Zeit mit mir zusammen. Ich fühle des Öfteren, dass das Ronald nicht gefällt. Was haben seine Freunde bei mir zu suchen? Das zeigen seine Reaktionen. Liegt es vielleicht daran, dass ich zu gerne über Gott und die Welt diskutiere und immer wieder interessante Fragen in den Raum stelle? Sehr oft führen solche Diskussionen zu einem abendfüllenden Programm. Manchmal glaube ich zu fühlen, wie ich die anderen mit meinen Gedanken inspiriere und bereichere. Denn wie kann ich mir sonst die steigende Anzahl meiner Freunde bzw. Kumpels erklären? Ich entwickle mich langsam zu einem überzeugenden Redner, dem andere gerne zuhören.

Mein Vater wohnt schon wieder seit längerem nicht mehr bei uns. Mutti hat ihr Verhältnis zu Fred intensiviert. Fred ist ein sehr netter Mann und der neue Freund von Mutti, aber auch von meinem Alten. Mit ein paar anderen zusammen gründeten sie 1960 einen Science Fiction-Club, in dem sie Romane schreiben und diese veröffentlichen. Auch meine Mutter schrieb bis vor kurzem einige Kurzgeschichten. Fred und mein Vater schreiben immer noch. Fred ist in Ordnung. Ich kann mich mit dem Gedanken anfreunden, dass die beiden sich zusammentun. Trotzdem bin ich ziemlich sauer auf meinen Vater. In einem Streitgespräch verlangte er von mir, dass ich mir die Haare kurz schneiden lassen soll. Ansonsten möchte er mich nicht mehr sehen. Das sagte er mir, als ich mal bei ihm in seiner neuen Wohnung war. Natürlich lasse ich mir nicht vorschreiben, wie ich meine Haare zu tragen habe. Auf Grund dessen haben wir uns jetzt schon mindestens vier Monate nicht mehr gesehen. Fred und Mutti ziehen zusammen. Heute ist der große Umzugstag, ja, wir verlassen die Winterfeldstraße und ziehen in eine riesige Wohnung, direkt in der Grunewaldstraße, am Kleistpark. Die Wohnung hat sechseinhalb Zimmer und ist über 200 qm groß. Ich bekomme ein echt cooles Zimmer, Ronald und Klausi natürlich auch. Die Wohnung ist riesig. Ich betrete sie mit einer Kiste im Arm zum ersten Mal und stehe nun in einem quadratischen Korridor, von dem fünf Türen abgehen. Ich stelle die Kiste ab und schaue mich erst einmal um. Mein Kopf dreht sich im Kreis. Von links aus betrachtet sehe ich zuerst die schmale Tür einer kleinen Gästetoilette, dann daneben ein kleines Zimmer, das wohl für Klausi bestimmt ist; geradezu, ein riesiges Durchgangszimmer, das weiter nach hinten führt. Daneben, leicht rechts, die Tür, die zum Wohnzimmer führt, und ganz rechts die Tür, die zum Schlafzimmer mit einem großen Erker führt. Ein kurzer Blick durch die Räume, dann gehe ich durch das wirklich riesige Durchgangs-zimmer, das einen großen, alten, schönen Kachelofen rechts in der Ecke hat, der bis an die hohe Decke reicht. Ich komme mir schon fast vor wie in einem kleinen Schloss. Ich durchquere das Durchgangszimmer, weil ich weiß, dass hier irgendwo mein Zimmer sein soll. Nach-dem ich am Ende des Zimmers eine Tür geöffnet habe, offenbart sich mir ein schmaler, aber unheimlich langer Korridor, in dem links vier Türen zu sehen sind, bevor der Korridor ganz hinten links abbiegt. Denn da scheint es noch weiter zu gehen. Neugierig schaue ich mir alle Räume an und entdecke am Ende die große Wohnküche mit einer Speisekammer und einem Hinterausgang, der mit einer Wendeltreppe nach unten zum Hinterhof führt. Echt stark, in dieser Wohnung lässt es sich leben, denke ich. Ronald bekommt das zweite Zimmer, das vom langen Korridor abgeht. Es ist größer als meines. Ich bekomme das, was daneben liegt. Ist schon ein tolles Wohngefühl.

Andrea und ich sitzen mit ihrem Vater Robert, einem pensionierten Polizisten, in der Küche und spielen Skat. Endlich habe ich dieses Kartenspiel verstanden. Es ist ein entspannter Abend. Doch auf einmal hören wir einen lauten Tumult, der durch die geschlossene Tür dringt. Neugierig richten wir unsere Aufmerksamkeit nach außen. Vorsichtig und leise öffne ich die Wohnungstür, Andrea und Robert stehen neben mir. Die Wohnung liegt im Erdgeschoss und wir schauen direkt auf den Hauseingang und die Briefkästen. Hektisch verlassen fluchtartig irgendwelche Personen das Treppenhaus und vor uns, vor der Wohnungstür, liegen Flugblätter. Ein Blick zu den Briefkästen zeigt, dass diese auch dort hinein gesteckt wurden. Sogleich hebe ich einige auf und schließe die Tür. Schleunigst setzen wir uns wieder an den Küchentisch und schauen uns die Flugblätter an. Jeder von uns hält eins in seiner Hand und liest für sich. Ich lese:

Rote Armeefraktion und Bewegung 2. Juni kündigt an:

Wacht endlich auf aus eurem Tiefschlaf. Wir werden nicht nur ausgebeutet, sondern versklavt. In nächster Zeit werdet ihr erfahren, dass wir Recht haben. Als Beweis folgende Information: In den nächsten 2 Monaten werden die Energiekosten, Bewag u.a. um mehr als 25% steigen. Die geheuchelte weltweite Ölkrise ist eine Lüge, der Ölpreis wird künstlich nach oben schnellen. Spätestens ab Juni wird der Sprit in die Höhe schießen, ihr werdet es sehen! Und das ist in Wirklichkeit alles ein großer Plan! Lasst euch nicht weiter verarschen!

Kaum habe ich den Flugzettel gelesen, wird es im Treppenhaus wieder laut und unruhig. Leise gehen wir zur Wohnungstür und schauen durch den Spion. „Was siehst du", flüstert Andrea. „Pssst!" Ich halte meinen Zeigefinger auf meinen Mund und schaue weiter durch den Türspion. Vier Männer versuchen eilig alle Flug-blätter aus den Briefkästen zu angeln. Zwei von denen tragen Polizeiuniformen und einer schaut jetzt direkt zu unserer Tür, bückt sich und hebt ein

Flugblatt auf, das wir wohl noch liegengelassen haben. Sein Blick richtet sich jetzt auf den Spion, durch den ich gerade schaue. Ich wage es nicht, mein Auge zu entfernen, denn dann würde er das Licht vom Korridor sehen. Also starren wir uns beide an, nur dass der Polizist nicht weiß, dass er beobachtet wird. Wir verhalten uns mucksmäuschenstill. Wenige Minuten später sind die Gestalten verschwunden. Erst jetzt kann ich erzählen, was geschehen ist und wer da draußen war. Andreas Vater bleibt ziemlich bedeckt und doch sehr nachdenklich. „Warum machen die solch ein Theater wegen dieser Flugblätter, da steht doch nichts Außergewöhnliches drin?" Andrea schaut mich fragend an.

„Aber wenn das so wäre, warum werden diese dann sofort beschlagnahmt und aus den Briefkästen geangelt", will ich wissen. Wir diskutieren noch eine Weile und ziehen uns zurück. Tatsächlich erhöht die OPEC am 1. Juni den Rohölpreis um 11,9% und kurz darauf die Bewag den Strompreis um fast 25%; als ich das in den Nachrichten höre, erinnere ich mich gleich an die Nacht von vor zwei Monaten bei Andrea.

Ich sitze in meinem Zimmer mit Andi, Heinz und Achmed und wir rauchen gerade einen Joint. „Ich habe euch doch von dieser Nachtaktion mit den Flugblättern erzählt und siehe da, das, was auf den Blättern stand, trifft wirklich zu. Ist das Zufall, oder sind das Informationen von Leuten, die heute, und wir haben 1973, einfach mehr wissen und im Fernsehen als Terroristen bezeichnet werden?" Neugierig schaue ich meine Freunde an. „Keine Ahnung, Mann, vielleicht ist das einfach Zufall, mach doch daraus nicht mehr, als es ist", antwortet Heinz und fängt gleich an eine neue Tüte zu bauen. „Du hast Recht, vielleicht werden wir einfach nur verarscht und man verblödet uns." Achmed steht auf und zeigt dabei mit dem Zeigefinger auf die Stirn. Andi dagegen schaut nur, wieviel Heinz in den Joint bröselt. Es ist Samstagabend und wir labern und labern und rauchen noch sehr, sehr lange.

Andrea und ich sind zu Besuch bei Manfred in Tempelhof. Manfred hat inzwischen seine eigene Wohnung. Ich freue mich, meinen großen Bruder zu sehen. Er ist ein guter Gastgeber und bietet uns Snacks und Wein an. Bei ihm fühle ich mich mit meinen knapp 16 Jahre verstanden. Er zeigt uns seine neuen Bilder, die er gemalt hat, sowie sein Saxophon, an dem er sich übt. Ich bin richtig stolz, Andrea meinen Bruder vorzustellen. Da Andreas` Bruder Christian bei der SEW ist, haben auch sie und Manfred viele politische Gesprächsthemen. Es ist ein toller Abend. Da Manfred viele Drogenprobleme hinter sich hat, bin ich besonders stolz, dass er diese so gut gemeistert hat.

Seit mehr als anderthalb Jahren trainiere ich Kampfsport, zuerst habe ich mit Andi angefangen zu boxen, was mir persönlich aber nicht sehr gefiel. Seit ein paar Monaten mache ich Karate. Irgendwie weiß ich nicht, ob es mir gefällt oder nicht, dennoch bleibe ich erst mal dabei. Mir tun oft die Knochen und Gelenke weh und das macht mir keinen Spaß, aber warum auch immer, ich mache weiter. Immer wieder kommt es dazu, dass meine Freunde mich versuchen zu überreden. „Komm, Peter, lass uns auf die Party gehen, du kannst immer noch nächstes Mal zum Training gehen." „Hey, ich komme nach", ist meist meine Antwort. Ich bleibe eisern und lass mich nicht vom Training abbringen.

Wir sitzen zusammen mit Heinz im 17. Stock am Hallischen Tor. Andi, der lange Manne, Achmed und ich hören gerade The Dark Side of the Moon und sind ziemlich zugekifft, als unerwarteterweise der Vater von Heinz die Ruhe unterbricht. „Peter, komm mal bitte raus. Fahr nach Hause, dein Bruder Manfred ist tot." Ich schaue Siegfried, Heinz` Vater an und weiß nicht, was ich sagen soll. Lautlos verlasse ich die Wohnung und fahre nach Hause. Ich weiß nicht, was ich fühle. Gedanken kommen mir in den Sinn. Was habe ich durch ihn gelernt? Welche Rolle hat er für mich gespielt? Habe ich mit ihm Zärtlichkeit ausgetauscht? Ich weiß nicht. Mir fallen die nächtlichen Streitereien mit Mutti ein und der Besuch bei ihm mit Andrea, mit der ich inzwischen gar nicht mehr zusammen bin. Als ich klein war, hat er mir Dinge erklärt über Politik und andere wichtige Sachen, die mich neugierig machten. Nun ist er tot. Ich habe ihn das letzte Mal vor sechs Monaten gesehen; viel zu wenig für einen Bruder, stelle ich fest, während ich nach Hause fahre. Gedanken rasen mir durch den Kopf, ich verspüre keine direkte Trauer oder so etwas. Ich muss nur an ihn denken. Viele Erinnerungen schießen mir durch den Kopf,

Erinnerungen, die mit Manfred zu tun haben. Ich weiß noch, wie er, als ich sieben wurde, über den Atomkrieg erzählte. Er ist, nein, dabei wird mir bewusst, er war ein sehr kreativer Mensch; warum musste er so früh gehen? Nachdem er den Drogen entsagte, wurde er durch die Medikamente, die man ihm gab, dick und aufgeschwemmt. Da er sehr eitel war, schaffte er es schnell, wieder abzunehmen. Dennoch war er allein, er war einsam und er starb einsam. Plötzlich habe ich Tränen in den Augen. Zuhause angekommen, erfahre ich mehr. Gefunden hat ihn Ronald, der ihn besuchen wollte. Er fand ihn in seiner Wohnung im Wohnzimmer an der Tür liegend. Für Ronald war das ein Schock, von dem er sich noch nicht erholt hat. Schätzungsweise ist Manfred schon seit mindestens vier Tagen tot. Mutti versucht die Fassung zu wahren, was ihr jedoch nicht gelingt. Immer wieder verfällt sie in unerwartete Weinkrämpfe, so als hätte sie das Gefühl, für seinen Tod verantwortlich zu sein. Obwohl Klausi uns gegenüber die größte Distanz aufweist, zeigt auch er große Anteilnahme. Klausi wurde sehr oft von Ronald geärgert, weil er Lernschwierigkeiten hatte und deswegen auf eine Sonderschule gehen musste. Das machte ihn zu einem etwas schwierigen Menschen. Ich aber habe ein gutes Verhältnis zu ihm. Klausi ist mein kleiner Bruder, uns trennen drei Jahre und ich weiß, dass er kein Idiot ist, sondern lediglich ein Opfer der Um-stände. Seine Fähigkeiten sind u.a. das Gestalten von Dingen, er hat eine Gabe, Sachen zu modellieren. Er schafft es, aus einfachsten Mitteln etwas zusammenzubauen. Damit zeigt er uns seine Art von Kreativität.

Heute sind Heinz, Andi, Achmed und ich in Reinickendorf auf eine Fete eingeladen. Als wir ankommen, stellen wir fest, dass wir die einzigen Gäste sind. Unsere Gastgeber sind Jennifer, Petra, Sandra, Olivia und Gitti. Diese Einladung kam nur zustande durch Gittis Bruder, mit dem wir befreundet sind, durch die Weiße Rose, einem Jugendclub, der zweimal pro Monat eine Party veranstaltet. Nun sind wir in Reinickendorf auf dieser „Ladyparty". Jeder von uns erlebt seinen individuellen Spaß. Heinz befreundet sich mit Petra, Andi mit Olivia, Achmed mit Sandra und ich mit Jennifer. Es war ein bedeutender Abend.

Inzwischen sind Jennifer und ich schon mehr als ein Jahr zusammen. Auch Andi und Heinz sind mit ihren Mädels noch zusammen. Achmed und Sandra haben es nicht geschafft, zusammenzubleiben. Heute ist der 10. April 1976, es ist mein 18. Geburtstag und wir feiern in Reinickendorf bei meiner Freundin. Alle meine Freunde sind gekommen. Auch Ronald und mein kleiner Bruder Klaus sind dabei. Wir feiern in Jennifers Elternhaus. Mit dem Wetter habe ich großes Glück, denn wir können den Garten benutzen. Wir sitzen draußen und genießen die frische Luft und den Platz.

Heute ziehen wir um. Jennifer und ich beziehen unsere erste gemeinsame Wohnung in Wilmersdorf in der Suarezstraße 5. Nach langem Suchen haben wir endlich eine Zweieinhalb-Zimmer-Wohnung gefunden. Jennifer arbeitet in einer Kita als Erzieherin und ich bin seit Oktober 75 als Schriftsetzer in einer großen Druckerei tätig. Wir haben heute Freitag den 12. Mai 1978, Jennifer und ich haben uns heute für den Umzug freigenommen. Auch Andi, Achmed und Heinz sind dabei, zu schleppen. „Warum konntet ihr nicht in den ersten Stock ziehen", schnauft Heinz, als er an mir vorbeihastet. Heinz ist größer und kräftiger als ich und das zeigt er mir auch durch seinen Einsatz, indem er gleich zwei Kisten und mehr trägt. Andi und Achmed tragen gerade unsere Couch bis ins vierte Obergeschoss hoch. Jennifer ist dabei, die Sachen auszupacken und in den unterschiedlichen Räumen zu verteilen. Petra hilft ihr dabei. Nach ein paar Stunden Buckeln haben wir es endlich geschafft und sitzen jetzt gemeinsam in unserem neuen Wohnzimmer zusammen und quatschen beim Essen und Trinken. „Gestern haben sie Brigitte Mohnhaupt, Rolf Clemens Wagner, Sieglinde Hoffmann und den Boock, Peter, glaub ich, heißt der mit Vornamen, von den Roten Brigaden in Jugoslawien festgenommen." Jennifer schaut mich an. „Liebling, kannst du einmal nicht über Politik reden?" „Schatz, das ganze Leben ist Politik, tut mir leid, aber alles, was um uns herum geschieht, ist abhängig von der Weltpolitik." Jennifer dreht ihren Kopf weg und schnappt sich ein paar Sachen aus einem Karton und verschwindet ins andere Zimmer, Petra folgt ihr, beide flüstern vor sich hin. „Vor drei Tagen haben sie den Aldo Moro in einem Kofferraum in der Innenstadt von Rom gefunden. Nach 54 Tagen Geiselnahme von den Roten Brigaden", fährt Achmed fort. „Aldo Moro", fragt Andi. „Aldo Moro war italienischer Ministerpräsident und Vorsitzender der Christdemokraten. Er soll auch Vorsitzender der italienischen Nationalbank gewesen sein", erwidere ich und ergänze: „Wenn schon irgendwelche aus der politischen Bühne gekidnappt und anschließend getötet werden, dann sind diese nicht irgendwelche, sondern immer die, die eine wichtige Funktion ausüben. Und meistens Schweine sind."

Langsam nähert sich der Abend und wir diskutieren immer noch. „Und der Mob, der schaut sich diesen Scheiß wie Dallas an, der seit letztem Monat ausgestrahlt wird. So nach dem Motto, auch die Multis haben Sorgen." Inzwischen sind auch Olivia und Sandra eingetroffen, sodass die Frauen unter sich sind und wir nach Herzenslust diskutieren und trinken können. „Was ich echt Wahnsinn finde, ist, dass Reinhold Messner und sein Partner Peter Habeler als erste Bergsteiger den Mount Everest ohne Sauerstoffgeräte bestiegen haben." Heinz schaut mich mit glasigen Augen an. Der Alkohol und die Tüten zeigen langsam ihre Wirkung. Heinz ist groß und kräftig gebaut, seine dunklen, halblangen Haare hängen ihm quer übers

Gesicht, im Moment wirkt er nicht mehr so kraftvoll, er ist wirklich dicht. Auch Andi und Achmed sind ziemlich müde.

Heute ist ein besonderer Tag, ich sitze, nein ich laufe völlig unruhig und nervös hin und her. Jennifer liegt im Kreißsaal und ihr Stöhnen dringt durch die geschlossene Tür der Entbindungsstätte. Ich war gerade auf dem Klo und bin total aufgeregt, für einen kurzen Moment bleibe ich vor der Tür des Kreißsaals stehen. Ich hole noch mal tief Luft, öffne die Tür und begebe mich zu Jennifer, die umringt ist von zwei Schwestern, einer Hebamme und einem Arzt. Ihr lautes Stöhnen und gelegentliches Schreien machen mich ängstlich und unsicher. „Wir geben ihr noch maximal 20 Minuten, ansonsten müssen wir es holen." Kaum hat der Arzt das gesagt, verlässt er auch schon den Raum und schließt die Tür. „Was heißt das", will ich wissen. „Es ist alles in Ordnung, machen sie sich keine Sorgen, ihr Baby ist bald da. Gesund und kräftig." „Aber, aber was meint der Doktor mit dann müssen wir es holen", erwidere ich. „Schauen sie doch selbst, wie ihr kleines Baby kämpft, es ist kräftig und beim ersten Mal dauert eine Geburt fast immer so lange. Erst wenn der Kampf zu lange wird, wollen wir dem Kind und der Mutter das nicht weiter zumuten. Es ist alles in Ordnung, glauben sie mir." Die dickliche Hebamme mit ihren roten Locken grinst mich an und legt fürsorglich ihre Hand auf meine Schulter. Jennifer schreit. „Aah, Aah!" „Jetzt kommt es", die Hebamme fühlt mit ihren Fingern die Größe des Ausgangs und hilft gekonnt mit ihn zu vergrößern. Und auf einmal sehe ich den Kopf meines Babys und mit einer kurzen gekonnten Drehung wird es komplett herausgezogen. Oh Gott, welch ein Wunder, denke ich und betrachte mein Baby, das nach wenigen Sekunden abgenabelt ist und auf Jennifers Bauch gelegt wird. „Oh Gott, du Süße", ich schaue beide an und meine Augen sind voller Tränen. Gemeinsam küssen und streicheln wir unsere Tochter Lisa.

Heute feiern wir Lisas 1. Geburtstag, es ist der 21. August 1981. Unsere Wohnung ist voll. All unsere Freunde und auch Mutti sowie Jennifers Eltern sind gekommen. Nur Oma wollte nicht. Ihr geht es nicht so gut. Sie hat sich immer noch nicht von Opas Tod erholt. Ronald und Klaus sind auch da. Jennifer, Petra und Mutti sind in der Küche, um Essen zuzubereiten und ins

Wohnzimmer zu bringen. Es ist ein großes Ereignis heute, meine kleine Lisa hat ihr erstes Lebensjahr hinter sich. „Mann, wie die Zeit vergeht", höre ich immer wieder von Mutti, aber auch von Jennifers Eltern. Sogar ich ertappe mich dabei, diesen Satz loszuwerden. Irgendwie ist da auch etwas dran. Die Zeit fließt wirklich an einem vorbei und das in einem ziemlich schnellen Tempo. Außer, man erwartet gerade etwas, dann scheint sie für einen Moment stillzustehen. Ein seltsames Phänomen, denke ich. „Und, ihr beiden, was ist bei euch mit Nachwuchs?" Ich stehe vor Klaus mit seiner Pia und lächle beide an. Klaus, mein kleiner Bruder, ist inzwischen auch schon 20 Jahre alt und die beiden sind nun schon fast drei Jahre zusammen. Pia strahlt mich an und legt ihre Hand auf ihren Bauch. Klaus grinst und sagt kein Wort. „Nein, nicht wirklich, oder doch. Komm her, mein kleiner Bruder, lass dich drücken." Klaus hat ungefähr meine Größe, einen kleinen Schnauzer und seine blonden Haare sind zu einem Zopf zusammengebunden. „Hey, wann soll es denn kommen und wisst ihr schon, ob es ein Junge oder Mädchen wird?" Natürlich bin ich neugierig. Klaus schaut mich an. „Peter, eigentlich wollte ich das noch nicht an die große Glocke hängen." „Was, mein Sohn", will ganz unerwartet Mutti wissen, die anscheinend das eine oder andere mitbekommen hat. „Was soll ich nicht wissen, Klaus?" Und schon weiß es die ganze Familie. Alle sind begeistert. „Hey, das ist ein zusätzlicher Grund zu feiern", kann ich mir nicht verkneifen, zu schreien. Inzwischen ist es wieder sehr spät geworden. Heute ist, Gott sei Dank, Freitag und wir müssen morgen nicht raus. Wieder sitzt der harte Kern zusammen und diskutiert miteinander. „Ich frage mich, wer die sind, die man Terroristen nennt, und was sind ihre Beweggründe?" Klar ist das Hauptthema Politik… Ich gebe zu, das meistens einzufädeln. Mein Freund Achmed ist stets dabei, auf solche Themen einzugehen. „Die Roten Brigaden lassen auch, ab und zu, Entführte frei, wenn es sein soll. Denkt mal an den italienischen Richter Giovanni D´Urso, der ca. Mitte Januar dieses Jahres entführt, einen Monat lang gefangen gehalten und dann wieder freigelassen wurde. Und was ist mit dem, der am 13. Mai ein Attentat auf den Papst verübte?" Achmed schaut in solchen Momenten den anderen sehr intensiv in die Augen, so als würde er von ihnen wenigstens eine inspirierende

Antwort erwarten. Oder zumindest eine gute Idee, die ihn gedanklich weiterbringt. Denn Achmed ist meiner Meinung nach immer auf der Suche nach der Wahrheit. „Glaubt ihr wirklich, dass der neue regierende Bürgermeister von Berlin, Richard von Weizsäcker, irgendetwas verändern kann?" „Ich glaube schon, denn jeder Politiker wird vom Volk gewählt und dieses entscheidet, welche Interessen er zu verfolgen hat. Das Volk bestimmt also mit." Das ist Ronalds Antwort, der mich nach solchen Aussagen immer siegessicher anschaut und anschließend, nach Bestätigung suchend, in die Runde blickt. Mein älterer Bruder mochte noch nie, dass ich mit meinen Freunden, zu dem auch inzwischen seine zählen, quasi als Initiator oder Leiter politische Diskussionen führe, in denen nicht beweisbare, so nennt er es, Argumente eingebracht werden. Jedes Mal, wenn mich Ronald so anschaut, so grinsend, als hätte er jetzt einen Kampf gewonnen, muss ich mich zusammennehmen, und das fällt mir nicht immer leicht. So wie z.B. heute. „Ronald, wer oder was entscheidet eine Wahl, egal wo? Die Politiker sind doch nur Marionetten der Macht und mit deiner kleinen Pupsstimme kannst du nicht mal…" Ronald lässt mich nicht ausreden und unterbricht mich. „So ein Quatsch, nicht umsonst gibt es Wahllokale mit eingetragenen Bürgern, die ganz genau den Wahlvorgang beobachten, du erzählst mal wieder völligen Quatsch." Und wieder sein Blick, als würden wir uns duellieren. Da wirft Achmed ein: „Hey, Ronnibaby, glaubst du an den Weihnachtsmann? Wir werden doch total verarscht. Warum wurde denn die Hochzinspolitik beim letzten Weltwirtschaftsgipfel in Ottawa am 21. Juli weltweit kritisiert? Das dieser Zinsscheiß, mit dem sich immer mehr Staaten bei den Banken verschulden, früher oder später zum Chaos führt. Du hast doch keinen blassen." Die anderen schauen nur in die Runde und beobachten Ronald, Achmed, der mit solchen Aussagen Ronald zum Schweigen bringt, und mich, der meistens noch einen draufsetzt. „Was ist mit Polen, in dem immer mehr Menschen auf die Straße gehen wegen der schlechten Lebensmittelversorgung und gleichzeitig bewilligt Ronald Reagan den Bau einer Neutronen-bombe." In solchen Momenten wird es für kurze Zeit still. Instinktiv greift jeder nach seinem Bier oder was auch immer er trinkt und wir schweigen…

Wir ziehen um. Endlich haben wir ein kleines Mietshaus in Tegel gefunden. Es hat viereinhalb Zimmer und einen kleinen Garten und wir können es uns leisten. Wir verlassen die Suarezstraße, in der wir schöne Zeiten erlebt haben. Meine Freunde, Klaus und zwei aus meinem Karateverein helfen mit beim Umzug. Ronald und ich sehen uns nur sehr selten, unser Verhältnis ist nicht besonders gut. Wir streiten uns zu oft. Inzwischen habe ich meinen 1. Dan in Shotokan und mir und meiner Familie geht es, Gott sei Dank, gut.

„Schatz, wir müssen noch sehr viel einkaufen, komm, lass uns endlich losgehen. Die Geschäfte haben nur bis 14:00 Uhr offen. Es ist schon spät, wir haben gerade mal zwei Stunden Zeit." Jennifer drängt mich und ich werde nervös. Lisa und Florian sind seit gestern bei Klaus und Pia. Sie haben dort übernachtet. So haben wir mehr Möglichkeiten, uns auf meine Geburtstagsparty vorzubereiten, immerhin werde ich morgen 30 Jahre alt.

Heute ist Samstag der 9. April 1988. Das Telefon klingelt: „Ich geh schon", rufe ich und hebe den Hörer ab. „Papa, wann holst du uns ab", will Florian wissen, im Hintergrund höre ich Lisa. „Lass mich auch mal mit Papa sprechen." „Hey, mein Großer, wir kommen bald vorbei und holen euch ab, o.k., wir holen nur noch schnell das Nötigste ein und kommen dann zu euch. Florian, gib mir mal bitte Lisa, ja." Im Hintergrund höre ich Gezeter. „Papa, Florian stresst dauernd, er streitet sich die ganze Zeit mit Michael, das nervt." „Peter, komm endlich, wir haben keine Zeit mehr, ich gehe jetzt auch ohne dich." Sauer schmeißt sie die Wohnungstür hinter sich zu. „O.k., tschüss mein Schatz, wir kommen bald." Ich lege auf und eile meiner Frau nach. Warum die Frauen immer solch eine Hektik verbreiten müssen?

Wir haben es mal wieder weit nach Mitternacht und die meisten sind schon gegangen. Mein geliebtes Weib liegt schon im Bett, weil sie pflichtbewusst weiß, dass sie morgen früh für die Kinder fit sein muss. Da ich heute Geburtstag habe, gönnt sie mir diese Nacht. Mein Bruder Klaus, Achmed, Andi, Heinz, Felix und Sophie sind die einzigen, die noch übrig geblieben sind. Wie immer sitzen wir leicht alkoholisiert und diskutieren um die Wette. Achmed ist inzwischen etwas dicker geworden, sein Bauch steht jetzt deutlich hervor und auch sein Gesicht wirkt irgendwie runder. Seine schwarzen Locken sind jetzt mehr als schulterlang. Er hat einen kleinen Schnurrbart. Nach wie vor ist er ein begeisterter Redner. Es wird über die unterschiedlichsten Themen diskutiert. Dass z.B. im Mai letzten Jahres ein Mathias Rust mit einer Cessna in Moskau mitten auf dem Roten Platz gelandet ist. Und dass am 17. August letzten Jahres Rudolf Heß im Kriegsverbrechergefängnis Spandau Selbstmord begangen haben soll. Seine Familie zweifelt an der Korrektheit der Nachricht. Oder der mysteriöse Todesfall von Uwe Barschel, Ministerpräsident von Schleswig-Holstein, der tot in einer Badewanne gefunden wurde. Da hieß es, laut Medienberichten am 11. Oktober 1987, Uwe Barschel habe in einem Genfer Hotel Selbstmord begangen. Zufällig wusste er von geheimen israelischen Waffengeschäften.

„Ich sag euch nur, die Welt ist so scheiße verlogen und der Mob wird zum Idioten dressiert. Alle Nachrichten sind Dreck und Lüge." Achmed ist wieder auf Hochtouren, er gestikuliert mit Händen und Füßen. „Erinnert euch an den letzten März, ja, am 16. März dieses Jahres. Da meldeten die Medien, dass die Iraker einen

Giftgasangriff auf die Kurden und Assyrer in Halabdscha verübten und es ca. 5000 Tote und bis zu 10.000 Verletzte gegeben haben soll. Ja was glaubt ihr denn, wer der Auftraggeber war? Die Amis und woher kam das Gas? Made in Germany. Ja, Made in Germany." Ich schaue Achmed an und sehe in ihm einen echten Kämpfer, andere würden ihn vielleicht für einen Spinner halten. Ich weiß aber, dass er mit Leib und Seele einen Gerechtigkeitssinn hat. Auch ich gebe meinen Kommentar ab und bestätige das eine oder andere. Es ist wieder mal sehr spät geworden und getrunken haben wir alle viel zu viel. Mit leicht trübem Blick und etwas torkelnd begebe ich mich, nachdem alle gegangen sind, ins Bett. Ich falle in ein tiefes, schwarzes Loch.

„Peter, komm, wach auf, Klaus hat angerufen, er sagt, wir sollen den Fernseher anmachen", leicht benommen schau ich Jennifer an. „Was ist los, wie spät haben wir s", will ich wissen, denn ich habe gerade so richtig schön geschlafen. „Es ist 3:45 Uhr, sie haben die Berliner Mauer geöffnet." „Ach komm", ist meine Antwort und ich quäle mich aus dem Bett. Und tatsächlich, Jennifer knipst den Fernseher an und wir sehen in einer Sonder-Livesendung tausende Menschen durch Berlin marschieren. „Heute in der Nacht von Donnerstag dem 9. auf Freitag den 10. November 1989 fällt endlich die Mauer zur BRD." Nichtsdestotrotz schaue ich nebenbei nach meinen Kleinen. Lisa und Florian schlafen seelenruhig in ihren Betten. Nach knapp einer Stunde Fernsehen und Telefonieren lege ich mich doch wieder hin. Jennifer hat sich nämlich, kurz nachdem sie mich weckte, gleich wieder hingelegt.

In den nächsten Tagen, wenn ich morgens zur Arbeit gehe, sehe ich immer das gleiche Bild. An Sparkassen und Postfilialen stehen Unmengen von Menschen in end-losen Schlangen, die sich alle ihre 100 Mark abholen wollen, die als Begrüßungsgeld für jeden ehemaligen DDR-Bürger ausgezahlt werden. Irgendwie wirken sie alle gleich, zumindest wenn es um ihre Kleidung geht. Denn diese sieht einfach anders als unsere aus. Irgendwie „billiger" oder auch „einheitlicher". Die Jeans sowie die Jacken sehen völlig anders aus als unsere Bekleidung. Ihre Gesamterscheinung wirkt irgendwie einfacher.

Heute ist Dienstag, der 29. Oktober 1991, Jennifer ist 30 Jahre alt geworden. „Hurra, Hurra

Mama, alles Gute zu deinem Geburtstag", schreien Leon und Lisa, indem sie Jennifer, die noch im Bett liegt, anspringen und umarmen. Ich stehe an der Schlafzimmertür und rufe leise, „Leon, Leon pst... komm schon." Meine Hand winkt ihn zu mir, er soll das Geschenk, das ich bereitgelegt habe, nehmen und seiner Mutter geben. Da es noch sehr früh ist, wird Jennifer wirklich aus ihrem Schlaf gerissen. Während ich so meine geliebte Frau und die Kinder betrachte, habe ich ein Gefühl, als hätte ich das schon unzählige Male gehabt. Ein Gefühl der totalen Freude, das durch meinen gesamten Körper zieht. Voller Stolz schaue ich zu, wie meine Kinder mit ihrer Mutter kuscheln. „Und was ist mit meinem Mann", höre ich aus dem lächelnden Mund meiner begehrten Jennifer. Sogleich geselle ich mich dazu und genieße die Streichel-einheiten meiner Familie.

Ausgerechnet heute an einem Samstag, wo wir Jennifers Geburtstag nachfeiern wollen, muss ich auch noch arbeiten, aber nicht lange. Also renne ich aus unserem Haus, um schnell wieder heim-kommen zu können. Mit großem Bedauern muss ich feststellen, dass mein Wagen nicht anspringt. Egal was ich tue, er will nicht starten. Also bleibt mir nichts anderes übrig, als mit den Öffentlichen zu fahren. So sitze ich nun in der U-Bahn und schaue leicht nervös auf meine Uhr. Ich bin zu spät, ganz klar. Während ich so dasitze, sehe ich die anderen Leute, die alle irgendwie ein Ziel haben. Viele sehen verschlafen oder in sich gekehrt aus. Immer wieder erkenne ich deutlich Menschen aus der ehemaligen DDR, ihre Kleidung u.a. verrät sie. Nun endlich angekommen, steige ich am Rathaus Steglitz aus. Mit anderen zusammen eile ich nun die Rolltreppe hoch. Auf einmal, keine 20 Meter vom Bahnhof auf der Straße, fällt völlig unerwartet direkt vor mir eine alte Frau auf den Boden. Ich versuche automatisch sie aufzufangen, was mir nicht gelingt. Sie liegt vor mir. Während ich vor ihr knie, sehe ich nur noch ein kurzes Zittern, das mit einem Zucken endet. Ich fühle ihren letzten Atemzug. Ihre Augen sind weit aufgerissen. Ihr roter Hut liegt neben ihrem Kopf und ihre blauen Lippen sind weit geöffnet. Andere Passanten helfen sofort und rufen die Feuerwehr. Bis diese eintrifft, verweile ich bei der alten Dame. Ich sitze auf dem Boden und betrachte den leblosen Körper. Die Frau ist vielleicht Mitte, Ende 70 und etwas übergewichtig. Ihre Kleidung zeigt einen gewissen Wohlstand und ihre braune Handtasche habe ich ihr automatisch unter den Kopf gelegt. Um mich herum sehe ich neugierige und fragende Gesichter. Menschen, die scheinbar alle einen kollektiven Gesichtsausdruck haben, wenn es um den Tod geht. Dass ich heute zu spät zur Arbeit komme, verliert an Bedeutung, plötzlich ist mir das scheißegal. In diesem Moment lösen sich alltägliche Dinge einfach auf. Sogar mein Chef, dem ich das nach fast zwei Stunden Verspätung erzähle, zeigt in seinem Gesichtsausdruck Verständnis und Anteilnahme. Ohne jeglichen Tadel lässt er mich an die Arbeit gehen. Was hat das für mich zu bedeuten, so etwas zu erleben? Was passiert nach dem Tod? Wer war diese Frau? Viele Fragen schießen durch meinen Kopf. Eigentlich arbeite ich ja Samstag nie und heute ausgerechnet, an dem Tag, an dem wir Jennifers Geburtstag feiern wollen, fällt mir ein sterbender Mensch in die Arme. Mit einem neuen, nie dagewesenen Gefühl begegne ich meinen Freunden und Verwandten an diesem Tag etwas anders. Ich brauche eine gewisse Zeit, um wieder normale Gespräche führen zu können. Obwohl es Anfang November ist, haben wir milde Temperaturen und unser Garten wird genauso genutzt wie das Wohn- und die Kinderzimmer. Es sind viele Menschen gekommen. Auch Kollegen von Jennifer, die ich zum Teil noch nicht kenne, sind anwesend. Sogar Ronald folgte meiner Bitte, zu kommen.

Die Kinder rennen durch das Haus und spielen Versteck und Einkriege. Irgendwie bin ich heute mehr der, der durch die Menge geht, als wäre ich ein Zuschauer. Einige diskutieren über das Bombardement in Kroatien, das seit dem 7. Oktober praktiziert wird. Andere über die Auf-lösung des Warschauer Pakts am 1. Juli. Andere über ihren Job und manche über ihre Kinder. Mein Florian ist inzwischen schon fast acht und sieht mir sehr ähnlich. Sein bester Freund ist sein Cousin Michael, der knapp ein Jahr älter ist als er. Die beiden verstanden sich vom ersten Tag an, als wären sie schon immer befreundet. Auch heute sind sie unzertrennlich. Auch Lisa mag Michael sehr. Klaus und Pia sind sehr stolz auf ihren Sohn. Achmed ist heute nicht da. Er ist im Krankenhaus bei seiner Anna, die voraussichtlich noch heute, ganz unerwartet, entbindet. Eigentlich ist ihr Entbindungstermin erst in zwei Wochen.

„Hey, ist schon krass, was ich da gehört habe, mit der alten Frau, die in deinem Arm gestorben ist", höre ich, aus meinen Gedanken gerissen. Ronald schaut mich an und legt etwas verhalten seine Hand auf meine Schulter. Ich betrachte ihn und lege meine Hand auch auf seine Schulter. Ronald hat seine langen braunen Haare zu einem Zopf zusammengebunden und seinen Bart abrasiert. Er ist ein kleines Stück größer als ich und hat braune Augen, die in die meinen schauen. Was es auch ist, ich sehe in ihm jemanden, den ich schon immer kenne, der mir absolut vertraut ist. So als würde ich mich selbst betrachten. „Hey, Bruder, wie geht es dir", sind meine Worte und ich nähere mich ihm. Ohne Worte umarmen wir uns. Keiner sagt auch nur ein Wort. Ein kräftiges Drücken wirkt jetzt wie eine Befreiung. Worte sind im Moment völlig unangebracht. Im Hintergrund läuft gerade, von Dire Straits, Brother in Arms. „Kann ich mitkuscheln", fragt Klaus, der auf einmal neben uns steht. Ein gemeinsames Lächeln lockert die Situation auf und gemeinsam schnappen wir uns etwas zu trinken. Der Abend scheint doch noch gut zu werden. Meine geliebte Frau scheint auch ihren Geburtstag zu genießen, denn sie tanzt fleißig.

Mal mit einer Kollegin, dann mit meinen Brüdern, aber auch mit einem Kollegen. Mit dem sie zu meinem Erstaunen doch schon sehr oft tanzt. Ich kenne ihn nicht wirklich, habe nur von ihm gehört. Hans ist sein Name. Er ist auch allein gekommen, ohne Frau und Kind. Nun haben sie bestimmt schon mindestens 10x getanzt, langsam kommt in mir ein merkwürdiges Gefühl auf. Ich bleibe aber cool und lasse mir nichts anmerken.

Es ist bereits nach Mitternacht und die Kinder rennen immer noch durchs Haus, was mir nicht wirklich gefällt. Pia und auch Großmutter kümmern sich um die Kinder, die langsam aber sicher zum Schlafen manövriert werden. Jennifer tanzt immer noch. Langsam ist mir die Situation peinlich. Ronald steht neben mir und schaut mich an. „Bleib cool, kleiner Bruder, solange sie nur tanzen, ist alles okay, vielleicht ist Jennifer einfach ein bisschen breit und merkt das nicht." Aber natürlich weiß ein jeder, was er tut, und das weiß auch Ronald. Deshalb kann er mich mit dieser einer Argumentation nicht beruhigen. Ich verstehe nur Jennifer nicht, sie weiß doch, dass die gesamte Familie anwesend ist und das sieht. Ich versuche gute Miene zum bösen Spiel zu machen und albere mit den Kindern ein wenig herum, um sie zum Schlafen zu motivieren. Pia und Mutti unterstützen mich, versuchen aber Augenkontakt mit mir zu vermeiden.

Die Kinder sind jetzt endlich im Bett, Michael schläft bei Florian im Zimmer, oben neben Lisas Stube. Die meisten sind schon gegangen. Klaus, Pia, Ronald, Mutti, die sich ins Gästezimmer zurückgezogen hat, Andi, Heinz, Peter, Sabine und ich sind übrig geblieben. Jennifer und dieser Hans sitzen jetzt an der Bar, die wir extra für die Party aufgebaut haben, und reden miteinander. Ich sitze mit Andi auf der Couch und betrachte die beiden. „Ich werde sie mal fragen, was das soll", inzwischen habe ich noch schnell ein Bier und einen Wodka getrunken. Ich stehe auf, um rüber zu gehen. Ich sehe schon, wie meine Brüder mich beobachten. Nach drei großen Schritten: „Jennifer, ich möchte mit dir reden, kommst du bitte mal." Ich schaue sie an und sehe einen Blick, den ich noch nicht von ihr kenne. „Gleich, Peter, ja." Ich bin inzwischen etwas ungehalten. „Ich möchte aber nicht warten, kommst du bitte mal?" Dabei sehe ich, dass Hans seine Hand auf Jennifers Knie, fast schon Oberschenkel, gelegt hat. „Gleich Peter." Jennifers Blick versucht energisch zu wirken. Ich verliere die Geduld.

„Kannst du mir sagen, was dieser Scheiß soll?" Da steht dieser Hans auf und starrt mich an. „Hey, bleib doch cool, Jennifer muss doch selbst entscheiden dürfen, was sie macht." Dieser Hans guckt mir in die Augen und steht vor mir, er ist bestimmt einen Kopf größer als ich und scheint die Situation völlig zu verkennen. Neben mir stehen plötzlich Ronald und Klaus. „Ist schon gut, Peter, komm lass uns die Party beenden", sagt Jennifer und steht auf. Dabei fasst Hans Jennifers Hüfte an. Anscheinend ist das zu viel. Im Bruchteil einer Sekunde knalle ich ihm einen Uraken an die Stirn und ziehe einen Gyako Zucki hinterher. Der Lange fällt zu Boden und stöhnt. Sogleich halten mich meine Brüder fest. „Es ist alles gut, Bruderherz, fange dich wieder, du hast deine Ehre wieder, es reicht. Komm schon." Jennifer verschwindet aus meinem Blickfeld und eine lange, fast endlose Diskussion beendet irgendwann diese Nacht.

Ziemlich verschlafen höre ich den Wecker und bewege mich langsam aus meinem Bett. Eine Streckung nach der anderen lässt mich immer wacher werden. Mann, heute ist ja der 15. Febr.

95, Florian wird heute 12 Jahre alt. Automatisch greife ich nach dem Telefon und wähle seine Nummer. Langes Tuten. Endlich, „Hallo mein Geburtstagskind, alles Gute zu deinem 12. Geburtstag, ich liebe dich, wir sehen uns am Samstag, wie vereinbart. Ok?" „Ja Daddy, ich freue mich, tschüss, ich muss jetzt los, sonst komm ich noch zu spät zur Schule." „Ok, mein Sohn, ich liebe dich."

Heute ist Montag und ich bin mal wieder sehr müde, aber ich muss trotzdem erst einmal meine Lisa anrufen. „Hey Baby, mein Schatz, alles Liebe zu deinem 15. Geburtstag." „Hi Daddy, danke, ich bin mal wieder zu spät, schaffst du es, mich von der Schule abzuholen, wäre echt cool. Um 15:30 Uhr, ja, ich liebe dich. Tschüss". Schon hat sie aufgelegt. Auch ich mache mich schnell fertig.

Heute ist der 21. August, ich werde offizieller Redaktionsstellvertreter unserer Firma. Daher muss ich mich sputen. Ich werde die Nr. Zwei sein in unserem Betrieb. Während ich im Auto sitze und zur Firma fahre, gehe ich noch einmal in Gedanken meine kleine Rede durch. Ein paar

Sätze, die ich vor den Mitarbeitern loswerden möchte. Ich fühle mich echt gut heute. Und schon fahre ich auf unseren Parkplatz und parke. Kaum ins Haus gekommen, überfällt mich auch schon unsere Prokuristin Sabrina Meyer. „Guten Morgen, Peter, die meisten sind schon oben und warten auf dich. Soll ich dir etwas aus der Kantine mitbringen?" „Danke, ich bin versorgt." Hastig gehe ich an ihr vorbei, kann es aber nicht lassen, mich noch einmal umzudrehen, um ihr nachzuschauen. Sie ist wirklich eine sehr attraktive Erscheinung. Ihre schulterlangen blonden Haare und ihr figurbetontes rotes Kleid sind schon ein Blickfang. Nun, ab in den Fahrstuhl und Haltung bewahren. Ich öffne den Konferenzsaal und meine Kollegen sind zahlreich vertreten.

Oh Mann, es ist schon 16:10, stelle ich fest, als ich auf meine Uhr schaue. Lisa, sie hat heute Geburtstag und wollte von mir abgeholt werden. „So ein Mist", höre ich mich leise fluchen. Nachdem wir das eine oder andere besprochen haben, gibt es firmenintern noch einen Brunch mit Sekt sowie unzählige kleine Gespräche. All das zieht sich bis in den Nachmittag. Ich gebe zu, besondere Aufmerksamkeit schenkte ich Sabrina.

Nun gut, jetzt zum Telefon, muss unbedingt Lisa anrufen.

Es ist kalt draußen und ich kaufe schnell noch die nötigsten Sachen ein. Die Straßen sind weiß, denn es hat die letzten Tage ohne Unterbrechung geschneit. Wir haben Samstag, den 14. Dez. 1996. Achmed, Andi, Heinz, Klaus und Ronald wollen heute Abend kommen. Heute ist Männerabend. Ronald ist inzwischen fast immer dabei und es gibt schon lange keinen Konkurrenzkampf mehr. Wir beide sind wesentlicher entspannter als früher. Im Gegenteil, Ronald und Achmed sind jetzt beide gute Freunde geworden und tauschen sich regelmäßig im Positiven aus. Seit fast vier Jahren wohne ich jetzt schon im Wedding. Ich habe damals Jennifer das Haus überlassen und mir eine zweieinhalb Zimmerwohnung in der Bastianstraße gemietet. In der ich seitdem wohne. Laute Diskussionen mit viel Bier sind das Resultat des Treffens. Wir reden über Gott und die Welt.

„Komm schon, ein menschlicher Geist wird immer weiter sein als ein Roboter oder eine Maschine, schließlich haben wir die Maschinen gebaut", schreit Andi in die Runde. „Hallo, habt ihr nicht gehört, dass am 10. Februar dieses Jahres das erste Mal ein Schachweltmeister wie Garry Kasparow von einem Schachcomputer besiegt wurde? Wisst ihr, was das heißt? Die Maschinen können den Menschen, ihren eignen Schöpfer, bezwingen." Wieder einmal ist es Achmed, der mit hieb- und stichfesten Argumenten kommt. Dabei wirft Heinz gleich ein. „Schaut euch dieses neue Nintendo 64 an, es wird immer futuremäßiger."

Sabrina und ich tun uns zusammen. Sie zieht zu mir in meine Wohnung in die Bastianstraße. Wenn es zwischen uns die nächste Zeit gut geht, werden wir uns gemeinsam etwas Größeres suchen.

Wir machen gemeinsam Urlaub und fliegen nach Ägypten. Es ist der Sommer 1997. Wir verstehen uns ausgezeichnet, alles ist schön. Als wir zurückkommen, erfahren wir, dass Heinz einen schweren Motorradunfall hatte. Sofort mache ich mich, nachdem ich mit Andi telefoniert habe, auf den Weg zu ihm. Er liegt im Virchow-Krankenhaus. Andi, Achmed und Ronald warten bereits vor dem Haupttor auf mich.

„Wie schlimm ist es denn", frage ich allgemein, als ich meine Freunde erblicke. „Sieht echt scheiße aus, wenn er Pech hat, müssen sie ihn amputieren", sagt Andi mit geneigtem Kopf. „Au Scheiße, was hat der Idiot denn nur gemacht, der fährt doch nicht erst seit gestern", ist meine Reaktion. Nachdem wir endlich die richtige Station gefunden haben, müssen wir vor der Intensivstation warten. Immer nur zwei von uns dürfen hinein. Andi und ich sind die ersten, die hineindürfen. Heinz liegt, angeschlossen an einige Schläuche, in einem Bett. Seine Beine sind völlig fixiert mit Bandagen und Schläuchen. Heinz schaut uns an. „Hey, schön, dass ihr gekommen seid." „Mann, Alter, das wird schon, hast du gehört. Es wird nichts so heiß gegessen wie gekocht wird, verstehst du?" Mann, das ist vielleicht eine Scheißsituation. Ich betrachte Heinz und fühle sein Leiden und seine Sorgen. Total gefrustet verlassen wir das Krankenhaus. Wir wissen, dass er sein rechtes Bein verlieren wird. Natürlich argumentieren wir, lieber das Bein als sein Leben, aber insgesamt gesehen ist die Situation ein echter Horror.

40 Jahre bin ich heute geworden, 40 Jahre, mein Gott, wie ist die Zeit vergangen. Da kommt wieder dieser Satz, den ich schon früher so oft bei Familienzusammenkünften gehört habe. Mein Gott, wie die Zeit vergeht. Ist das normal? Ich glaube schon, denn mit dem Älter- werden erkennt man selbst, wie die Zeit dahinfließt. Heute ist Freitag, der 10. April 1998, Florian ist bereits 15 und Lisa wird demnächst 18 Jahre alt. Sabrina und ich sind auch schon mehr als zweieinhalb Jahre zusammen und planen gemeinsam ein Haus zu beziehen. Da wir beide gut verdienen, fällt es uns nicht schwer, ein Haus zu finanzieren. Gemeinsam halten wir Ausschau nach einem geeigneten Objekt. Wir suchen ein Haus mit wenigstens 2000 qm Grundstück. Ich bin davon überzeugt, dass diese Fläche gut geeignet ist, um uns selbst versorgen zu können. Falls es nötig sein sollte.

Heute ist Lisas 18. Geburtstag, wir haben Freitag, den 21. August 1998. Jennifer ist die Gastgeberin und ich füge mich. Ich befinde mich wieder in meinem alten Haus in Tegel. Der Garten ist voller Menschen, und das Wetter ist super. Sabrina, die zwar ein gutes Verhältnis zu

Lisa hat, wollte aber nicht mitkommen und so bin ich allein auf dieser Party. Jennifer ist inzwischen wieder verheiratet und zwar mit diesem Hans. Die beiden sind tatsächlich zusammengeblieben. Nun gut, sollen sie auch, aber wenigstens verhält er sich mir gegenüber heute respektvoller. Er ist zu mir freundlich, aber zurückhaltend. Ich kenne fast niemanden hier auf dieser Party und beobachte mit großem Stolz meine Lisa und auch meinen pubertierenden Florian, der mit seinen 15 Jahren ganz schön mit den jungen Mädels flirtet. „Papa, wie findest du ihn?" Lisa steht vor mir und zeigt mit ihrem Finger auf einen jungen Mann, der gerade am Buffet steht, sich zwei Teller schnappt und auf uns zukommt. „Das ist Ludwig, mein Freund, ich wollte ihn dir schon vor zwei Wochen vorstellen. Ludwig, das ist mein Vater." Vor mir steht ein sympathisch wirkender Mann, vielleicht knapp Mitte zwanzig, mit halblangen blonden Haaren. Er hat ein ehrliches Lächeln und klare Augen. Seine sportliche Figur strahlt eine gesunde Fitness aus. „Hallo Ludwig", ich strecke ihm meine Hand entgegen und erfahre einen aufrichtigen Händedruck. „Hallo Herr…." Ich unterbreche Ludwig. „Komm lass uns duzen, o.k.?" Dabei reiche ich ihm erneut die Hand. Und sogleich haben wir ein sehr gutes Miteinander.

Es muss schon nach Mitternacht sein, Lisa ist die ganze Zeit beim Tanzen und Florian sitzt auf einer Bank zwischen zwei Mädels und erzählt.

Mein Gott, Lisa ist 18 geworden. Ich betrachte meine Tochter, die sich zu einer richtigen jungen Frau entwickelt hat. Sie ist richtig attraktiv, ihre langen bronzefarbenen Haare reichen fast bis zu ihrem Po. Sie hat große mandelfarbende Augen und eine, fast aristokratische, Stupsnase. Ihre Figur hat eine stolze, gesunde aufrechte Haltung. Und der Ludwig, wenn ich ihn so beobachte, passt sehr gut zu ihr. Ich freue mich, meine Kinder so zu sehen. Allein das ist es wert, heute hier zu sein. Doch alles hat ein Ende und so verabschiede ich mich langsam und mache mich auf den Weg nach Hause.

Seit gestern bin ich zuhause, mir geht es nicht besonders. Vielleicht habe ich auch nur etwas Schlechtes gegessen. Ich weiß nicht, auf jeden Fall muss ich mich des Öfteren übergeben und ich fühle mich einfach scheiße. Liege auf der Couch und lasse mich vom Klassik-Radio berieseln. Sabrina ist noch bei der Arbeit. Wobei, es ist inzwischen schon kurz nach drei und allzu lange muss sie auch nicht mehr arbeiten. Plötzlich wird Tomaso Albinonis adagio in G-Moll (ich liebe dieses Stück) von einer Durchsage unterbrochen, dass gerade ein unvorstellbares Attentat auf die Zwillingstürme in New York stattgefunden hat. Sofort springe ich aus meiner bequemen Couchposition hoch und schalte den Fernseher an. Tatsächlich, ich brauche keinen Sender zu suchen, denn jeder sendet das Gleiche. Man sieht, wie eine Passagiermaschine in einen der Türme des World Trade Centers fliegt und eine gewaltige Explosion in den obersten Stockwerken entfacht wird. Nach ein paar Minuten fliegt eine zweite Maschine in den anderen Turm, der ebenfalls im oberen Bereich explodiert.

Unvorstellbar, denke ich, doch schon nach kurzer Zeit wundere ich mich über so viele, zeitgleiche, gute Aufnahmen, die die unterschiedlichsten Blickwinkel zeigen und das nonstop, ohne Pause. Es sind erschreckende Bilder, wie z.B. Menschen, die durch einen Fenstersprung aus viel zu großer Höhe springen, um nicht zu verbrennen. Wie die beiden Türme, unerwartet, wie bei einer professionellen Sprengung zusammen-stürzen. Ich schalte von einem Sender zum nächsten und wundere mich nur über so viele gute Aufnahmen. Da klingelt auch schon mein Telefon. „Schatz, hast du schon gehört, was in…". „Ja Liebling, ich habe den Fernseher an und sehe die Bilder. Wann kommst du?" „Ich brauche bestimmt noch eine Stunde, bis ich hier wegkomme, aber ich beeile mich. Wie geht es dir jetzt, ist dir immer noch übel?" Ich stelle fest, dass meine Übelkeit im Moment verschwunden ist. „Liebling, im Moment geht es mir gut, fahr bitte vorsichtig. Ich liebe dich. Bis nachher." Ich lege auf. Kaum aufgelegt, klingelt es wieder. „Heute beginnt ein neues Zeitalter, denke an meine Worte, mein Freund." Das kann nur Achmed sein. „Hey, mein Freund, ich glaube, du hast recht. Denkst du das Gleiche wie ich?" „Ich denke das nicht, ich sehe es, ich weiß es, es ist ein selbst inszenierter Anschlag vom amerikanischen Geheimdienst. Ganz klar. Schau dir nur die immer gleichen, fast schon hypnotischen Bilder des Anschlags an. Alter, wir sprechen später, ich muss noch einiges schaffen. Ich ruf dich heute Abend noch mal an." Und schon ist das Gespräch beendet. Ich schaue weiter in den Flimmerkasten und höre, dass noch zwei weitere Passagiermaschinen unterwegs waren. Die eine stürzte wohl noch rechtzeitig vor dem Weißen Haus ab und die vierte ins Pentagon. Wo war verdammt noch mal die Luftabwehr? All das klingt äußerst merkwürdig. Mit jeder Minute wächst in mir immer mehr Skepsis. Islamische Terroristen sollen vier Passagiermaschinen entführt haben, um diese als gefährliche, geschossartige Waffen zu benutzen. Anscheinend ist ein neuer Feind entstanden, schießt es mir durch den Kopf.

„Liebling, brauchen wir noch irgendetwas? Ich hole vorsichtshalber noch zwei Kisten Bier, denn es wollen auch Heinz und Andi kommen und die sind reine Biertrinker. Ich will jetzt losfahren." „Schatz, fahr nur, wir haben alles und wenn du meinst, das Bier reicht nicht, dann hol noch welches." Heute ist Montag und da wir Silvester haben, sind die Geschäfte nur bis 16:00 Uhr offen. Ich springe in mein Auto und fahre los. Wir feiern in unserem Haus, sind also die Gastgeber und haben dementsprechend eingekauft. Doch an Bier darf es nicht mangeln und schon gar nicht am Silvesterabend. Also hole ich vorsichtshalber noch welches. Es ist 15:00 Uhr und überall stehen Jugendliche und Kinder, die schon knallen. Mein Gott, denke ich, das schöne Geld, was da verpufft. Unser Haus ist voll und die Leute sind gut drauf. Im Wohnzimmer wird getanzt und in der Küche diskutiert. Als Gastgeber wandert man von einem zum anderen und hält überall kurze Smalltalks. „Schön, dass du da bist, wie geht es dir und lange nicht mehr gesehen", sind die Standardfloskeln. Mit wem man aber wirklich reden will, mit dem beschäftigt man sich dann später. Sabrina tut das Gleiche und so sind wir erst einmal den halben Abend beschäftigt. Ich glaube, wir haben viel zu viele eingeladen, oder es wurden einfach zu viele von anderen mitgebracht. „Hi Bruderherz, schön, dass du bzw. ihr", dabei lächele ich Beate an, „gekommen seid." Ronald steht mit seiner Freundin vor mir und umarmt mich. „Ja, wir hatten Langeweile und dachten, dass wir hier umsonst essen und trinken können." „Na dann kann ich euch nur empfehlen, schnell an das Buffet zu gehen, da müssten noch ein paar alte Würstchen liegen." Dabei lege ich grinsend meine Hand auf seine Schulter.

Nachdem wir alle uns zuprosteten und „Prost Neujahr" schrien, stehen wir jetzt auf unserem

Grundstück und betrachten das Feuerwerk. Natürlich rennen, mit großer Freude und Spaß am Knallen, viele mitgebrachte Kinder herum. Sabrina und ich stehen Arm in Arm auf unserer Terrasse und betrachten das ganze Geschehen. „Ich liebe dich, mein Schatz, auf ein weiteres gutes Jahr mit- einander." Dabei gibt sie mir einen liebevollen Kuss. „Ich schaue sie an und sehe in zwei glänzende Augen, die ich liebe. „Ich liebe dich auch, mein Liebling." Jemand tippt mir von hinten auf meine Schulter. „Hey, ich will euch ja nicht gerade stören, aber einen Neujahrskuss wollte ich mir auch abholen." Ich drehe mich um und sehe Achmed. Seine wilden schwarzen Locken hängen ihm quer übers Gesicht. „Lass dich drücken, mein Freund." Auch Sabrina hat Achmed liebgewonnen und drückt ihn.

Inzwischen ist es schon fast 4:00 Uhr morgens, der größte Teil ist gegangen und es haben sich einige Gruppen gebildet, die noch miteinander diskutieren. Einige stehen in der Küche und andere sitzen am Esstisch. Mein Bruder Klaus, Andi, Heinz, zwei, die ich nicht kenne, Ronald und Beate, Achmed und ich sitzen vor dem Kamin auf dem Boden. „Ihr könnt mir glauben, es gibt einen großen Plan. Ihr müsst nur die Augen aufhalten und die Geschehnisse richtig verfolgen und zusammensetzen." Achmed ist in seinem Element. „Am 2. Januar dieses Jahres, nein, ok. letzten Jahres, 2001, können die Frauen nach dem Motto ‚Frauen an die Waffe' zur Bundeswehr. Am 22. Dez. 01 stimmt der Bundestag dem Einsatz der Bundeswehr nach Afghanistan zu. Das ist der 1. Einsatz deutscher Streitkräfte nach dem Zweiten Weltkrieg. Mit Frauen in den Krieg, versteht ihr." „Nein, verstehe ich nicht, was hat das eine mit dem anderen zu tun", will einer von den beiden, die ich nicht kenne, wissen. Der vielleicht ca. 30-Jährige dickliche, blonde Typ wirkt ein bisschen überheblich. „Ist doch gut, dass Frauen auch die Chance bekommen zum Bund zu gehen. Wurde auch höchste Zeit." Ein leichtes Grinsen drückt so etwas wie ein Besserwissen wollen aus. Ok, denke ich, das kennen wir. Achmed geht darauf gar nicht ein und erzählt einfach weiter. „Das Zusammenschmelzen der europäischen Länder zur EU hört sich im ersten Moment vernünftig an, aber glaubt mir, all das gehört zum großen Plan. Diese Währungsunion ist ein riesiges Bankenkomplott, da werden alle europäischen

Staaten mit einbezogen, um sie so zu kontrollieren. Ich sage nur"… Da unterbricht dieser dickliche Blonde Achmed. „So ein Quatsch, es ist doch gut, dass sich die Staaten zusammentun, das macht sie stärker. Auch als Konkurrenz zu Amerika." Achmed wird leicht aggressiv und schaut diesen Blonden etwas verärgert an. „Ich kenne deinen Namen nicht, aber eins weiß ich. Du hast keinen blassen Schimmer. Europa kann nicht Konkurrent von Amerika werden, weil wir ein Produkt von ihnen sind. Quasi deren Baby, verstehst du? Nein, das wirst du bzw. kannst du noch nicht verstehen. Denn wer so argumentiert wie du, der soll lieber weiter fernsehen." Achmed greift sein Bier und dreht sich zu mir. „Hey, bleib doch cool, jeder kann doch seine Meinung haben, oder", kommt noch als Nachwort von dem Blonden. Achmed schaut mich nur an und lässt seine Augen fallen, indem er sie für eine Sekunde schließt. „Hör zu", erwidere ich, „es geht hier nicht um Meinungen, sondern ums Verstehen. Und da solltest du erst mal nachdenken, bevor du dich in ein Gespräch einbringst."

Für kurze Zeit wird, um die Stimmung zu entspannen, über jeden Scheiß geredet. Z.B., dass ab

April letzten Jahres keine Kampfhunde mehr in Deutschland eingeführt werden dürfen. Wegen zu vieler Beißopfer, aus denen sogar Todesfälle resultierten. Oder dass am 29. November George Harrison verstorben ist, sowie über den Kinostart des Films ‚Harry Potter und der Stein des Weisen'. Außerdem, dass vor knapp zwei Wochen für 20,- DM die Starterkits im Nennwert von 10,23 € ausgegeben wurden. Und die Menschen sich über die neue Währung freuten. Aber dann kommen schon wieder Themen wie die Angst vor BSE und die Maul- und Klauenseuche geht um. Das führt automatisch zur Politik. Jetzt wird gerade über die Milzbranderreger, die am 18. September angeblich in Briefen, bekannt als Anthrax-Anschläge, verschickt wurden. Das geschah eine Woche nach dem legendären 11. Sept. 2001.

Inzwischen haben sich auch die verabschiedet, die solche Diskussionen nicht gewohnt oder ihnen nicht gewachsen sind oder einfach zu müde waren. Wir sind jetzt nur noch der harte Kern, der beim Trinken sich auf das einlässt, was noch zu finden ist. Plötzlich trinke ich auch mal Sekt, weil kein Bier mehr da ist. Auch Sabrina hat sich zurückgezogen und außer uns fünf ist niemand mehr da. „Freunde, kennt ihr das Gefühl, dass ihr glaubt, all das um euch herum schon x-Mal erlebt zu haben? Dass bestimmten Personen euch so vertraut sind, als würdet ihr sie schon ewig kennen? Situationen, die euch manchmal wie ein Déjavu vorkommen?" Ich gebe zu, dass ich ganz schön einen in der Krone habe, aber dennoch weiß ich, was ich sage. „Andi und Heinz", ich schaue beide an, und natürlich auch Achmed, „ich glaube manchmal, dass wir schon unzählige Male gemeinsam gesoffen und diskutiert haben und dass wir schon immer Freunde waren." Ich zeige auf Heinz. „Vielleicht hast du schon einmal dein Bein verloren, vielleicht im Krieg, ich weiß es nicht, aber ich liebe euch, Freunde." Wie schon einmal über-kommt mich ein sentimentales Gefühl, das mit Sicherheit auch vom Alkohol beeinflusst ist. Wir reden noch über dies und das, über Bush und den 9.11. und ich weiß nicht wann, aber irgend-wann falle ich in einen komaähnlichen Schlaf.

„Schatz, heute ist dein großer Tag, komm schon, wir müssen uns beeilen. Du siehst großartig aus." Sabrina zerrt mich aus dem Haus. Es ist inzwischen doch schon fast 12:00 Uhr und wir müssen um 12:30 Uhr da sein. Viel Zeit haben wir nicht mehr. Mein Gott, diese Hektik, aber sie hat Recht, ohne sie hätte ich vieles nicht geschafft. Nicht nur, dass heute mein 50. Geburtstag ist, nein, ich bin ab heute auch noch der Redaktionschef unserer Firma. Es ist Donnerstag, der 10. April 2008. Sabrina und ich sitzen im Auto, sie fährt, weil mein Handy nonstop klingelt. „Hey, du alter Sack, wie geht es dir? Alles Gute zu deinem 50. oder 100. ? Ich freue mich schon auf Samstag. Eine kräftige Umarmung wünscht dir dein alter Freund Achmed." Und schon hat er aufgelegt. So geht es den ganzen Mittag. Heinz, Andi, Ronald, Klaus und natürlich meine Kinder wollen mir gratulieren. Sabrina fährt und ich versuche mich auf meine Rede vorzubereiten, was nicht einfach ist bei den ständigen Anrufen. Doch für einen Moment scheint es ruhig zu sein. Kein Handyklingeln, Ruhe. Ich versuche meine Gedanken auf die Rede zu fokussieren. Dabei schaue ich aus dem Fenster. Wir stehen gerade an einer Kreuzung vor einer Ampel. Menschen bewegen sich und laufen an unserem Wagen vorbei. Die einen kommen von links und die anderen von rechts.

Wieder andere überqueren die Straße. Dabei entdecke ich jemanden, der mir schon in der Suarezstraße immer wieder auffiel. Wie er in den Mülleimern von der BSR ständig nach etwas Brauchbarem suchte. Vielleicht ist er inzwischen Mitte 40. Seine lange, dünne und ungepflegte Erscheinung hat sich bis heute nicht geändert. Er trägt nach wie vor einen braunen, halblangen Bart und hat immer noch diese geduckte Haltung. Im Winter wunderte ich mich immer wieder, wie er mit solch einer dünnen Bekleidung die Kälte überstehen kann. Er bettelte permanent nach Zigaretten und sprach jeden an. Auch mich und ich gab ihm nur einmal eine Mark und das war es, obwohl ich fast jeden Tag an ihm vorbeilief. Ich beobachte ihn und schaue für einen Moment direkt in seine Augen, die sich unerwartet mit meinen treffen. Sein Blick sowie sein Wesen haben sich überhaupt nicht verändert. Er sieht nicht anders aus als vor ca. zehn Jahren. Wie von allein öffne ich meine Bauchtasche und greife in sie hinein. „Sabrina, bitte halte rechts um die Ecke, nur kurz." Während Sabrina nach der Ampelschaltung losfährt und rechts abbiegt, verlieren sich unsere Blicke nicht. Ein Knopfdruck und mein Fenster öffnet sich langsam. Gerade will er weitergehen, da sehe ich mich gezwungen, ihn zu rufen. „Hey du, warte, komm mal her, bitte." Keine Reaktion, der Typ läuft weiter. Warum auch immer, ich steige aus und laufe hinterher. „Warte doch Mal, ich kenne dich." Wieder treffen sich unsere Blicke, seine Augen starren mich an. „Ja, ich weiß, aber ich bin niemand." Während er sich wegdreht, gebe ich ihm einen 50 Euroschein in die Hand und gehe. Für einen kurzen Moment treffen sich noch einmal unsere Augen. „Das Universum dankt, Freund." Mit einem Lächeln, das ich noch nie gesehen habe, dreht er sich weg und verschwindet. Schnell steige ich wieder ein und wir fahren weiter. „Schatz, du warst gut, deine Rede hat unsere Mitarbeiter beeindruckt und trotz der wirtschaftlichen Lage bin ich davon überzeugt, dass wir es schaffen. Du hast heute Geburtstag, lass uns jetzt schön etwas essen gehen."

Wir sind auf dem Heimweg und während der Fahrt schaut mich Sabrina immer wieder an. „Sabrina, Liebling, ich danke dir für alles. Du bist, nein, ohne dich wäre ich nicht da, wo ich jetzt bin. Ich liebe dich." Sie fährt an die Seite und hält kurz an. „Peter, ich dich auch". Wir umarmen und küssen uns.

Alle aus meiner Familie sind gekommen, meine Enkel sind am herumtoben und fühlen sich wohl. Meine Brüder mit ihren Frauen und Kindern sowie meine besten Freunde mit Frauen und Kindern sind anwesend. Unser Haus ist wieder mal voll. „Papa, ich, nein wir wollten dir nochmal gratulieren zu deinem Aufstieg in deiner Firma und dir natürlich alles Gute zu deinem Geburtstag wünschen." Lisa, meine geliebte Tochter, steht mit ihrem Ludwig auf einmal vor mir und umarmt mich. „Danke, danke, wichtiger für mich ist, dass es euch gut geht. Dass ihr eure Kinder gut versorgen könnt und dass ihr euch liebt." Lisa schaut mich an. „Papa, es ist alles in Ordnung, Ludwig schafft das schon." Mein Schwiegersohn steht lächelnd vor mir und ich empfinde das Gleiche für ihn wie am ersten Tag. Er ist ein guter Mann für meine Tochter. „Ernault, Leon, habt ihr eurem Großvater schon einen Kuss gegeben und richtig gratuliert", fragt Ludwig, der die Kinder dabei fragend anschaut. Ernault und Leon sind neun und sieben Jahre alt. Wie Lisa und Ludwig auf Ernault und Leon als Namen gekommen sind, weiß keiner. Dennoch haben wir uns daran gewöhnt. Florian ist wieder mal beim Tanzen und beeindruckt die Frauen.

Seine letzte Beziehung beendete er vor zwei Jahren. Seitdem ist er frei für eine neue Beziehung. Ernault ist für seine neun Jahre ein sehr großer, kräftig gewachsener Junge, der sehr vernünftig zu sein scheint. Leon ist kleiner und wirkt sehr draufgängerisch. Mein Bruder Ronald und Beate, mit der er inzwischen verheiratet ist, sind ebenfalls da. Ich freue mich über die beiden, dass sie es geschafft haben, zusammenzubleiben. Ich war immer der Meinung, dass die beiden zusammengehören. Ihr Sohn Peer ist inzwischen auch schon vier Jahre alt. Es ist ein kleiner roter Lockenkopf mit viel Temperament. Während ich im Badezimmer stehe und mir die Hände wasche, schaue ich in den Spiegel und betrachte mich. Ich sehe einen älter werdenden Mann mit rotem Bart und vollem Haar, der doch schon vom Alter gezeichnet ist. Falten am Mundwinkel zeichnen sich immer deutlicher ab. Die Haut unter den Augen zeigt deutlich, wie sie an Spannung verliert. Ok, denke ich und verlasse das Bad. Ich betrachte die anderen und sehe ebenfalls Gesichter, die älter geworden sind. „Schatz, alles in Ordnung", fragt mich Sabrina, die unerwartet vor mir steht. Auch ihre Schönheit zeigt das Alter durch kleine Falten unter ihren Augen und ihren Mundwinkeln. „Es ist alles OK", erwidere ich und tauche in die Menge ein. Ich bemerke natürlich, dass sie mir beobachtend hinterherschaut, tue aber so, als würde ich es nicht bemerken.

Inzwischen ist es schon 22:30 Uhr und viele sitzen draußen im Garten, der mit Fackeln, einem großen Grill und einer kleinen Feuerstelle richtig romantisch wirkt. Es ist April und die Tagestemperatur war um die 14°. Da ist es jetzt inzwischen schon etwas frischer. Aber jeder fühlt sich wohl. Die Kinder rennen durch den Garten oder bewundern den Zauber des Feuers. Auch Sabrina und ich, beide eng umarmt, betrachten das Feuer. Im Hintergrund läuft ein alter Song, Nights In White Satin von den Moody Blues. Mann, denke ich, jetzt biste ein halbes Jahrhundert alt. Meine Tochter ist inzwischen selbst schon Mutter und ich bin ein Großvater. Als dieser Song, der mich gerade berieselt, herauskam, war ich ein Teenager. Meine Tochter, mein Schwiegersohn und meine Enkel sowie viele andere Gäste haben sich inzwischen verabschiedet und der Kreis hat sich verkleinert. Vereinzelt greifen manche noch nach irgendetwas Essbarem vom Buffet, andere stochern mit einem Stock in dem heruntergebrannten Feuer, das nur noch aus Glut besteht. Die meisten sitzen auf der Terrasse um unseren ovalen Tisch herum, auf dem viele Teelichter stehen. Auch Florian ist dabei. Wenn ich mich so recht erinnere, ist er das erste Mal in solch einer Nacht anwesend. Das erste Mal, wenn wir über Gott und die Welt diskutieren. Achmed, Andi und Heinz haben sich, trotz Familie, Zeit genommen. Auch Rolf, ein Mitarbeiter von mir, ist dabei. Zu meinem Erstaunen sitzt Sabrina an meiner Seite und leistet mir Gesellschaft. Wir reden über die Wirtschaft, über die Globalisierung, über die Illuminaten, über die Geheimtreffen der Bilderberger und über die FED, die Federal Reserve der US-Notenbank. Auch über die künstlich erzeugte derzeitige Rezession. „Die FED ist ein Privatunternehmen, das muss man sich mal vorstellen. Die entscheiden, wann und wie viele Banknoten für das Land gedruckt werden. Sie besitzen die volle Entscheidungmacht, Banknoten nach Belieben zu vervielfältigen oder zurückzuhalten." Diesmal bin ich der Hauptredner und Achmed lauscht meinen Worten. „Die FED besteht aus eine Handvoll multireicher Banker, die über die globale Entwicklung der Wirtschaft und Industrie entscheidet. Sie manipulieren das Auf und Ab der Konjunktur. Drucken sie viele Banknoten, verliert das Geld an Wert und die Preise steigen. Und lassen sie die Druckerpressen mal eine Weile ruhen, stabilisiert sich der Markt, die Preise und die Kaufkraft steigen. Die Menschen sind dann wieder optimistisch, nehmen Kredite auf, kaufen Häuser, Geschäfte und gründen kleine Unternehmen. Die Wirtschaft scheint in Ordnung zu sein. Dann aber reiben sich die Banker ihre Hände und erhöhen den Zinssatz der Kredite. Die Menschen müssen mehr leisten, um ihre Schulden zurückzuzahlen. Es wird mehr Geld gedruckt, um angeblich zu helfen, und das Geld verliert immer mehr an Wert, was eine Preiserhöhung aller Waren nach sich zieht." „Und die Politiker können das nicht ändern", will mein Sohn wissen. „Florian, die Politiker werden von ihnen finanziert. Das heißt, die tanzen nach ihrer Pfeife. Wir kennen einige Fälle von Attentaten auf Politiker, die wurden fast alle exekutiert, exekutiert vom eigenen Geheimdienst, weil sie dieses Spielchen nicht mitmachen wollten. „Warum kommt das nicht in den Nachrichten?" „Mein Sohn, denke mal bitte darüber nach, denn diese Antwort kannst du dir selbst geben." Ich sehe Achmeds Glanz in den Augen. „Abraham Lincoln und John F. Kennedy wurden genau deswegen ermordet. Das sind nur die Bekanntesten, es gibt noch viele andere, die einfach aus dem Weg geräumt wurden." Florian schaut mich mit einem Blick an, den ich so noch nie bei ihm gesehen habe. „Daddy, du willst mir sagen, dass es eine Mega-Supermacht gibt, die alles kontrolliert, auch sämtliche Medien?" „Ja, mein Sohn." „Aber wer sind die", will er wissen. „Peter", Sabrina schaut mich an, „meinst du nicht, Florian…" „Liebling, er ist alt genug, ich hätte vielleicht schon viel früher mit ihm darüber reden sollen." „Und wer sind die nun", will er immer noch wissen. „Hey, Floh", wirft Achmed ein. „Das sind die reichsten Menschen auf unserem Planeten. Die Rockefellers, die Morgans und die Rothschilds, die beherrschen die gesamte Welt. Denen gehören das Öl, sämtliche Energiegesellschaften, die Pharmaindustrie, mit Monsanto das weltweite Saatgut und alle öffentliche Medien. Die gründeten die FED, die IFW, die EZB, die WHO und unzählige andere Unter-Organisationen. Wir diskutieren noch über Aliens, über die Mondlandung, die keine war, über den 11. Sept. und viele andere Themen." Das erste Mal, dass ich meinen Sohn so geistig mitgenommen sah. Er war immer ein aufgeweckter Junge, aber ein besonderes Interesse konnte ich bis dato nicht erkennen. Nun scheint er es gefunden zu haben. Er ist Feuer und Flamme und stellt eine Frage nach der anderen, als wolle er die Weltantwort noch heute erfahren. Da ich mich ein wenig zurückhalte und mit Sabrina eng umschlungen da sitze, übernimmt, wie nicht anders zu erwarten, Achmed das Reden. Heinz und Andi diskutieren angeregt mit Rolf über die angebliche Mondlandung. Im Hintergrund läuft gerade der Song „With a Little Help from my Friends" von Joe Cocker. Ich betrachte meine Freunde und meinen Sohn und verspüre im Moment ein Gefühl der Glückseligkeit. Es herrscht eine Harmonie zwischen den Anwesenden. „Achmed, was ist eigentlich mit deinem Kind, du bist doch auch einmal Vater geworden", will Florian wissen. Achmed schaut mit leicht gesenktem Kopf in die Runde. „Sie ist mit meinem Sohn in die Türkei abgehauen. Ich weiß nicht, wo sie abgeblieben sind. Sie sind wie vom Erdboden verschwunden." Ein Thema, das Achmed nicht gefällt. Schnell wird das Thema gewechselt und wir diskutieren weiter über dies und jenes. Florian schläft bei uns und alle anderen haben sich verabschiedet. „Schön, dass du heute bei uns schläfst, mein Sohn." Wir stehen auf dem Korridor und ich will gerade ins Bad und ihm eine gute Nacht wünschen. „Hey, Daddy, ich glaube, ich habe viel verpasst, ich hätte schon viel früher versuchen sollen auf Gespräche meines Vaters zu achten." „Nein, Florian, ich wollte dich vielleicht auch schonen, schonen vor dieser einen Realität. Du brauchst dir keine Schuld zu geben. Nun lass uns schlafen, wir haben ab heute noch genug Zeit, uns über Gott und die Welt zu unterhalten. Ich liebe dich, mein Sohn, schlafe gut." Ich umarme ihn und verschwinde ins Bad.

Noch liege ich mit offenen Augen in meinem Bett und lasse einige Gedanken Revue passieren. Mein Sohn, denke ich mir so, er hat Feuer gefangen. Feuer nach wirklichem Wissen. Endlich. Dann springen meine Gedanken hin und her.

Ich renne gehetzt über eine große Anhöhe und springe über einen Baumstamm. Schnell zwänge ich mich in eine kleine Höhle und verharre, ohne ein Wort zu sagen. Mein Herz schlägt wie Trommelschläge. Pferdehufe und Hundegebell jagen mir Angst ein. Jetzt renne ich. Ich springe über Stock und Stein, springe über Wurzeln und Bäche. Auffordernde Augen und eine Hand mit strengem Finger zeigen mir den Weg. Vater… Papa.

„Liebling, es ist alles gut, du hast geträumt." Ich öffne meine Augen und schaue Sabrina an. „Du hast dich hin und her gewälzt. Es war bestimmt ein bewegender Traum", Sabrina streichelt meine Haare. „Liebling, all das kam mir so real vor, als wäre es gestern." Sabrina schaut mich liebevoll an. Und ich sie, dabei verliert mein Blick ein wenig an Schärfe und ich sehe für einen kurzen Moment ein anderes Gesicht. Eines, das mir aus dem tiefsten Unterbewusstsein so vertraut ist. Langsam tauche ich wieder in das Hier und Jetzt ein und stehe ein wenig verdutzt auf.

Es ist 0:01 Uhr, ich greife schnell zum Telefon und wähle die Nummer von Lisa. Nach dreimaligem Klingeln: „Hallo, meine geliebte Tochter, alles Gute zu deinem 31. Geburtstag, verzeih mir, dass ich noch so spät anrufe, aber ich wollte, abgesehen von Ludwig, der erste sein, der dir gratuliert." „Hey, Papa, das ist aber lieb von dir, dass du jetzt noch anrufst. Wir sitzen hier noch gemütlich zu viert und stoßen gerade auf meinen Geburtstag an. Andrea und Ernst sind gekommen und es ist sehr lauschig." „Schön, meine Große, ich will euch auch nicht weiter stören, wir sehen uns ja heute Abend, liebe Grüße an Ludwig, also Tschüss."

Ab und zu läuft bei uns sonntagvormittags auch das Radio zum Wachwerden. So auch heute. Ich räkle mich noch ein wenig, bevor ich das Bett verlasse. Es ist Sonntag 11:00 Uhr, der 21. August 2011, Nachrichten. -- Eine erneute Aufstockung des Euroschirms ist unausweichlich. -- Nun Zweifel aus der ersten Reihe der Union. -- Wolfgang Bosbach glaubt nicht an die Bonität Griechenlands und stimmt dem Euro-Rettungsschirm nicht zu. -- Merkel dagegen hält an dem Kurs fest. -- Deutschland schickt Spezialeinheit GSG9 nach Libyen. -- Rebellen rücken immer näher an die Hauptstadt Tripolis. -- Gaddafi auf der Flucht. -- Der Rettungsschirm muss erweitert werden. -- Die EZB druckt frisches Geld. -- Der Iran steht unter dem Verdacht, Uran anzureichern, um ein Atomwaffenprogramm zu starten. – Unabhängige Beobachter wollen dies bestätigen.

„Oh Gott, was für ein Scheiß wird da in den Nachrichten erzählt", denke ich so und begebe mich in die Küche, in der Sabrina auf mich wartet. „Frühstück, mein Schatz; bevor wir zu Lisa gehen, wollten ich mit dir noch zum Flohmarkt." Ich setze mich an den Tisch, greife meine Kaffee-tasse und schaue Sabrina an. „Ich weiß nicht, wann ich es das letzte Mal gesagt habe, aber ich bin glücklich mit dir und dankbar, dich zu haben." Sabrina grinst mich an. „Schatz, fang jetzt bitte nicht an zu weinen. Was ist los mit dir, du wirst ja richtig sentimental." Die Sonne scheint auf ihre Haare, die jetzt einen bronzefarbenen Schimmer zeigen. Ihre grünen Augen strahlen und ihre Hand greift die meine. „Ich liebe dich vom ersten Tag an, mein Schatz."

Nachdem wir gefrühstückt haben, machen wir uns auf den Weg zum Flohmarkt. Der Sommer in diesem Jahr war bisher nicht berauschend, auch heute sind gerade mal 24° C, aber wenigstens kein Regen und von dem hatten wir bis dato genug. Sabrina und ich schlendern über den Flohmarkt, der wie immer gut besucht ist. „Hey, schau mal, diese alte Kaffeemühle könnte Lisa gefallen." Wir betrachten diese näher und nach kurzem Handeln gehört sie uns. Es ist eine klassische Mühle aus Holz, vom Anfang des 20. Jahrhunderts. Mit der kann man noch seine Kaffeebohnen per Hand mahlen. Eine ähnliche haben wir auch zu Hause. „Genau das richtige Geschenk für Lisa, die auf so etwas steht."

Es ist 16.00 Uhr, wir sind pünktlich zum Kaffee und Kuchen. Lisa öffnet uns die Tür. „Hi, Daddy", sogleich werde ich umarmt und auf die Wange geküsst. „Hallo Sabrina", auch sie wird herzlichst begrüßt. Im Hinter-grund stehen Ludwig, Ernault und Leon. Nach einer liebevollen Begrüßung schaffen wir es endlich, in ihr Wohnzimmer zu kommen, in dem Florian schon auf uns wartet. „Hi Dad, schön, dich zu sehen." Ich genieße solche Momente, meine Familie um mich zu haben. „Haben sich Klaus und Ronald schon bei dir gemeldet", will ich wissen. „Die haben mich heute Morgen angerufen und mir gratuliert. Die müssten auch bald eintreffen." Das beruhigt mich und gibt mir sogleich ein Gefühl der Zusammengehörigkeit. Auch die Kaffeemühle scheint ein gutes Geschenk für Lisa zu sein. Ernault, der inzwischen zwölf ist, wirkt sehr erwachsen. Er ist sehr groß für sein Alter, kräftig, aber nicht dick, mit dunklen Haaren. Leon dagegen ist etwas kleiner, mehr blond und etwas drahtiger. Beide sind sehr aufgeweckt. Auch Ronald und Klaus, mit Anhang, erscheinen endlich. Die Familie ist vollständig. Es wird gemeinsam gegessen, diskutiert und politisiert. Man tauscht die neuesten Erkenntnisse, gepaart mit Witzen, aus. Wobei ein Thema, das von den Kindern völlig wertfrei angesprochen wird, sich zum „Nachdenker" entwickelt. Leon will etwas mehr über seine Großeltern wissen. Genau das ist ein Thema, das ich unbewusst schnell ins Abseits dränge. Dieses Thema verursacht in mir ein Unwohlsein. „Wann ist Oma gestorben", will Leon wissen. Ich kenne das Datum natürlich ganz genau, aber zögere ein wenig. „Im Januar 2002 ist meine Mutter, deine Oma, verstorben." Dabei senke ich, ohne es zu wollen, meinen Kopf und fühle ein Unbehagen in mir aufkommen. Ich habe es die ganze Zeit verdrängt und bewusst vermieden, darüber zu sprechen. Ich vermisse meine Mutter, versuche es aber niemals zu zeigen. Meine Enkel können das nicht wissen und fragen einfach neugierig nach. Immerhin sind das ihre Großeltern. „Als eure Oma gestorben ist, warst du knapp 2 ½, Ernault und Leon, du warst ½ Jahr alt. Ihr könnt euch natürlich nicht an sie erinnern, aber ich glaube, wenn sie euch heute sehen würde, wäre sie bestimmt sehr stolz auf euch." Die Kinder schauen mich an. „Und unser Opa", will Leon wissen. „Euer Groß-vater ist einige Jahre vor Großmutter gestorben, bevor ihr geboren wurdet. Wie war denn nun euer Urlaub, von dem habt ihr mir noch gar nichts erzählt?" So änderte sich schnell das Thema, denn über meine Mutter zu sprechen, verursachte in mir ein unangenehmes Gefühl.

„Hallo Geburtstagskind, meine geliebte Frau, Happy Birthday to You, Happy Birthday to You…", flüstere ich Sabrina, die noch halb schläft, ins Ohr. „Ich liebe dich und wünsche dir alles Gute." Ich betrachte sie, wie sie mit den Augen blinzelt und langsam wach wird. Sie schaut mich grinsend an. „Ach komm, ich bin fast 40 Jahre alt, wer will denn so eine alte Frau haben"? Sie dreht sich ein wenig demonstrativ zur Seite. „He Baby, du bist heute 29 geworden. Und du siehst super aus." Sabrina richtet sich auf. „Ich bin 39 Jahre alt und morgen schon 40, mein Gott, wie die Zeit vergeht." „Na und", ist meine Antwort, „das ist doch gut so, stell dir vor, es wäre immer alles gleich, keine Veränderung.

Wäre doch schrecklich, oder?" Heute ist Samstag der 12. November 2011, Sabrina und ich sind genau 16 Jahre und eine Woche zusammen und außerdem hat sie heute Geburtstag. Da 39 keine gerade Zahl ist, verbringen wir den Geburtstag in relativer Bescheidenheit. Zwar haben viele Freunde, Kollegen, aber auch die Familie angerufen, um zu gratulieren. Gekommen sind aber nur wenige. Wir wollten auch keine Party feiern. Nächstes Jahr sieht es anders aus. Da wird Sabrina 40, da lohnt es sich zu feiern. Mein Sohn Florian ist einer der wenigen, der gekommen ist. Er unterhält sich mit Hans und Günter, beide sind Kollegen von uns, mit denen Sabrina und ich auch privat verkehren. Wenn ich meinen Sohn so beobachte, sehe ich das Feuer, was in ihm steckt. Er redet über die Ausbeutung, über die versteckten Gesetzesänderungen, die hinter unseren Rücken ablaufen. „Wusstet ihr, dass der neue italienische Premier, Mario Monti, eigentlich ein Investmentbanker ist und aus der EZB stammt? Und, obwohl nicht vom Volk gewählt, an höchster Stelle eingesetzt wird. Weil er als Finanzfachmann von der Presse dargestellt wurde. Nicht anders ist es in Griechenland. Langsam aber sicher übernehmen die Banker ganz offiziell politische Positionen…" Florian ist in Höchstform und ich beobachte ihn und halte mich voller Stolz zurück. Bis auch dieser Abend ein Ende nimmt.

Ein permanentes Klingeln reißt mich aus meinem Schlaf, völlig beduselt schaue ich auf meinen Radio-wecker. 3:27 Uhr, Oh Gott, denke ich und begebe mich zum Telefon. „Ja, hallo", kommt über meine verschlafenen Lippen. „Was…, nein, wo…, o.k., ich bin in einer halben Stunde da." Ich renne ins Schlafzimmer und schnappe mir meine Sachen. Ich ziehe mich an. „Schatz, was ist los", fragt mich Sabrina, die inzwischen auf-gestanden ist und mir instinktiv meine Sachen reicht. Ich habe jede Schläfrigkeit verloren, mein Herz rast wie wild. „Ronald liegt auf der Intensivstation im Virchow-Krankenhaus, er hatte einen Herzinfarkt."
Es ist Dienstagfrüh, der 17. Januar 2012. Es ist inzwischen 4:08 Uhr. Klaus und ich sitzen im Vorraum zur Intensivstation. „Hey Bruder, was für eine Scheiße geht hier ab", will Klaus wissen. Ich antworte, „Mann, Ronald ist keine 60 Jahre alt, das kann nicht sein." Beate, seine Lebensgefährtin, kommt dazu, sie war gerade bei der

Anmeldung wegen des Papierkrams. Wir schweigen. Wir schweigen weiter. Das Warten wird zur Zerreißprobe. „Wann erfahren wir etwas, warum lässt man uns nicht zu ihm rein", wirft Beate zurecht ungeduldig in den Raum. Da öffnet sich endlich eine Tür zur Intensivstation. Heraus tritt ein Mann, der der Arzt zu sein scheint, und eine Krankenschwester. „Mein Name ist Dr. Gerlach, inwieweit sind Sie mit Herrn Hoffmann verwandt oder wie nahe stehen sie ihm?" Der Arzt, vielleicht Mitte 50, schaut uns sehr ernst an. „Wir sind seine Brüder und haben ein sehr gutes Verhältnis zu ihm, was soll diese Frage", will ich wissen. Seine dunklen Augen verraten nichts Gutes. „Ihr Bruder, Ronald Hoffmann, ist soeben an den Folgen eines schweren Herzinfarkts verstorben. Es tut mir leid, Ihnen das mit-teilen zu müssen, mein herzliches Beileid."

Heute ist der 24. Januar, gemeinsam stehen wir auf dem Friedhof und verabschieden uns von Ronald. Seitdem wir im Krankenhaus erfahren haben, dass er verstorben ist, schießen mir immer wieder so viele Gedanken durch den Kopf. Gedanken, die mich daran erinnern, wie wir als Kinder spielten, uns stritten und wieder versöhnten. Welche geistigen Anregungen er in Diskussionen einbrachte und sich über meine Kinder freute, als diese zur Welt kamen. Jetzt habe ich schon meinen zweiten Bruder verloren. Tränen schießen aus meinen Augen. Erst Manfred, jetzt Ronald, ein großer Schmerz durchflutet mein Herz. Alle sind gekommen, meine gesamte Familie und Freunde.

Florians Geburtstag ist Anlass, dass wir uns zum größten Teil alle wieder sehen. Heute ist Samstag, der 4. Februar 2012 und wir feiern in den Geburtstag rein. Da Florians Wohnung nicht groß genug ist, feiern wir bei uns im Haus. Die Stimmung ist noch immer vom Tod meines Bruders gezeichnet, aber jeder versucht auf seine Art, zumindest heute Abend, das nicht zum Thema werden zu lassen. Man redet über dies und jenes, meidet aber Ronalds schnelles Ableben. 0:00 Uhr. Gemeinsam singen wir Happy Birthday und stoßen auf Florians 29. Geburtstag an. Ich stelle fest, dass ich ein wenig zu viel getrunken habe und mich erst einmal zurückhalten muss. Alles dreht sich um mich. „Na Alter, noch alles ok. oder kann ich dir helfen?"

Achmed legt seine Hand auf meine Schulter und bietet mir seine Hilfe an. „Geht schon, brauche wohl nur 'ne kurze Pause."

Viele sind inzwischen schon gegangen und ich habe mich wieder erholt. Mir geht es jetzt nach einem kleinen Nickerchen bedeutend besser, kann wieder klar denken. Mein Sohn ist voll am erzählen. Es wird vieles durcheinander mitgeteilt. Achmed, Heinz, Andi, Hans, Günter und zwei, die ich nicht kenne, sitzen auf dem Boden vor dem Kamin. „Wir stehen kurz vor dem Dritten Weltkrieg, der Persische Golf ist voll mit Kriegsschiffen. Amerikanische, von der Nato, also auch von uns, sowie russische und chinesische. Ja, heute, nee, gestern haben die Russen und Chinesen ein Veto gegen die geplanten Resolutionen gegen Syrien eingereicht. Mit Recht, sage ich euch." Achmed wirft ein. „Das planen die USA schon seit Jahren, die wollen den Iran schon lange kontrollieren. Und das mit Syrien ist jetzt nur ein Vorwand." Ich trinke inzwischen auch schon wieder ein Bier, mir geht es jetzt soweit gut. Es wird über den ESM-Rettungsschirm gesprochen und die Immunität im Artikel 27, dass Brüssel damit die totale Macht über alle europäischen Staaten bekommt. Außerdem über das

Programm ACTA, was so viel bedeutet wie die totale Internetzensur. Wir stehen im Moment kurz vor einem globalen Kollaps. „Was ist mit diesem sogenannten arabischen Frühling? Hä, Libyen, Ägypten, Jemen und all die anderen nordafrikanischen Staaten und jetzt Syrien schreien plötzlich alle nach der angeblichen Demokratie. Glaubt ihr diesen Scheiß wirklich? Die ganze sogenannte Revolution wird von der CIA inszeniert und durch dieses scheiß Facebook hochgepeitscht. Das dumme Volk wird instrumentalisiert und rennt auf die Straße. Sogar in Russland versuchen sie es mit ihrer weißen Schleifendemo gegen Putin. Ich sage euch nur, wir steuern global auf einen kapitalistischen Staatsfaschismus zu. Eine Diktatur übelster Sorte." Achmed ist voll in seinem Element. Auch ich kann mich nicht zurücknehmen und werfe ein, „das NDAA ist Obamas Neujahrsgeschenk an das Volk. Angeblich zur Bekämpfung des Terrorismus. Unter dem Vorwand, die Demokratie sei gefährdet. Die Unterzeichnung fand am 31. Dezember auf Hawaii statt. Dieser Beschluss wurde von Obama Silvester, wo die Menschen feiern, hinter verschlossenen Türen unterzeichnet. Er nennt sich NDAA 2012, H.R.1540 und legitimiert jede Inhaftierung ohne richterlichen Beschluss. Man kann jemanden so lange, wie man will, inhaftieren und dafür wurden eigens riesige Konzentrationslager geschaffen. Mit Nato-Draht gesicherte, mehr als vier Fußballfelder große Lager. Es gibt inzwischen mehr als 40 solcher Lager, alle verteilt überall in den USA. Diese dienen in erster Linie dazu, das aufmüpfige Volk einsperren zu können." Das Thema heizt uns auf. „Was ist mit dem Mayakalender", wirft Hans ein. „Ist 2012 wirklich das Jahr des Untergangs?" Andi wirft das Ufo-Thema mit ein. „Vielleicht kommen in diesem Jahr die Außerirdischen und bringen die Menschheit zur Besinnung." Ich gebe zu, der jetzige Istzustand ist beängstigend. Stehen wir wirklich vor einem Dritten Weltkrieg? Oder gar vor einem neuen menschlichen Bewusstseinswandel? Mit viel Enthusiasmus diskutieren wir die ganze Nacht.

„Schatz, brauchen wir das wirklich, unser Auto ist voll. Wir haben schon zwei Zelte." Sabrina schaut mich fragend an. „Ich weiß nicht, ob Lisa oder Florian daran gedacht haben, und ich denke, lieber ein Zelt mehr als eins zu wenig." Unser Auto ist voller als voll. Wehmütig schaue ich noch mal unser Haus an, das wir jetzt fluchtartig verlassen. Immer wieder fliegen im Tiefflug Kampfjets über unsere Köpfe und hinterlassen einen höllischen Krach. „Bist du sicher, dass wir alles Wichtige haben", schreie ich zu Sabrina rüber, die auf der anderen Seite vom Auto steht. „Ja, komm lass uns losfahren!"

Wir sitzen im Auto und fahren fluchtartig in Richtung Hamburg. Unser Ziel ist der Norden. Skandinavien, eigentlich Schweden und zwar an der finnischen Grenze. Überall herrscht Ausnahmezustand. Das Militär rast überall herum. „Ich hoffe nur, dass Klaus mit seiner Familie, Lisa und Anhang sowie Florian meine Nachricht noch rechtzeitig erhalten haben. Außerdem informierte ich auch meine Freunde." Sabrina schaut mich, während ich fahre und rede, an. „Mein Gott, kein Handy und kein Internet funktioniert mehr. Ich hoffe nur, die haben meine Nachricht noch bekommen." Ich wiederhole mich bestimmt noch mehrmals, so als könnte ich mit den Wiederholungen meine Familie irgendwie geistig er-reichen. „Bitte kommt", höre ich mich, während ich fahre, sagen: „Peter, sie werden deine Nachricht noch erhalten haben, wir schaffen das schon, mein Schatz."

Wir fahren jetzt schon mehr als drei Stunden und sind an einigen Kontrollen vorbeigekommen. Militärkontrollen! Was die eigentlich suchen, wissen die höchstwahrscheinlich selbst nicht. Auf jeden Fall lassen sie uns weiterfahren. Das Wetter ist grau und unzählige Menschen bewegen sich zu Fuß in Richtung Norden. Immer wieder fliegen Kampfjets über unsere Köpfe. Irgendwo am Horizont flimmern kleine Lichtblitze auf. Die Menschen sind alle bepackt mit so vielen Sachen, wie sie tragen können. Der Krieg rückt näher, näher nach Deutschland. Wie ist das nur möglich, wie konnte das geschehen? All das schießt mir während der Fahrt durch den Kopf. Es schneit und die Scheibenwischer meines Wagens haben allerhand zu tun. Wir haben Dezember und innerhalb eines knappen Jahres hat sich die Welt völlig verändert. Angefangen hat alles angeblich wegen Syrien und des Irans und jetzt brennt es beinahe weltweit. Nein, natürlich hat es nicht in Syrien und im Iran angefangen, denn die Pläne sind schon viel älter, das weiß ich. Aber vor knapp einem Jahr war die Welt scheinbar noch in Ordnung. „Mein Gott", denke ich laut. Wie viele hilf- und orientierungslose Menschen herumrennen! Wir lassen Hamburg hinter uns und nähern uns Dänemark. Spätestens jetzt erwarte ich meine Familie und Freunde.

Wir sind in Flensburg angekommen und suchen das Nordertor, vor dem wir uns alle treffen wollen. Da auch das Navigationsgerät nicht geht, habe ich mich schon vorbereitet und die Stadtkarte von Flensburg ausreichend studiert. Und nach kurzer Zeit erblicken wir auch schon das alte ehemalige Stadttor. Auf dem Parkplatz sehe ich auch schon zwei mir bekannte Fahrzeuge. Den weißen Opel von Achmed und den blauen VW von meinem Bruder Klaus. Beide stehen davor und unterhalten sich. Es hat inzwischen aufgehört zu schneien und es ist bereits 14:35 Uhr. „Gott sei Dank, ein paar sind bereits schon da." Mein Optimismus wächst und ich glaube, die anderen werden es auch schaffen. Nachdem ich unseren Wagen direkt neben ihren gehalten habe, springen wir erst mal raus und umarmen uns. Klaus und Achmed umarmen mich fast gleichzeitig, die Autotür öffnet sich und meine Schwägerin Pia und Michael, der inzwischen auch schon 31 ist, steigen aus. „Hey, welch eine Freude euch zu sehen!" Wir werden unterbrochen von zwei tieffliegenden Kampfjets, die so laut sind und so dicht über unsere Köpfe fliegen, dass wir kein einziges Wort mehr verstehen. Wir sind uns einig, dass wir gemeinsam auf die anderen warten, bevor wir die dänische Grenze überschreiten. Nach etwa 30 Minuten fährt Lisa mit Ludwig und ihren Kindern vor und meine Freude ist riesig, kurz danach kommt auch Andi mit seiner Familie vorgefahren, der Parkplatz füllt sich langsam. Sabrina schaut mich an. „Florian wird auch bald kommen, mach dir keine Sorgen." Sie sieht in meinen Augen, welche Sorgen ich mir mache.

Inzwischen ist es schon weit nach Mitternacht. Unsere Autos stehen in einem Kreis und in der Mitte haben wir ein kleines Feuer gemacht. Vorausdenkend hat Achmed brennbares Material mitgebracht. Sodass wir jetzt ein paar alte Stühle und einen Nachttisch lichterloh brennen sehen. Wir stehen um das Feuer herum und wärmen uns unsere Hände. „Heinz wird nicht kommen, seine Frau liegt im Krankenhaus und die lässt er nicht im Stich. Er hat gesagt, dass er versucht nachzukommen, sobald es seiner Frau besser geht." Als Andi mir das sagt, sehe ich in seinen Augen, dass wir Heinz nie wieder sehen werden. Er kann uns nicht finden, es funktionieren keine

Handys mehr. Keine Fernkommunikation ist mehr möglich. Nachdenklich schaue ich in das Feuer. „Florian wird bestimmt morgen früh zu uns stoßen und dann können wir gemeinsam die Grenze passieren." Trotz dieser gut-gemeinten Worte habe ich ein unruhiges Gefühl in mir. „Lasst uns Wodka trinken, Freunde, dann wird uns warm!" Kaum hat Andi das ausgesprochen, wird auch schon eine Flasche geöffnet und herumgereicht. Mit jedem Schluck wird uns wärmer. Schon wird die zweite Flasche geöffnet und uns allen geht es besser. Wir alle sind in dicke Jacken und zum Teil in Decken gehüllt und stehen nach wie vor um das Feuer verteilt. Als ein helles Licht von Scheinwerfern uns blendet. Ein Fahrzeug nähert sich uns fast bedrohlich und hält bremsend vor unserem Kreis. „Feiert ihr etwa ohne mich", schreit eine Stimme, die mir sehr vertraut ist. „Florian, mein Sohn", höre ich mich erleichtert rufen und laufe auf ihn zu. Er steigt aus und wir umarmen uns mit einem Gefühl, das ich nicht zu beschreiben vermag. „Ich liebe dich, mein Sohn", rutscht mir so einfach heraus. „Gott sei Dank hast du meine Nachricht erhalten." Florian schaut mich an. „Daddy, du hast mich gerufen und da bin ich, ich liebe dich auch." Jetzt ist meine Stimmung auf einem Hoch angekommen und wir trinken noch weiter Wodka. Die Kinder schlafen in den Autos, gut vor der Kälte geschützt. Wir versuchen diesen Moment vor dem Feuer festzuhalten. Trotz der beklemmenden Situation sind wir gemeinsam gegenwärtig glücklich und philosophieren über Gott und die Welt. „Gemeinsam sind wir stark, wir werden das schon überstehen. Auf in den Norden", ist Ludwigs Trinkspruch nach dem vielleicht 10. Wodka. Wobei in dem Moment der Tiefflug eines Kampfjets uns schlagartig zum Schweigen bringt.

Das Dröhnen eines Kampfjets reißt mich aus dem Schlaf. Ich liege zusammengekauert auf dem Beifahrersitz, den ich nach hinten heruntergelassen habe. Ich schaue mich um und entdecke Sabrina auf dem Rücksitz in einem Schlafsack liegen. Eingepackt mit einer Fellmütze, einer dicken Jacke und Handschuhen, versuche ich mich zu strecken. Unsere Autoscheiben sind vereist. Ich öffne die Beifahrertür und steige aus in die eisige Kälte. Ich vertrete mir erst einmal die Beine, gehe ein paar Mal in die Hocke und suche mir einen Platz zum Pinkeln. Inzwischen werden auch die anderen wach. Eine nie dagewesene Situation verlangt Ungewohntes von uns. Heute ist der 15. Januar 2014. Keiner hätte sich so etwas jemals vorstellen können. Wir stehen jetzt alle vor unseren Autos und schauen uns an. „Hey, auf, auf ihr müden Hasen, hört ihr nicht den Jäger blasen. Lasst uns in den Norden gehen", sind meine Worte. Sabrina und ich steigen vorbildlich in unser Auto. Die anderen folgen und gemeinsam fahren wir zum Grenzübergang nach Dänemark. Die Grenze ist voll mit Menschen, viele sind zu Fuß. Wir sitzen in unserem Auto und fahren langsames Schritttempo. Wir nähern uns der Grenze Meter für Meter. Überall stehen Soldaten, weiter vorne auch zwei Panzer. Immer wieder fliegen donnernd Kampfjets über unsere Köpfe hinweg. „Schatz, es wurde doch klar gesagt, dass jeder Deutsche das Recht hat, durch Dänemark nach Schweden einreisen zu können, oder?" Sabrinas Intonation klingt ein wenig zweifelnd. „Jeder Deutsche, Liebling", antworte ich und automatisch muss ich an Achmed denken. „Und was ist mit Achmed", fragt Sabrina. „Der ist seit mehr als 40 Jahren in Deutschland und hat einen deutschen Pass", antworte ich. Ich gebe zu, dass mir bei diesen Worten ein wenig Unbehagen aufsteigt. Wir nähern uns der realen Grenze. Soldaten, mit Maschinenpistolen im Anschlag, stehen da und begutachten die Insassen aller Fahrzeuge. Aus zwei Fahrzeugen vor uns werden drei Insassen herausgeholt und abgeführt. Ihre Fahrzeuge werden zu Seite gefahren und dort abgestellt. Es sind Menschen mit schwarzen Haaren, die höchstwahrscheinlich keine Deutschen sind. Aber warum sie gleich abgeführt werden? Vielleicht sind sie aber auch Gesuchte, denke ich mir. Endlich sind wir dran. Ein Wagen nach dem anderen kann nach kurzer Kontrolle passieren, nur nicht Achmed mit seinem weißen Opel. Er hat das vorletzte von unseren fünf Fahrzeugen. Sogleich steige ich aus und laufe in Richtung seines Wagens. Ein bewaffneter Soldat stellt sich vor mich und lässt mich nicht weiter durch. „Hören Sie bitte, er ist mein bester Freund und der lebt seit mehr als 40 Jahren in Deutschland, er hat einen deutschen Pass. Das Einzige ist, dass er einen türkischen Namen hat. Ich schenke Ihnen diese Uhr hier. Diese hat einen Wert von fast 500 Euro, bitte lassen Sie mich zu ihm!" Der Soldat schaut mich an, nimmt meine Uhr und lässt mich zu Achmed.

Ein Grenzsoldat, der anscheinend den Ausweis von Achmed in einem Kontrollhäuschen genauestens unter-sucht, hat ein Problem mit seinem türkischen Namen. Auch Andi versucht sich uns zu nähern, um Einfluss ausüben zu können. Es ist saukalt und ein eisiger Wind weht um unsere Ohren. Gott sei Dank, Achmed kann passieren. Auch Florian, der den letzten Wagen fährt, kann endlich die Grenze passieren. Nun heißt es, gemeinsam durch Dänemark zu fahren, um nach Schweden zu kommen. Nach zwei Stunden Fahrt erreichen wir Odense und fahren weiter die E20. Jetzt fahren wir über eine lange Brücke nach Nyborg und weiter nach Slagelse. Wir fahren immer weiter in Richtung Kopenhagen, die E47 entlang, bis nach Elsinore, dort liegt das Schloss Kronborg, das auch bekannt ist aus Shakespeares Hamlet. Ab da müssen wir mit der Fähre übersetzen, um nach Schweden zu kommen. Die Fähre fährt nach Helsingborg und je nach Wetter zwischen 20 und 35 Minuten. All das habe ich gut recherchiert, um nur nicht völlig orientierungslos durch die Gegend zu fahren. Inzwischen ist es 13.30 Uhr und wir sind in Elsinore angekommen. Da ich die Fahrt gut vorbereitet habe, fahren mir alle hinterher. Ich denke, es macht jetzt Sinn, erst einmal einen Parkplatz anzusteuern, damit wir alle gemeinsam eine Pause machen und miteinander reden können.

Wir fahren jetzt auf der Skydebane Allee, die direkt zur Søndre Strandvej führt und uns kreuzt. Gemeinsam überqueren wir sie und fahren geradewegs zu auf einen großen Parkplatz, auf dem wir alle halten und aussteigen. Sich die Beine zu vertreten, tut uns allen gut. „Hört mal bitte kurz zu, wir brauchen jetzt nur noch diese Straße, die wir gerade überquert haben, die Søndre Strandvej entlang zu fahren und wir kommen direkt zur Fähre nach Schweden. Die Überfahrt dauert ca. 25 Minuten, das sind nur knapp vier Kilometer, dann sind wir in Helsingborg. Das ist schon Schweden, aber ab da müssen wir noch ca. 1560 Km fahren. Würden wir durchfahren, bräuchten wir zwischen 17 und 18 Stunden bis nach Salmis Stugvägen. Erst da sind wir dann zu Hause, unser neues Zuhause." Ich schaue in die Runde und sehe bei jedem den gleichen fragenden Gesichtsausdruck. Niemand von uns hätte sich jemals so eine Situation vorstellen können. Jeder hat sein ganzes Hab und Gut, seine Träume zurückgelassen. Zurück in einer Welt, die derzeit in Chaos versinkt. Was passiert mit dieser Welt? All das sind Fragen, die uns nonstop beschäftigen. Führt dies zu einem Atomkrieg oder bleibt es „nur" ein Dritter Weltkrieg. Die Kernkraftwerke im Iran haben die Israelis bereits beschossen. Sodass man fast schon vom atomaren Krieg reden kann. Doch bisher wurden noch keine Atombomben direkt eingesetzt. Wir beten, dass dies auch nicht geschieht. Dennoch sind jetzt fast alle Nationen am Krieg beteiligt. Im Sommer 2011 vorletzten Jahres haben Sabrina und ich Land mit Haus in Schweden gekauft. Eigentlich für eventuelle Vermietungen oder um mal selbst hier Urlaub zu machen. Das Angebot war erstaunlich günstig. Sechs ganze Hektar und ein 240 qm Meter großes Haus für nur 50.000,- € und als wir uns es persönlich angesehen haben, waren wir uns einig, dass es uns gehören muss. Auf dem Grundstück, das voll erschlossen ist, also Strom und Wasser hat, gibt es sogar einen eigenen Brunnen sowie einen großen See. Alles, was man braucht, um autark leben zu können. Es liegt unweit von der finnischen Grenze.

Vor einem Jahr habe ich nur unterschwellig den Gedankenansatz gehabt, dass dies einmal die letzte Unterkunft bzw. die letzte Zufluchtsstätte sein könnte. All das ist so unerwartet aktuell geworden. Kaum zu fassen! Aber Gott sei Dank, denke ich, dass ich, nein wir, uns so schnell zum Kauf entschlossen. Nachdem wir uns gemeinsam ausgeruht haben und uns einigten, mit ein paar Pausen lieber durchzufahren, befinden wir uns nun auf direktem Weg zum neuen Zuhause. Auf nach Salmis Stugvägen.

Während sich die Fahrt endlos in die Länge zieht und ich den Rhythmus der Scheibenwischer als Beat eines Songs wahrnehme, schießen mir unzählige Gedanken durch den Kopf. Wir müssen noch ein paar Häuser bauen. Sodass jede Familie ein eigenes Haus hat. Sechs Hektar sind 60.000 qm. Platz für jeden für uns. Wir brauchen Vieh, Gewehre, Fallen und noch so viele andere Dinge. Was wird aus Heinz und seiner Familie, schafft er es, auch ohne uns bis hierher zu kommen? Er hat die vollständigen Daten, um uns finden zu können, wenn er will. Gedanken über Gedanken strömen durch meinen Kopf.

Wir haben den 12. April 2014 und obwohl es Mittag ist, ist es immer noch relativ dunkel. Die

Tage wollen einfach nicht richtig hell werden. Wir leben alle gemeinsam in unserem Haus. Elf Personen in einem Haus können auch manchmal anstrengend sein. Aber aufgrund der gegebenen Umstände reißen wir uns alle zusammen. Manche Abende sind wunderbar und bereichern uns alle. Und doch gibt es natürlich auch Situationen, die sehr anstrengend sind. Das Haus hat nur eine Toilette und ein Bad. Wir werden seit gut zwei Monaten herausgefordert, in dieser Enge miteinander klarzukommen. Noch ist es zu kalt, um an den Bau anderer Häuser zu denken. Heute wollen wir gemeinsam unser erlegtes Wild verspeisen und den Abend wie ein Fest ausklingen lassen. Wir haben ein Reh und ein Wildschwein, das inzwischen komplett ausgenommen wurde, gebraten bzw. gegrillt. Eigens dafür haben wir draußen vor dem Haus eine Feuerstelle vorbereitet. Wir sind noch im Besitz von zehn Flaschen Wodka, vier Flaschen Sambuca, fünf Flaschen Weinbrand und 25 Flaschen trockenem Rotwein. Wir haben sogar noch sechs Kisten gutes Budweiser. Die Logistik funktionierte erstaunlich gut, denn jeder hat sein Auto vollgepackt mit den wichtigsten Grundnahrungsmitteln. Die aufgezählten Getränke zählen natürlich nicht zu den Grundnahrungsmitteln, aber sie erleichtern einem die Realität. Irgendwie hat dieser Zustand auch was Uriges. Es gibt keinen Fernseher, kein Handy und keinen Computer. Erst jetzt wird uns allen bewusst, wie viel Zeit man mit diesen Dingen verbrachte. Andi und Ludwig nahmen, wohl vorausschauend, ihre Gitarren mit. Florian sein Saxophon, das er seit etwa 3 ½ Jahren zu spielen lernt. Michael nahm seine kleinen Bongos mit. So kamen romantische Abende zustande und das bei einem neuen Weltkrieg, von dem wir, Gott sei Dank, weit weg sind.

Weit abgeschnitten von der Zivilisation bleiben wir völlig im Unbestimmten. Wir wissen nicht, was auf unserem Planeten passiert. Ein Weltempfänger von Achmed lässt uns nur erahnen, was da draußen vor sich geht. Das meiste, was wir hören, ist auf Arabisch und Russisch, selten etwas Chinesisch. Der amerikanische Sender verrät uns wenigstens ein wenig. Mit dem französischen können wir gar nichts anfangen.

Es ist Mitte Mai, die Temperaturen steigen langsam auf 12-16° und wir sortieren uns neu. Svön, ein junger Mann, besucht uns ab und zu.

Er kommt aus dem nächsten Ort und spricht ein wenig Englisch. „Hey Freunde, ihr habt den Winter fast gut überstanden. Es kommt noch einmal Kälte, vielleicht für zwei oder drei Wochen, aber dann wird alles gut. Ich helfe euch beim Bau eines neuen Hauses, wenn ihr wollt." Er berichtet uns über die aktuellen Ereignisse. Zum Beispiel, dass in Deutschland das ausnahmslose Chaos herrscht. Nicht nur vereinzelte Raketeneinschläge werden gemeldet, sondern dass dort die totale Anarchie herrscht.

Wir haben bestimmt 24°C und das erste selbstgebaute Haus scheint fertig zu sein. Allerdings mit sehr viel Hilfe von Svön, der uns mit viel Rat und Tat zur Seite stand. Seit ca. drei Monaten werden wir regelmäßig gestört von ziemlich vielen anscheinend russischen Kampfjets, die immer wieder über unsere Köpfe fliegen. Ein beunruhigendes Gefühl breitet sich aus. Wir sind nun schon etwas mehr als ein halbes Jahr hier in Schweden. Langsam haben wir uns hier eingewöhnt, aber seit kurzer Zeit sind wir ziemlich verunsichert.

Zusammen weihen wir das erste selbst erbaute Haus ein. Es hat ca. 95qm Wohnfläche und einen

Kamin. Jedes Zimmer ist beheizbar. Der Kamin steht zentral in der Mitte des Hauses. Davon gehen alle Zimmer ab. Voller Genuss lassen wir uns den streng rationierten Alkohol schmecken. Vor dem Haus haben wir ein Lagerfeuer, um das wir uns verteilt haben. Wir reden über Gott und die Welt. Auch Svön und seine Freundin Astrid sind mit dabei. „Wie lange wird der Krieg noch dauern", will Leon wissen. Er wirft diese Frage gerade in dem Moment in die Gruppe, als es mal für einen kurzen Augenblick ruhig war. Alle schauen ihn an. Leon ist 12 Jahre alt und solch eine direkte Frage kann nur von einem Kind kommen. „Das hängt von der Schwere des Krieges ab", antwortet schnell Achmed. „Wir alle hoffen natürlich, dass er so schnell wie möglich endet, aber welche Ziele verfolgt diese kriegerische Auseinandersetzung? Geht es um die Weltvorherrschaft? Oder geht es um die Dezimierung der Menschheit? Eine neue Weltordnung? All das sind die entscheidenden Fraugen." Ernault und Leon schauen Achmed mit erstauntem Blick an. Ich gebe zu, auch wir betrachten Achmed und überlegen. Und schon sind wir wieder mittendrin. „Ich sage euch, der Plan ist, die Menschheit auf 1 Milliarde zu reduzieren", Florian schaut dabei jeden von uns an, „das heißt, die wollen sechs Milliarden Menschen beseitigen. Der Rest soll dann als Sklaven der Elite dienen. Und Russland und China standen dem im Weg." Auch ich gebe meinen Senf dazu. „Die Abwehr-Raketenschirme, die in Polen und Tschechien installiert werden sollten, waren ganz klar gegen Russland und China gerichtet und alles andere als Abwehrraketen". Wir setzen uns auseinander mit den Illuminaten, den Außerirdischen, die die Welt heimlich regieren könnten, mit der Versklavung der Menschheit und der forcierten Umweltvergiftung, wie z.B. durch die Chemtrails und andere Vergehen. Wir erfahren von Svön, dass die Nato- und US-Verbände immer mehr, zwar noch kleinere atomare Sprengköpfe einsetzen, dass aber dadurch immer mehr Gebiete kontaminiert werden. Dass die Russen und Chinesen große Gebiete in Europa eingenommen haben. Israel fast völlig zerstört sein soll und dass Indien droht, Atomwaffen einzusetzen. Es ist der 18. Oktober 2014. Düstere Nachrichten sind das. Wie sicher sind wir, hier, wo wir leben? Immer mehr Kampfjets rasen über unsere Köpfe, man sagt, dass es Truppenverbände geben soll, die quer durch

Skandinavien marschieren. Natürlich bekommen wir es mit der Angst zu tun. „Gott sei Dank sind Schweden und Finnland nicht in der Nato", sage ich zu Sabrina. Dennoch haben wir Angst.

Da Norwegen zur Nato gehört, fahren jetzt immer mehr russische Panzer und andere Militär-Fahrzeuge, aus Finnland kommend, durch Schweden in Richtung Norwegen, wo auch Nato- und US-Basen stationiert sind. Langsam aber sicher holt uns der Weltkrieg immer mehr ein.

Von unserem Land aus hören wir die Motoren der Panzer. Es ist nur eine Frage der Zeit, wann wir dem ersten Soldaten begegnen. Es ist mittags und wir haben den elften November. Wir alle stehen draußen vor unseren Häusern und lauschen dem Geschehen. Lautes Pfeifen und Zischen durchdringt den Himmel. Wie Donnerschläge kracht es unweit von uns. Das Dröhnen von Raketeneinschlägen lässt uns panisch werden. Ziel der Raketenangriffe sind eindeutig russische Truppen, die an unserem Land vorbeiziehen und auf dem Weg nach Norwegen sind. Das donnernde Getöse nimmt kein Ende.

Kampfjets der Russen fliegen über unsere Köpfe hinweg. Lautes Zischen aus unmittelbarer Nähe verrät, dass auch die russische Armee mit Raketen antwortet. Ich schaue mich um und signalisiere meiner Familie und meinen Freunden, die alle verängstigt den Detonationen lauschen, dass wir uns schnell in unseren Keller zurückziehen sollten. Gemeinsam rennen wir zu unserem Haus und begeben uns in den Kellerraum. Wir ziehen uns in knapp 60 qm zurück, die aus einer kleinen Waschküche bestehen, einem großen Raum, ausgestattet mit einem Billardtisch und einer Ledercouch, sowie einer kleinen Bar. Unruhe und Angst hat in allen Gesichtern Spuren hinterlassen. „Hey, es wird alles gut, wir werden das hier gemeinsam überstehen, so wie alles bisher. Irgendwann muss dieser Scheiß ja zu Ende sein und wir sind hier besser aufgehoben als irgendwo anders." Achmeds Worte kommen gerade recht. Schnell verschließe ich hinter mir die schwere Brandschutztür und atme tief durch. Das dumpfe Dröhnen nimmt immer mehr zu. Ich halte Sabrinas Hände fest und wir schauen uns ängstlich an. Wir alle schauen uns an, so, als wäre der letzte Augenblick für uns gekommen. Jeder hält jeden irgendwie fest. Das Licht beginnt zu flackern, dann dieser fürchterliche Knall und diese wahnsinnige Erschütterung über uns. Alles ist dunkel. Jeder weiß in diesem Moment, das Haus ist getroffen. Kein Licht, kein Wort kommt über unsere Lippen. Wir verharren im Dunkeln, bewegungslos, mucksmäuschenstill. Das Einzige, was zu hören ist, ist unser Atem und das Dröhnen von draußen, das scheinbar langsam an Intensität abnimmt. Es wird leiser und leiser. „Zzisch" und ein Feuerzeug spendet uns für einen kurzen Moment ein wenig Licht. „Wartet, ich habe hier unten noch ein paar Kerzen", flüstere ich, warum auch immer. Wieder Dunkelheit, „Mach nochmal das Feuerzeug an, hier müssen doch irgendwo welche liegen?" Ich weiß, dass ich welche hier gesehen habe. Und nach kurzer Zeit brennen drei Kerzen verteilt im Raum und spenden uns erst einmal ausreichend Licht. „Ich glaube, wir können es wagen und mal draußen nach-sehen", meint Andi und geht zur Tür. „Und was ist mit den Russen", fragt Ludwig. „Die sind da draußen und vielleicht verletzt und uns gar nicht gut gesonnen. „Wir müssen nachsehen, denn wie lange können wir hier bleiben?" „Es ist richtig, lasst uns mal nachsehen, was da draußen abgeht." Florian hat Recht. Ich drücke die Türklinke herunter und schiebe die Tür auf. Nur mit Kraft gelingt es mir, die Tür aufzuschieben. Eine Menge Schutt erschwert das Öffnen der Kellertür. Die Treppe ist voll mit Gestein und Holz, mit dem, was einmal unser Haus war. Langsam und vorsichtig steigen wir gemeinsam die Kellertreppe nach oben. Unsere Füße müssen über unzählige Schuttberge steigen. Unser Haus ist einfach weg. Nur noch Restteile des Hauses liegen um uns herum. Es offenbart sich mir ein Anblick, den ich nicht beschreiben kann. Wir stehen jetzt alle oben und schauen uns um. Überall um uns herum liegen Trümmer, brennende Bäume, die vor sich hin qualmen. Niemand von uns vermag auch nur ein Wort zu sagen. Schweigend, ja fassungslos schauen wir uns um. Das neue Haus, das wir gerade fertig gebaut hatten, scheint noch zu stehen. Zumindest sieht es von hier so aus.

Der Krieg ist noch immer nicht zu Ende. Schon fast fünf Jahre tobt er nun schon über unseren Planeten. Wir haben großes Glück hier zu leben. Da wir mehr oder weniger alles am Rand erleben. Dennoch geht der Krieg nicht spurlos an uns vorbei. Kontinuierlich werden wir mit Gefechten konfrontiert. Mal sind es NATO-Verbände und mal sind es die russischen Truppen. Es ist ein ständiges Hin und Her zwischen den Mächten. Auf unserem Land starben schon einige Soldaten, aber auch mein Freund Andi und mein Schwiegersohn Ludwig. Man spricht vom Jahr der Entscheidung, 2019 soll alles entschieden werden. Man spricht davon auf allen Sendern des Weltempfängers. Und das in jeder Sprache. Wir haben den 13. April 2019, inzwischen hat sich eine neue Weltordnung gebildet. Israel existiert nicht mehr, zumindest nicht als Staat. Europa steht in Flammen und die USA haben mehr als ein Dutzend atomare Einschläge wegstecken müssen. Auch Russland und China, doch die wurden völlig unterschätzt. Der Iran wurde ebenfalls mit Atomraketen angegriffen und großflächig verseucht. Syrien fast dem Erdboden gleichgemacht und Indien soll auch Atomwaffen eingesetzt haben. All diese Informationen sind natürlich nicht 100 % belegt, da jeder Sender seine eigene Berichterstattung hat. Dennoch ist eins klar, der Krieg hat alles aus den Fugen gerissen. Unser schwedischer Freund Svön hat uns einen Geiger-zähler besorgt, mit dem wir leicht ansteigende Radioaktivität überall feststellen. Noch halten sich die Werte im grünen Bereich, aber gerade so.

Im Laufe der Zeit haben wir gemeinsam wieder ein zweites Haus aufgebaut, in dem wir, Lisa, Ernault, Leon, Sabrina und ich, wohnen. In dem anderen Haus, das etwas kleiner ist, wohnen Achmed, Klaus, Pia, Michael und Florian. Unsere Häuser stehen vielleicht 200 Meter auseinander. In solchen Zeiten wollten wir unbedingt Sichtkontakt haben.

Schwedische Sicherheitstruppen patrouillieren in regelmäßigen Abständen ihr eigenes Land, besonders den Bereich, der von ausländischen Truppen befahren wird. Und so kommt es immer wieder zu militärischen Auseinandersetzungen auf einem eigentlich neutralen Boden. Das scheint aber in solchen Zeiten wohl egal zu sein. Wir machen uns andauernd wieder neuen Mut, indem wir argumentieren, wie gut wir es hier im Gegensatz zu anderen haben. Um uns zu ernähren, müssen wir erfinderisch und sehr einfallsreich sein. Es ist Fischen und Jagen angesagt. Auch das Sammeln von Waldfrüchten ist eine tägliche Routine. Mehl, Salz, Zucker und andere lebensnotwendige Dinge besorgen wir uns fast ausschließlich aus Finnland. Gott sei Dank haben wir einen eigenen Brunnen mit Trinkwasser. Uns geht es eigentlich gut. Abgesehen vom Verlust meines Schwiegersohns Ludwig, der eine Frau, d.h. meine Tochter, und zwei Kinder zurückgelassen hat, und meines alten Freundes Andi, den ich schon seit meinem fünften Lebensjahr kenne. Der Schmerz ist groß. Sie wurden Opfer von sogenannten schmutzigen Bomben. Das sind Bomben, die voll sind mit Nägeln und anderen gefährlichen Dingen, die dann nach der Explosion einem um die Ohren fliegen. Solche Bomben sind nach den Genfer Konventionen nicht erlaubt. Dennoch werden sie weltweit eingesetzt. Kleine Anmerkung: Was sind schon die Genfer Konventionen?

Die Zeit der tieffliegenden Kampfjets scheint vorbei zu sein. Seit mehr als drei Wochen fliegt nicht ein einziger Kampfjet mehr über unsere Köpfe. Auch sind keine Bodentruppen im Anmarsch. Wir hören das erste Mal wieder Vögel zwitschern. Vor drei Wochen mussten wir uns leider von Pia trennen. Wir haben sie ca. 150 Meter vom See entfernt vergraben. Meine

Schwägerin wurde gerade mal 57 Jahre alt. Mein Bruder Klaus leidet sehr unter dem Tod seiner Frau. Ich kann mich noch erinnern, wie wir auf meiner Geburtstagsparty erfuhren, dass sie schwanger ist. Und mein kleiner Bruder mich grinsend anschaute. Ich überlege, wann das überhaupt war. Gewiss, es war nicht auf meiner Geburtstagsparty, sondern auf dem ersten Geburtstag meiner Tochter Lisa. Der 21. August 1981, von da an betrachtete ich Pia mit anderen Augen. Sie war für mich nicht mehr die kleine Freundin meines jüngeren Bruders, sondern eine echt verantwortungsvolle, werdende Mutter und Schwägerin.

Heute ist der 21. August 2019 und wir erinnern uns daran, dass meine Lisa Geburtstag hat. 39 Jahre alt ist sie heute geworden. Ihre Söhne, meine Enkel Ernault und Leon, sind inzwischen auch schon 20 und 18 Jahre alt. Gemeinsam mit Klaus, Michael, Florian, Achmed, Sabrina und mir sitzen wir gemeinsam auf unserer Terrasse, um auf ihren Geburtstag anzustoßen. Zum Feiern ist niemandem zumute. „Was ist bloß mit diesem Planeten passiert, was wird jetzt geschehen", will Ernault wissen. „Ist der Krieg zu Ende", fragt Leon. Achmed schaut in die Runde. „Seit Wochen hat es nicht mehr geknallt und Kampfjets fliegen auch nicht mehr über unsere Köpfe. Kann sein, dass es sich wirklich beruhigt hat. Was sagt der Geigerzähler?" Dabei schaut er Florian an, der am meisten mit dem Gerät Messungen vorgenommen hat. Das Gesicht meines Sohnes, das sehr dem meinen ähnelt, zeigt eine sehr ernste Miene. „Die Werte steigen von Woche zu Woche. Sieht nicht gut aus." „Das heißt, die Verrückten haben einen Atomkrieg heraufbeschworen", werfe ich ein, „und durchgezogen." „Was für eine kranke Menschheit", sagt Michael. Wir schauen uns alle an und schweigen. Im Moment gibt es keinen Grund zu reden. „Wie verseucht wird alles werden, können wir überleben?" Sabrinas Frage stört unsere Ruhe, lässt aber eine neue aufkommen. Ich habe Lisa in meinem rechten und meine Sabrina in meinem linken Arm. Zusammen schauen wir und die anderen in die lodernden Flammen des Lagerfeuers.

Ich halte Sabrinas Kopf und tupfe ihr den Schweiß von der Stirn. Sie sieht schlecht aus, ihr weißes Gesicht zeigt große Flecken und sie hat dunkle Augenränder. Sie hat viele Haare verloren und muss sich ständig übergeben. Sie reißt ihre Augen weit auf und schaut mich an. „Peter, mein Schatz, ich weiß, dass das mein Ende ist, ich liebe dich, warum"… Sie hebt den Kopf, den ich schützend halte, um ihn dann ruckartig fallen zu lassen. Sie stirbt in meinen Händen. Sie ist tot. Langsam lege ich ihren Kopf auf das Kissen und danke Gott, dass er sie von den Qualen der letzten Wochen erlöst hat. Tränen schießen in meine Augen. Erst mein Bruder Klaus und heute meine geliebte Frau. Es ist März 2021, innerhalb von zwei Monaten verstarben Klaus und Sabrina. Die Radioaktivität wird uns früher oder später alle umbringen. Alles ist verseucht. Unzählige Flüchtlinge, die aus dem Süden in den Norden im Laufe der Zeit illegal einreisten, sind schon alle verstorben. Jeder ist irgendwie am kränkeln. Ich will nicht aufgeben und arbeite jeden Tag im Garten, um Gemüse zu züchten. Ich mache Säfte und bewege meine Familie dazu, sich zu verändern. Sie sollen sich bewegen, kämpfen, nicht aufgeben und an das Leben glauben. Ich praktiziere Yoga und versuche mir eine heile Welt vorzustellen. Während ich gerade ein paar Asanas aus dem Yoga praktiziere, steht plötzlich Florian vor mir. „Papa, gegen die Strahlungen kannst du nichts, aber auch gar nichts machen. Die Strahlung frisst uns auf, sie zerstört unsere Molekularstruktur, verstehst du? Da hilft keine Glaube und kein Yoga." Ich schaue meinen Sohn an. „Florian, zuletzt stirbt die Hoffnung und die ist bei mir noch nicht gestorben. Ich bin davon überzeugt, dass der Geist und unser Glaube, und damit meine ich unsere Liebe, alles schaffen kann. Ich will nicht aufgeben und ich möchte auch nicht, dass du aufgibst, hast du mich verstanden?" Ich schaue Florian an. „Ich liebe dich, mein Sohn, ich liebe dich von ganzem Herzen und deswegen ist es besonders wichtig, dass auch du daran glaubst. Denk an das Gesprochene, was wir unzählige Male miteinander austauschten; glaubst du, das waren alles nur leere Worte? Nein, für mich waren das ehrliche Worte. Nicht nur einfach dahergeredet, um zu quatschen. Was ist Materie? Was ist Geist? Wir leben in einer Matrix, die geschaffen ist von unserem Geist, und jeder kann großen Einfluss ausüben. Wenn du mich liebst, mein Sohn, dann glaub an mich." Unsere Blicke treffen sich und verharren. „Aber Daddy, das Gemüse ist verstrahlt"… „Florian, Gemüse enthält wichtige Vitamine, wenn du keine isst, bist du trotzdem verstrahlt, aber ohne die wichtigen Vitamine. Was bedeutet, du wirst schneller schwach. Mit den Vitaminen hast du aber mehr Abwehrkräfte, du wirst stärker. Glaube mir, mein Sohn."

Es ist ein sehr warmer September und inzwischen haben wir uns an diese heißen Sommer gewöhnt. Ernault, Leon und Florian sind angeln gegangen. Achmed und ich sind dabei, das Gemüse zu zerkleinern. Wir stehen vor einem Tisch, den wir vor dem Haus aufgestellt haben. Achmed steht mir gegenüber und zerkleinert gerade die viel zu großen grünen Bohnen. Mein Kohlrabi ist fast so groß wie eine Wassermelone. Achmed hat immer noch die langen lockigen, rebellischen Haare. Nur dass sie nicht mehr schwarz sind, sondern silbergrau. Auch sein mir vertrautes Gesicht ist voll mit tiefen Falten. Achmed war immer ein kleingewachsener Mann, genauso wie ich. Inzwischen ist er 67 und ich 66 Jahre alt. „Mein Gott, mein Freund", dabei schaut er mich grinsend an, „was haben wir alles gemeinsam erlebt. Wir sind jetzt alte Säcke und haben den Atomkrieg überlebt." Ich schaue meinem Freund in seine mir so vertrauten Augen. „Hey, damals hatte ich noch Angst, dass die dich nicht über die dänische Grenze lassen. Nur weil du keinen deutschen Namen hattest und das ist inzwischen auch schon wieder mehr als 15 Jahre her." Dabei wird mein Blick sehr ernst und meine Stimmung verliert sich spontan in Trauer und Wehmut. Ich denke an meine geliebte Tochter Lisa, die Ende letzten Jahres aufgab zu leben, kurz nachdem Michael verstarb. Dabei hatten wir uns alle geschworen, am Leben zu bleiben und das Leben zu lieben. Lisa wirkte immer so stark und doch starb sie innerhalb einer Woche. Inzwischen haben wir das Jahr 2024 erreicht und wir befinden uns in einer warmen Septemberwoche. Auch unser Wald verändert sich allmählich. Viele Bäume und Sträucher beginnen zu sterben und zeitgleich entstehen neue, zum Teil merkwürdig aussehende Pflanzen. Das Gemüse im Garten scheint, zumindest wenn es um die Größe geht, davon zu profitieren. Alles wird größer als gewohnt. Die Kartoffeln können schon mal die Größe eines Fußballs erreichen. Karotten werden so groß wie Salatgurken und Erbsen so groß wie Radieschen. Auch die Insekten verändern sich in Größe und Form. Allein in den letzten 10 Jahren sind unzählige neue

Arten entstanden. „Da kommen sie, mal sehen, was sie gefischt haben", sagt Achmed, der mit seinem Finger in Richtung Wald zeigt. Mein Sohn Florian und meine Enkel Ernault und Leon kommen mit schnellen Schritten auf uns zu. Der groß und kräftig gewachsene Ernault mit seinen dunklen Haaren trägt zwei große Eimer. Hinter ihm folgen Leon, der eher klein und sportlich wirkt, und mein Sohn Florian, der fast wie ich aussieht. Die drei scheinen, nach ihrem Gesichtsausdruck zu urteilen, Erfolg gehabt zu haben. Ihre strahlenden Gesichter lassen nur Gutes erahnen. Von Weitem her hören wir schon ihr Rufen. „Macht schon mal den Grill an, wir haben Hunger und haben Leckeres mitgebracht." Dabei lachen alle drei und nähern sich uns schnellen Schrittes.

Inzwischen sind wir dabei, alles nur Denkbare zu grillen und zu verspeisen. Scheinbar geht es uns gut. Den Geigerzähler haben wir schon lange nicht mehr zum Einsatz gebracht. Weil er uns nur schaden würde. Die ganze jetzige Realität ist nur zu überstehen, wenn wir uns vom Alten lösen, und das ist nicht einfach. Täglich machen wir zusammen Yoga und versuchen eine spirituelle Verbindung zur Erde herzustellen. Wir alle wissen, dass unsere geistige wie emotionale Einstellung von größter Bedeutung ist.

Auf unserem Grundstück stehen inzwischen drei große Treibhäuser, voll mit den unterschiedlichsten Gemüsesorten und Kräutern. Immer wieder besuchen uns einzelne Schweden und Finnen. Unser Gemüse wird inzwischen dankbar gekauft. Die Währung ist ein neu geprägter Goldtaler. Den Umständen entsprechend, geht es uns gut. „Wir sollten noch ein viertes Treibhaus bauen und vielleicht auch ein fünftes, die Nachfrage ist groß, uns kann es nur besser gehen", sage ich. „Daddy, du warst derjenige, der mich überzeugte zu leben, nun lass es uns langsam angehen." Die Sommer werden hierzulande zwischen 25 und 35° heiß, das ist zur Normalität geworden. Anscheinend hat sich alles durch den Atomkrieg verschoben. 75 Jahre alt bin ich inzwischen und es hat sich eine neue Weltordnung gebildet. Wir haben den 14. April 2033. Seltsame Lichterscheinungen am Himmel, aber auch in unserer unmittelbaren Umgebung werden zum Alltag. Es handelt sich um Kugeln, die leicht transparent aussehen und durch die Luft fliegen. Es sind kleine, aber auch größere, die immer wieder erscheinen und plötzlich verschwinden. Damals habe ich schon von solchen Phänomenen gehört, man nannte sie Orbs. Es sind Erscheinungen, die auf unzähligen Fotos entdeckt wurden und später sogar auf Filmen. Aber heute sind sie auch ohne Kamera zu sehen. Mit bloßem Auge sind die Orbs zu sehen. Vielleicht liegt es an der vermehrten Radioaktivität. Ich weiß nicht, aber diese Dinger fliegen nun mal überall herum. Im Laufe der Zeit beobachten wir, dass es da noch etwas anderes geben muss. Etwas, das wir bisher nie registriert haben. Es fliegt mit ungeheurer Geschwindigkeit durch die Luft und scheint sich von diesen Orbs zu ernähren. Es sind wurmartige Wesen, die ebenfalls fast durchsichtig sind und plötzlich, wie aus dem Nichts, auftauchen und nach den Orbs schnappen. Sie scheinen sich von ihnen zu ernähren. Ich erinnere mich schwach, dass diese Erscheinungen des Öfteren als Ufos interpretiert wurden. Weil sie plötzlich an einer Passagiermaschine vorbeischossen und dies als Dokumentation in Filmen festgehalten und dann gezeigt wurde. Fälschlicherweise hielt man diese Erscheinungen für Ufos. Die Welt hat sich verändert. So als würde man eine neue Tür der Wahrnehmung aufstoßen und erstmals klar sehen.

Soweit ich weiß, haben nur relativ wenig Menschen den Atomkrieg überlebt, und doch haben überhaupt Menschen überlebt. Immer wieder kommen vereinzelt einige vorbei, die auf der Suche nach einem neuen Leben sind. Auch sie haben es geschafft, der Radioaktivität zu trotzen. Natürlich wissen wir nicht, wie ihre Nachkommen aussehen werden, aber sie haben zunächst einmal überlebt. Der größte Teil aller Lebewesen ist verendet. Doch täglich entdecken wir neue Arten von Insekten und auch Vögeln, die, zugegeben, schon merkwürdig aussehen. Aber es sind eben neue Arten. Hinzu kommen die zahlreichen Orbs, die überall erscheinen und umherfliegen. Ich fühle mich mit 76 gar nicht so schlecht. Ich habe keine Rückenschmerzen und meine Augen funktionieren auch noch sehr gut und das alles trotz der radioaktiven Verseuchung. Mein Freund Achmed ist ebenfalls für sein Alter gut drauf. Er meditiert jeden Tag und hat sich völlig mit der Natur vereint. Mein Sohn Florian ist, Gott sei Dank, stark und hat unseren gemeinsamen Weg eingeschlagen. Er ist nicht nur voller Energie, sondern inzwischen auch weise geworden. Wir fünf sind eine starke Gemeinschaft geworden. Ernault und Leon experimentieren seit mehr als drei Jahren an einer alternativen Stromquelle. Da Ernault seit seiner Schulzeit starkes Interesse an Physik hat, wurde die derzeitige Situation zur Inspiration für ihn, unbedingt eine alternative Lösung zu finden. Leon ist stets an seiner Seite und unterstützt ihn, wo er nur kann.

Es muss in etwa Juni sein. Ja, es ist inzwischen Sommer und wir haben das Jahr 2043. Achmed und ich marschieren durch den Wald. Mehr oder weniger unseren Wald. Wir sind auf der Suche nach seltenen Früchten. Da ich ein bisschen fitter bin als Achmed, gebe ich das Tempo an. Immerhin sind wir beide jetzt mehr als 86 Jahre alt. Mein alter Freund hat immer noch seine langen grauen Locken und einen gesunden, aufrechten Gang. Ich dagegen habe kurzes, volles Haar. Wir sind schon den ganzen Vormittag unterwegs. Wir suchen eine bestimmte Beere, die erst seit vielleicht sieben Jahren existiert. Diese gelbliche Beere ist etwas ganz Besonderes, sie schmeckt nicht nur besonders gut, sondern scheint auch heilende Wirkung zu beinhalten.

Diese Orbs nehmen immer mehr zu. Täglich und überall erscheinen sie völlig unerwartet. Sie fliegen durch die Gegend, erscheinen mal hier und mal dort. Aber auch diese wurmartigen Wesen sind immer häufiger zu sehen und sie tauchen genauso schnell auf, wie sie in das Nichts wieder verschwinden.

Die Welt, so wie ich sie von damals kenne, hat sich total verändert. Nichts ist mehr so, wie es einmal war. Achmed und ich setzen uns auf einen umgestürzten Baum und machen eine Pause. Mein Blick schweift durch den Wald. „Mein Gott, wir haben eine neue Welt, in der wir uns jetzt bewegen." Dabei sehe ich Achmed an. „Denk mal daran, als wir damals in Berlin lebten und über alles Mögliche philosophiert haben. Über einen evtl. globalen Krieg oder sogar über einen Atomkrieg. Wie wir über die sogenannte Weltelite, die Rockefellers und Rothschilds sprachen, von ihren Plänen und dem immer mehr vergifteten Himmel, durch die sogenannten Chemtrails, bestehend aus Aluminiumdioxiden und Barium. Sowie Aspartam, Fluoriden und anderen Giften. Den Sparlampen, voll mit

Quecksilber, und ihrer ungesunden Frequenz und vieles mehr." Achmed legt freundschaftlich seine Hand auf meine Schulter. „Inzwischen sind wir selbst alte Knacker geworden. Aber wir sind noch am leben. Vielleicht ist das ja ein Plan dieser Welt, zu dem diese neue Chemie, Biologie oder Physik gehören. Kann es sein, dass wir in Wirklichkeit überhaupt keinen Einfluss auf die Natur ausüben können, sondern wir in Wirklichkeit nur ein Produkt der evolutionären Entwicklung sind? Und jeder chemische Stoff, den wir produzieren, ein Teil des Plans ist, dem wir horizontal nicht gewachsen sind und den einfach nicht verstehen? Stell dir vor, wir sind nur Figuren eines Programms",… ich unterbreche meinen Freund. „Du meinst, wir könnten evtl. Gestalten aus einem Computerprogramm sein? So wie in den Romanen ‚Die Welt am Draht' oder ‚13. Floor' oder ‚Matrix'"? Wir schauen uns an und schweigen für einen kurzen Moment und stehen langsam auf.

Inzwischen sind wir wieder auf dem Weg, um nach den seltenen Beeren zu suchen. Es kreuzt ein kleiner Bach, den wir überspringen müssen. „Na Alter, schaffst du das noch", sage ich lächelnd und springe vor Achmed hinüber. Kaum angekommen, steht auch schon mein Freund neben mir. Wow, denke ich und wir gehen wieter. Vor uns breitet sich eine große freie Fläche aus, bedeckt mit wildem Rasen. Diese wollen wir überqueren, bei klarem Sonnenschein schimmert die Luft fast metallisch. Ein Phänomen, das wir inzwischen schon seit Jahren kennen. Unweit vor uns nähert sich ein ganzer Schwarm Orbs, der direkt auf uns zufliegt. In gewohnter Weise wollen wir die Köpfe einziehen und den Orbs ausweichen. Aber heute laufe ich, warum auch immer, ohne auszuweichen einfach weiter. Auf Kopfhöhe kommen mir die Orbs immer näher. Ich bleibe sogar stehen, um den Kontakt zu spüren. Achmed schaut mich fragend an, macht es mir nach und bleibt ebenfalls stehen. Die Orbs fliegen nun unmittelbar an unseren Köpfen vorbei, sodass wir fast einen Kontakt zu spüren glauben. Irgendwie fühle ich immer mehr, dass die Orbs Lebewesen einer bestimmten Art sind. Wir kennen sie nicht, dennoch verspüre ich, dass es Wesen sind, die eine Seele besitzen und auf ihre Art kommunizieren wollen. Mit meiner Hand nehme ich das erste Mal bewusst Kontakt mit ihnen auf. Ein starkes Empfinden durchfließt mich. Fast wie aus dem Nichts schießt plötzlich ein wurmartiges Geschöpf auf uns zu und schnappt sich einen Orbs direkt neben mir. Sogleich folgt ein zweiter Wurm, der direkt von oben auf uns zuschießt. Ich schaue direkt in sein Maul, das aussieht wie ein Ring aus unzähligen kleinen, scharfen Zähnen. Es schnappt nach meinem Kopf, ich zucke total zusammen. Und genauso wie er kam, ist er auch wieder verschwunden. Mit weichen Knien und Herzrasen setze ich mich erst einmal auf den Rasen. Achmed, der sich ebenfalls auf den Rasen fallen lässt, sitzt neben mir und wir schauen uns an. Eigentlich hätte dieser Wurm jetzt meinen Kopf in seinem Rachen haben müssen. Ich fühlte seinen Biss und der war exakt an meinem Hals. Immer noch zitternd, fange ich an zu reden. „Die Orbs und diese Würmer müssen irgendwie in einer Parallelwelt leben, die dicht an unserer Realität liegt. Früher konnten wir sie nur über Fotos in bestimmten Aufnahmefrequenzen wahrnehmen. Heute scheinen wir dieser Parallelwelt nähergekommen zu sein. Unsere Realitäten rücken anscheinend immer enger zusammen." Achmed schaut mich an und fasst sich an seinen Hals.

Es ist Sommer und sehr warm. Wir schreiben das Jahr 2052, die Welt hat sich in erstaunlicher Weise sehr verändert. Es scheinen zwei Welten sich miteinander verschmolzen zu haben. Die unsere Welt, inzwischen bestehend aus neuen Arten, vielen Mutanten, sogenannten missgebildeten Menschen und Tieren. Mit einer neuen Weltarmee, die mit High-Tech-Waffen ausgestattet ist und nach scheinbar brauchbaren Menschen sucht. Und dann die andere Welt, mit der wir wohl jetzt verschmolzen sind. Eine uns fremde Welt. In ihr herrschen zum Teil völlig andere Gesetze. Es gibt Dinge, die einfach schweben, für sie existiert anscheinend keine Gravitation. Inzwischen kann man die Orbs berühren. Sie fühlen sich weich und warm an. Zum Teil könnte man glauben, dass sie sogar den Kontakt mit uns Menschen suchen. Es gibt pflanzenartige Wesen, die wie dornige Sträucher aussehen, die ihren Standort wechseln können. Außerdem kommunizieren sie akustisch miteinander, was sich für unsere Ohren außerordentlich fremdartig anhört. Ein lautes Heulen sowie ein Zischen wird in den Abendstunden zur Normalität. Es fliegen fischähnliche Wesen auf Kniehöhe durch die Luft, sie sind gerade mal 20 cm groß und geben leise Pfeiftöne von sich.

Eine neue, fremdartige Welt hat sich aufgetan. Inzwischen sind Achmed und ich schon 94 Jahre alt und es geht uns erstaunlich gut für unser Alter. Mein Sohn Florian ist knapp 70, Ernault schon 60 und Leon, als unser Jüngster, auch schon 56. Wir sind die Garde der Alten, wir sind die, die noch aus der alten Welt stammen. Die, die nach dem großen Krieg geboren wurden, sind zum größten Teil Mutanten. Sie unterscheiden sich in ihrer Größe, in der Anzahl ihrer Finger oder Zehen und ihrer Haut. Es gibt Menschen, die regelrecht rote Haut haben und absolut ohne Haarwuchs sind. Ihre Ohren sind so klein, dass man sie kaum noch wahrnimmt. Sie scheinen aber zu den Fittesten zu zählen. Sie sind sehr zahlreich vertreten und bilden eine neue, fast menschenähnliche Rasse. Andere dagegen sehen zum Teil sehr erschreckend aus, einäugig, ohne Ohren, oder mit übergroßen Ohren, sowie Menschen mit extrem kurzen Armen und langen Fingern. Selten gibt es Menschen wie uns. Unsere Erscheinungsform stellt die Minderheit dar. Sogar unter den

Elitesoldaten mit ihren Hightech-Waffen gibt es immer mehr von den roten Menschen. Ihre dunkelroten Spezialanzüge erinnern mich an Schuppen eines Fisches und der Helm an den Kopf einer Libelle. Wir werden oft von den Sicherheitstruppen aufgesucht. Aber bis dato waren sie immer wohlgesonnen. Wir stellen keine Gefahr dar und zählen sowieso zu einer aussterbenden Spezies. Völlig überraschend kommen sie mit ihren lautlosen, fliegenden Scheiben und stehen plötzlich schwebend vor unserem Haus. Eine kurze Inspektion und schon sind sie wieder verschwunden.

Es muss, wenn es alles stimmt, heute der 1. September sein. Der Geburtstag von Achmed. Wir sitzen alle zusammen und trinken einen selbst gebrannten Wodka. Ark, ein für uns richtig guter neuer Freund, stimmt an, „Happy Birthday to You, …", wir alle singen zusammen. Ich umarme meinen alten Freund und drücke ihm einen freundschaftlichen Kuss auf die Stirn. „Hey du alter Sack, du bist vor mir 95 geworden. Ich wünsche dir alles Gute, mein Freund." Achmed schaut mich mit einem leicht glasigen, grinsenden Blick an. „Danke, mein Freund."

Wir sitzen gemeinsam und feiern den Geburtstag meines besten Freundes. Unser Haus ist inzwischen voll mit neuen Freunden. Ark, einer von den Roten, diskutiert leidenschaftlich mit Florian. Ernault und Leon sind dabei, einigen neuen Gästen eine gewisse Aufklärung in Physik zu geben. Wobei sie leider durch die Verschmelzung der beiden Welten immer wieder auf eine Physik stoßen, die mit unserer alten Welt nichts mehr zu tun hat. So werden ihre „normalen" physikalischen Gesetze oft zu einer großen Seifenblase. „Hey, wir haben unser ganzes Universum nach dieser Physik berechnet. Die Gravitation, die Trägheitsgesetze, ja eigentlich alles, was wir beobachten und berechnen konnten. Versteht ihr." Ernault gestikuliert dabei mit seinen Armen hin und her. Während an ihm, fast seine Nase berührend, zwei Orbs vorbeischweben. Die anderen lachen und die Diskussionen werden weitergeführt. Florian sitzt unter der Terrasse am Tisch und führt ein angeregtes Gespräch mit Kiares. Sie ist eine Orges, so nennt man inzwischen die Roten. Kiares ist eine schöne Erscheinung; obwohl die Orges keine Haare besitzen und rote Haut haben, sieht sie sehr verführerisch aus. Außerdem ist sie sehr intelligent. Ich beobachte meinen Sohn schon den ganzen Abend, wie er sich mit Kiares beschäftigt. Plötzlich verharren wir alle und lauschen in die Ferne. Ein lautes unangenehmes Zischen, gemischt mit einem schreienden Pfeifton, der direkt von oben auf uns zukommt, lässt uns alle unsicher hochschauen. Die Orges greifen automatisch nach ihren Sporks, das sind längliche spitze Stäbe, die stromähnliche Energie aussenden. Ihre gelben Augen sind wachsam und alle sind aufgestanden und beobachten den Himmel. Wir tun das Gleiche. Jeder weiß, es sind die Arkwels, die wir jetzt zu befürchten haben. Die Arkwels sind riesige fliegende Würmer, die auf Raub aus sind und in kleinen Gruppen blitzschnell von oben hinabschießen, um Beute zu machen. Jetzt, wo unsere Welten zu einer verschmolzen sind, sind wir genauso auch ihre Beute wie die Orbs in ihrer damaligen Welt. Wir alle schauen ängstlich nach oben. Das immer lauter werdende Pfeifen verrät, jetzt sind sie über uns. Blitzschnell schießt ein Wurm von oben direkt auf Florian zu und droht ihm den Kopf abzubeißen. Da springt Kiares über den Tisch und sticht ihren Sporks in des Arkwels Leib, dieser schreit fürchterlich auf und landet zuckend auf dem Boden. Die Arkwels sind vielleicht 6,5 Meter lange, braunmetallisch schimmernde wurmartige Wesen ohne Flügel, aber mit flossenähnlichen Gebilden. An ihrem Kopf befindet sich ein riesiges ringförmiges Maul, das aus unzähligen spitzen Zähnen besteht. Nun liegt der Arkwels auf dem Boden und zuckt im Todeskrampf. Florian ist völlig außer sich. Kiares stellt sich schützend vor ihn und betrachtet das Zucken des Wurmes. Schlagartig schießen drei weitere Arkwels wie aus dem Nichts herab und greifen uns an. Einer unserer Gäste kann nicht schnell genug reagieren. Im Bruchteil einer Sekunde verliert er seinen Kopf und sein lebloser Körper fällt mit einem leichten Aufbäumen zu Boden. Achmed und ich laufen schnell ins Haus. „Mein Gott, was für eine Welt", schreie ich und schließe, nachdem Achmed und ich im Haus sind, schnell die Tür. Draußen hören wir noch einige Zeit die schrillen Pfeiftöne der Arkwels und das Schreien der Leute. Endlich ist Ruhe eingekehrt. Draußen werden die Überreste der Opfer beseitigt. Arkwels und Menschen werden entsorgt, meiner Familie ist Gott sei Dank nichts passiert. Der Abend und die Geburtstagsstimmung sind schlagartig zu Ende. Ich schaue aus dem Fenster und sehe, wie meine Enkel aufräumen und Florian sich bei Kiares mit einer innigen Umarmung bedankt. Sie schauen sich an und küssen sich. Ich habe es geahnt, dass die beiden einen Draht füreinander haben.

Ich fühle mich sehr schwach und liege auf meinem Bett. Das Atmen fällt mir schwer, ich ahne, dass meine Zeit abgelaufen ist. Mein geliebter Sohn und meine Enkel sowie mein wahrer Freund und all meine anderen Freunde sind gekommen, um sich von mir zu verabschieden. „Hey, mein Freund, du willst doch jetzt nicht schlapp machen, du bist 99 Jahre alt und ich dachte, wir feiern deinen 100. Geburtstag mit meinem zusammen. Denn ich habe es schon geschafft, ich warte nur auf dich. Verstehst du, es sind nur noch ein paar Monate und die wirst du schon schaffen. Komm schon, mein Freund, bitte!" Achmed schaut mich mit einem so tiefen, ehrlichen, freundschaftlichen Blick an, seine Augen zeigen Tränen. „Komm schon, lass mich nicht allein, hörst du?" Ich greife nach seiner Hand und schaue ihn an. Mir gelingt es nicht mehr, auch nur ein Wort zu sagen. Unsere Blicke treffen sich und tauschen ein ganzes Leben aus. Florian greift meine andere Hand und im Wechsel schaue ich beide an. Da gelingt es mir, mit aller Kraft, noch etwas zu sagen. Flüsternd kommt über meine Lippen.

„Warum…, Leben und Sterben?"

Ein ganz leichtes Aufbäumen meines alten Körpers gibt mir die Möglichkeit, ihn nun zu verlassen. Wie schon unzählige Male vorher fühle ich die totale Erlösung. Es geht mir wirklich gut. Ich stehe neben meinem Bett und betrachte alle die, die um mich herumstehen. Mein Florian, der inzwischen schon selbst ein alter Mann geworden ist, meine Enkel Ernault und Leon, auch sie sind mit der Zeit schon ältere Männer geworden, und Achmed, der weinend mit gesenktem Kopf vor meinem leblosen Körper steht. Auch Ark, der wirklich zu einem guten Freund wurde, sowie Kiares, die sich mit meinem Sohn wohltuend zusammenschloss, sind anwesend. Aber nicht nur sie, ein wunderschönes Bild offenbart sich mir. Orbs in unterschiedlichsten Farben schweben schimmernd im Raum und nehmen am Abschied teil. Andächtig fliegen sie auch nicht hin und her, sondern schweben anmutig vor dem Totenbett. Es ist an der Zeit, zu gehen. Langsam, mit einem letzten Blick, verschwinde ich aus diesem Raum und folge dem, dem mir so vertrauten Licht. Zu meinem Erstaunen begleiten mich einige Orbs, als wären sie Engel.

Das schrille schreiende Pfeifen der Arkwels, das ich noch am Rande meines wachen Bewusstseins wahrnehme, berührt mich nicht mehr. Ich begebe mich in eine immer werdende vertraute Welt, aus der ich mit neuen Kräften zum neuen Leben erwache, und das auf immer und ewig.

Leben bedeutet immer und ewig Sein, mit dem Ziel der Entdeckung des wahren Seins.